CANDIDE

P9-DFD-333

Collection dirigée par Michel Simonin

VOLTAIRE

Candide

INTRODUCTION ET NOTES
PAR SYLVIANE LÉONI

LE LIVRE DE POCHE
classique

Sylviane Léoni, spécialiste de la littérature du XVIII^e siècle, est professeur à l'université de Besançon.

Voltaire dans son cabinet de travail.

«Le baron… voyant cette cause et cet effet, chassa Candide du château à grands coups de pied dans le derrière». (Chap. I).

«Ensuite, la mousqueterie ota du meilleur des mondes
environ neuf à dix mille coquins qui en inspectaient
la surface» (Chap.III).

«... Car s'il y a un volcan à Lisbonne, il ne pouvait être
ailleurs ; car il est impossible que les choses ne soient
pas où elles sont, car tout est bien» (Chap. V).

«Huit jours après, ils furent tous deux revêtus
d'un San-benito, et on orna leurs têtes de
mitres de papier» (Chap. VI).

«Il était décidé
par l'Université de
Coïmbra que le
spectacle de
quelques personnes
brûlées à petit
feu, en grande
cérémonie, est
un secret infaillible
pour empêcher
la terre de trembler»
(Chap. VI).

Sainte Vierge ! s'écria-t-elle qu'allons nous
devenir ? un homme tué chez moi !

Candide Chap. 19.

Gravure de Moreau le Jeune (Chap. XIX).

Gravure de Moreau le Jeune (Chap. XIX).

«Le souper fut comme la plupart des soupers de Paris :
d'abord du silence, ensuite un bruit de paroles qu'on ne
distingue point, puis des plaisanteries dont la plupart
sont insipides …» (Chap XXII).

Candide..... recula trois pas faifi d'horreur,
et avança enfuite par bon procédé.

Candide Chap. 29.e

Gravure de Moreau le Jeune (Chap. XXIX).

«- Cela est bien dit, répondit Candide, mais il faut
cultiver notre jardin» (Chap. XXX).

Introduction

Les jardins de Voltaire

Deux ans environ avant la publication de *Candide*, Voltaire confie à l'un de ses correspondants :

« Je jouis du présent, j'achève en paix ma vie
Dans le sein de la liberté.
Je l'adorai toujours, et lui fus infidèle ;
J'ai bien réparé mon erreur :
Je ne connais le vrai bonheur
Que du jour que je vis pour elle [1] ».

Près du terme d'une existence riche en événements, le philosophe âgé de soixante-trois ans savoure les charmes d'une vie paisible et indépendante dans sa propriété des Délices, près de Genève où il réside depuis 1755. « Sans rois, sans intendant, sans jésuites [2] » à ses côtés, il lit, écrit, reçoit des amis ou des hôtes de passage, en compagnie de sa nièce, Mme Denis. Sa disgrâce politique et sa fuite de la cour de Louis XV en 1747 ne sont plus désormais qu'un mauvais souvenir. La peine causée par la mort de Mme du Châtelet (1749), la femme qu'il aimait,

1. Voltaire, *Correspondance*, édit. Deloffre, Paris, Gallimard, « Bibliothèque de la Pléiade », t. IV, p. 1136, lettre du 5 nov. 1757.
2. *Id., ibid.*, p. 1136.

s'est atténuée avec le temps. Finie également son errance entre Paris, Sceaux (chez la duchesse du Maine), Lunéville (à la cour du roi Stanislas) et Berlin où il séjourna de 1750 à 1753, invité par Frédéric II. Déçu par son expérience berlinoise, Voltaire n'aspire plus à vivre dans l'entourage des rois et des princes. « J'aime mieux gronder mes jardiniers que de faire ma cour aux rois », écrit-il en 1756[1]. *Paix, liberté, repos*, tels sont les mots qui reviennent à plusieurs reprises sous sa plume pour désigner son nouvel état d'esprit[2].

Partageant son temps entre la lecture, l'écriture et les plaisirs de la vie en société, ce citadin habitué jusqu'alors à la vie brillante des salons semble aussi découvrir certaines joies de la vie à la campagne, en particulier celle de posséder un jardin. Ainsi le 24 mars 1755, à peine installé dans sa nouvelle demeure, il rapporte dans une de ses lettres : « nous [Mme Denis et Voltaire lui-même] plantons des orangers et des oignons, des tulipes et des carottes », ajoutant avec enthousiasme : « il faut fonder Carthage[3] ». Plus tard, c'est de sa vigne et de son vin qu'il entretient ses correspondants[4]. « Je fais actuellement le métier de jardinier », souligne-t-il encore au printemps 1758[5]. A l'automne de la même année, alors qu'il vient d'acheter la propriété de Ferney, son intérêt pour l'agriculture est devenu, ainsi qu'il l'écrit lui-même, une véritable « passion[6] ». A Ferney, comme aux Délices, Voltaire commande les graines qu'il faut semer et suit personnellement les travaux d'aménagement des terrasses, des allées ou des potagers[7]. Toutefois, déjà âgé et à une époque où le travail de la terre est encore considéré comme indigne et avilissant, le maître des lieux fait certainement exécuter les différentes tâches par ses jardiniers (Voltaire ne s'est-il pas aventuré à planter des

1. *Id., ibid.*, p. 833, lettre du 9 août 1756.
2. Voir en particulier t. IV, les lettres du 5 nov. 1757 (p. 1136), 20 déc. 1757 (p. 1196), 24 déc. 1757 (p. 1197).
3. *Id., ibid.*, p. 408, lettre du 24 mars 1755.
4. *Id., ibid.*, p. 1042, lettre du 3 juillet 1757.
5. *Correspondance*, t. IV, p. 851. C'est l'auteur qui souligne.
6. *Id., ibid.*, p. 269, lettre du 25 nov. 1758.
7. *Id., ibid.*, p. 134, lettre du 9 mai 1758.

tulipes au mois de mars alors que cette opération se fait en automne [1] ?). Si le philosophe éprouve un intérêt très vif pour le jardinage, cette activité occupe donc son esprit plus qu'elle ne fatigue ses bras.

Élément de la réalité quotidienne, le jardin éveille chez Voltaire un sentiment particulier ; il devient un lieu privilégié de son monde intérieur qui lui apparaît comme le fruit d'une activité digne d'un démiurge, grâce à laquelle l'homme laisse une trace sur la nature environnante ordonnée et organisée selon sa propre volonté. L'expression « il faut fonder Carthage » est tout à fait significative à cet égard. D'autre part, si l'on ne peut nier que le travail de la terre est une activité concrète, il est néanmoins perçu par le philosophe comme une expérience de savoir et de réflexion. « Les travaux de la campagne me paraissent tenir à la philosophie. Les bonnes expériences de physique sont celles de la culture de la terre [2] », écrit-il à Diderot en novembre 1758. « Je fais des expériences de physique sur notre mère commune [la terre] [3] ; « je cultive aussi l'histoire naturelle », souligne-t-il encore [4]. C'est donc en homme des Lumières que Voltaire s'intéresse à ses champs et à ses jardins. Témoins de l'emprise rassurante de l'individu sur le monde qui l'entoure, lieux d'observation de la nature, de méditation et d'expérience, ces carrés de terre où l'on défriche, plante et récolte sont une métaphore de la démarche philosophique qui allie raison et expérience, réflexion et action.

Le jardin est aussi pour Voltaire un espace de paix où s'exerce une activité féconde qui, si elle n'apporte pas le bonheur, peut toutefois procurer une véritable paix intérieure : « Que faire à tout cela [les atrocités de la

1. Les dictionnaires et calendriers pour jardiniers publiés sous l'Ancien Régime le soulignent d'ailleurs toujours. Voir deux ouvrages qui firent l'objet d'un grand nombre de rééditions dans la deuxième moitié du XVIIᵉ et au XVIIIᵉ siècle : Pierre Morin, *Remarques nécessaires pour la culture des fleurs* et Philip Miller, *Calendrier des jardins*.
2. *Correspondance*, t.V, p. 263, lettre du 16 nov. 1758.
3. *Ibid.*, p. 269, lettre du 25 nov. 1758.
4. *Ibid.*, p. 134, lettre du 9 mai 1758.

guerre de Sept-Ans] ? Cultiver son jardin et sa vigne, se
promener sous les berceaux qu'on a plantés, être bien
logé [...] ne penser ni à la mort, ni aux méchancetés des
vivants [1] ». De même que Candide trouve la tranquillité
en s'isolant dans sa métairie sur les bords de la Propon-
tide, Voltaire, retiré sur ses terres, écrit qu'il « plante en
paix des jardins » après avoir souligné : « Je sais seule-
ment que la terre tremble depuis deux ans, et que les
hommes ensanglantent sa surface depuis longtemps [2] ».
Un an auparavant, alors qu'il plaisantait sur la vigne
cultivée sur son « terrain calviniste », il remarquait déjà :
« Il est bien doux de s'occuper de ces amusements tandis
qu'on s'égorge sur terre et sur mer, que l'Allemagne
s'épuise de sang, et la France d'argent [3] ». Comme bien
des jardins réels ou imaginaires de la culture occidentale,
le jardin de Voltaire est donc aussi un *hortus conclusus*
où l'on oublie, ou tente un instant d'oublier, le reste du
monde en se repliant sur soi, loin du mal et de la
souffrance.

Au moment où le philosophe s'installe aux Délices,
les tragédies et les malheurs se succèdent en effet autour
de lui. Le 1er novembre 1755, à Lisbonne, un violent
tremblement de terre, suivi d'un incendie puis d'un raz
de marée, porte à leur comble l'horreur et l'épouvante :
trente mille hommes, femmes et enfants perdent la vie
en quelques instants. Apprenant cette nouvelle, Voltaire
exprime son désarroi : « On sera bien embarrassé à
deviner comment les lois du mouvement opèrent des
désastres si effroyables dans le *meilleur des mondes pos-
sibles*. Cent mille fourmis, notre prochain, écrasées tout
d'un coup dans notre fourmilière, et la moitié périssant
sans doute dans des angoisses inexprimables [4] ». Dans le
Poème sur le désastre de Lisbonne, il note encore :

« L'homme, étranger à soi, de l'homme est ignoré.
Que suis-je, où suis-je, où vais-je, et d'où suis-je tiré ?
Atomes tourmentés sur cet amas de boue,

1. *Ibid.*, t. IV, p. 1024, lettre du 4 juin 1757.
2. *Ibid.*, t. V, p. 261, lettre du 11 nov. 1758.
3. *Ibid.*, t. IV, p. 1042, lettre du 3 juillet 1757.
4. *Ibid.*, p. 619, lettre du 24 nov. 1755. C'est l'auteur qui souligne.

Que la mort engloutit et dont le sort se joue [...]
Au sein de l'infini nous élançons notre être,
Sans pouvoir un moment nous voir et nous connaître [1] ».

Un an plus tard, commence un autre drame, la guerre de Sept Ans (1756-1763) dans laquelle sont engagés les principaux pays européens. Né de la rivalité franco-anglaise et de la volonté autrichienne de reprendre la Silésie — envahie par Frédéric II de Prusse en 1740 —, ce conflit sanglant oppose l'Angleterre, alliée à la Prusse et au Hanovre, aux autres pays européens : France, Autriche, Russie, Espagne, Saxe, Suède. Ainsi se succèdent au cours de ces années difficiles invasions, atrocités de toutes sortes, batailles sur terre et sur mer, en Europe et aux colonies (Antilles, Canada, Inde). L'histoire européenne bascule peu à peu vers un nouvel équilibre ratifié par les traités de Huberstburg et de Paris (1763), l'importance politique et militaire de la Prusse s'affirme ainsi que la puissance coloniale de l'Angleterre mais, pendant sept ans, la souffrance et la mort frappent sans cesse. Cette actualité provoque un profond malaise chez Voltaire qui écrit le 17 septembre 1756 : « Nos désastres particuliers ne m'empêchent pas de sentir les malheurs publics qui se préparent : *Tout est bien*, tout est mieux que jamais. Voilà deux ou trois cent mille animaux à deux pieds qui vont s'égorger pour cinq sous par jour [...]. Le meilleur des mondes possibles est horriblement ridicule. Il faudrait voir tout avec des yeux stoïques. Mais le moyen, quand on souffre et qu'on voit souffrir [2] ? »

« Le meilleur des mondes possibles est bien vilain depuis deux ans », souligne-t-il encore le 24 juin 1757 en ajoutant : « On ne peut pas dire encore *tout est bien* mais cela ne va pas mal ; et avec le temps l'optimisme sera démontré [3] ». Le philosophe s'interroge et voudrait comprendre mais il n'y parvient pas véritablement. Il souffre et voudrait dominer sa peine mais ne peut qu'exprimer son désarroi face à un univers incohérent où se perd la raison de l'homme. Dès lors, le langage ne

1. Voltaire, *Mélanges*, Pléiade, 1961, pp. 308-309.
2. *Correspondance*, t. IV, p. 851. C'est l'auteur qui souligne.
3. *Ibid.*, p. 1035, lettre du 24 juin 1757.

peut qu'être à l'image des absurdités de la vie : l'optimisme n'est qu'un vain mot et les formules « tout est bien », « tout est mieux » ne renvoient pas à une existence meilleure mais à un monde « horriblement ridicule ».

Après avoir abandonné tout espoir de revanche sur Frédéric II, incapable — en dépit de son rôle d'intermédiaire au cours de la guerre de Sept Ans — d'influer sur le cours tragique des événements, Voltaire est tenté, par instants, de fuir et d'oublier les malheurs du genre humain [1]. « Plus je vois ces horreurs, plus je m'enfonce dans ma retraite [...] Rampant d'une tanière dans l'autre, je me sauve des rois, et des armées [2] », écrit-il, environ deux mois avant la publication de *Candide*. Au printemps 1758, il affirmait déjà : « il faut vivre un peu pour soi, pour sa société, on est alors en paix ; qui se donne au monde est en guerre [3] ». Ce repli n'est toutefois pas oubli ou fuite du monde. A l'automne de 1758, Voltaire « plante en paix des jardins ». Contre la mort et la souffrance, il choisit de semer et de récolter, c'est-à-dire qu'il opte pour l'action et pour la vie. Havres de paix, où l'on se consacre au travail de la terre comme aux activités de l'esprit, les Délices, et plus tard Ferney, ne sont qu'une petite partie du monde mais d'où le philosophe triomphe de l'isolement en diffusant ses écrits dans toute l'Europe. Imprimé par l'éditeur Cramer de Genève au mois de décembre 1758, *Candide* est expédié à Paris et à Amsterdam à la mi-janvier de l'année suivante. Aussitôt, des milliers de lecteurs se passionnent pour les aventures d'un jeune naïf qui, après avoir échappé à mille périls, se retire en Turquie pour cultiver son jardin.

Si la réplique finale de Candide reprend presque à la lettre des termes utilisés par l'auteur dans sa correspondance, il n'est pas certain que le jardin fictif sur les bords

1. Voir E. Guitton, notice de *Candide* dans Voltaire, *Romans et Contes*, Paris, Le Livre de Poche, « La Pochothèque », 1994, pp. 900-902.
2. *Ibid.*, t. V, p. 271, lettre du 27 nov. 1758.
3. *Ibid.*, p. 139, lettre du 16 mai 1758.

de la Propontide soit identique à celui du maître des Délices. Fermés à la transcendance métaphysique, ces lieux évoquent, certes, tous deux, des idées de paix, d'activité et d'isolement. Mais le conseil que donne le Westphalien à la fin du conte peut faire l'objet de bien des interprétations. Consacre-t-il l'avènement d'une morale bourgeoise du travail ? Est-il encore marqué par l'influence d'un moralisme chrétien où le labeur humain guérit du *taedium vitae* ? Est-ce le rêve d'un physiocrate pour qui le travail de la terre améliore le revenu et donc le sort de l'homme ? Ou bien ce repli sur l'existence privée condamne-t-il la vie en société ? A défaut de conclusions certaines, on peut remarquer que Candide et ses amis apparaissent comme des originaux et des isolés. Ils ne relèvent d'aucune autorité. Leur monde clos est un monde sans amour où vivre revient avant tout à se consacrer à une activité utile. Il est difficile de croire que Voltaire ait pu aspirer, ne serait-ce que par intermittence, à mener pareille existence. On sait qu'aux Délices il recevait des hôtes nombreux, écrivait et publiait, présent aux débats intellectuels de son siècle. Si l'agriculture est devenue pour lui une passion, l'activité à laquelle il voue la plus grande partie de ses journées, la seule qui soit digne d'un honnête homme sous l'Ancien Régime est bien celle de l'esprit. Sa correspondance trahit une richesse intérieure étrangère à Candide.

Enjoué et tranquille, désabusé et inquiet, Voltaire ose donc une fiction où il crée un monde qui n'est pas semblable en tous points à celui dont il a fait l'expérience personnelle. Le « mal physique » et le « mal moral », angoisses du philosophe, hantent le conte mais ne laissent que peu de traces sur la sensibilité ou l'esprit des individus qu'ils frappent. Battue, violée, vendue, humiliée, Cunégonde n'est à aucun moment ébranlée dans son assurance et ses certitudes. La mort devient jeu sur les apparences puisque Pangloss et le jeune baron ne meurent que pour mieux « ressusciter » tout au long du récit. Dans *Candide*, l'enchaînement des épisodes figure un monde où le mal l'emporte sur le bien. Mais ce mal demeure une représentation extérieure, non un désarroi

intérieur, une émotion douloureuse. Ne pouvant le sup-
primer, le philosophe parvient à triompher de la
souffrance en inventant des personnages privés de sensi-
bilité et d'une authentique vie intérieure. « Amusez-vous
de la vie, il faut jouer avec elle, et quoique le jeu ne
vaille pas la chandelle il n'y a pas d'autre parti à
prendre [1] », conseillait Voltaire à l'une de ses correspon-
dantes en 1757. « Je joue avec la vie. Voilà la seule
chose à quoi elle soit bonne », précise-t-il encore le
27 novembre 1758 [2]. Désormais, le philosophe ne goûte
plus à la vie avec la même insouciance et la même
volupté qu'en 1736 lorsque, jeune poète, il écrivait dans
Le Mondain : « J'aime le luxe, et même la mollesse /
Tous les plaisirs, les arts de toute espèce ». Son plaisir
désabusé découle maintenant d'une distance lucide et
non d'une adhésion ou d'une participation à une vie dans
laquelle il mord à pleines dents. « Le jeu ne vaut pas la
chandelle » ; mieux vaut encore jouer que souffrir. Fruit
d'une expérience et d'une réflexion personnelles, *Can-
dide* est aussi un jeu lucide avec la vie, tantôt grave et
tantôt léger, tantôt cruel et tantôt dérisoire.

Candide *et Leibniz*

Expression sinon d'une joie de vivre, du moins d'une
volonté de surmonter et d'oublier la souffrance, ce jeu
marque aussi une impasse idéologique : Voltaire ne par-
vient toujours pas à trouver de réponse satisfaisante à
ses interrogations sur la destinée humaine. Si, d'une part,
en effet, l'univers embarrasse le philosophe qui, comme
il l'écrit lui-même, ne peut songer « que cette horloge
existe et n'ait point d'horloger », d'autre part, l'exis-
tence de ce « grand horloger » semble difficile à conci-
lier avec l'idée de liberté humaine. En un premier temps,
le philosophe croit ou s'efforce de croire à cette liberté,
puis sa réflexion tend à s'orienter vers un fatalisme
auquel il se résout presque malgré lui, puisqu'il écrit le

1. *Ibid.*, p. 1060, lettre du 1er août 1757.
2. *Ibid.*, t. V, p. 272.

26 janvier 1749 : « J'avais grande envie que nous fussions libres. J'ai fait tout ce que j'ai pu pour le croire. L'expérience et la raison me convainquent que nous sommes des machines, faites pour aller un certain temps, et comme il plaît à Dieu[1] ».

Mais alors comment accorder la bonté et la toute-puissance du Créateur avec la présence du mal dans la création ? Cette question, aussi ancienne que le christianisme, suscite, au début du XVIIIᵉ siècle, un ample débat où s'opposent en particulier Pierre Bayle (1647-1707) et Gottfried Wilhelm Leibniz (1646-1716). Pour le premier l'existence du mal peut difficilement faire l'objet d'une explication rationnelle et reste un mystère douloureux pour l'homme, tandis que le philosophe allemand tente de concilier l'existence de Dieu et la présence du mal avec les exigences de la raison. Mathématicien et philosophe, Leibniz occupe une place éminente dans l'histoire de la pensée scientifique et philosophique. « Lorsqu'on revient sur soi et qu'on compare les petits talents qu'on a reçus avec ceux d'un Leibniz, on est tenté de jeter loin les livres, et d'aller mourir tranquille au fond de quelque recoin ignoré », écrit à son sujet Diderot dans l'*Encyclopédie*[2]. La réflexion du savant allemand est en effet riche et complexe car c'est le monde de la connaissance tout entier qu'il essaie d'appréhender au moyen de conceptions nouvelles. Explorant en particulier les rapports entre l'individuel et l'universel, tant en mathématiques qu'en philosophie, il affirme que loin d'être seulement un cas, un exemple, c'est-à-dire une partie de l'univers, chaque substance individuelle — qu'il appelle *monade* — est l'univers même vu dans une perspective particulière. Tout en jouissant d'une nature propre chaque *monade* se rapporte et s'accorde à la totalité des autres, formant ainsi non une partie mais une sorte de reflet du tout qui seul constitue la vérité. Appliquée au domaine métaphysique, cette théorie fait de chaque individu — de chaque *monade*, donc — le reflet d'un univers dont le foyer est Dieu. « Toute substance est comme

1. *Ibid.*, t. III, p. 20, lettre à Frédéric II.
2. *Encyclopédie*, t. IX, art. Leibniz.

un monde entier et comme un miroir de Dieu ou bien de tout l'univers, qu'elle exprime chacune à sa façon », souligne-t-il dans le *Discours de métaphysique*. Mais si chaque *monade* est une concentration de l'univers, donc de Dieu, en Dieu l'univers est exprimé parfaitement, ce qui n'est pas le cas chez l'homme, c'est précisément là ce qui distingue le Créateur de sa créature. Toutefois, parfait, juste et bon, Dieu n'a pu que vouloir le monde tel qu'il est, dit encore le penseur allemand, toute hypothèse différente témoignant d'une sorte d'imperfection divine qui serait en contradiction avec l'idée de Dieu postulée au départ du raisonnement. Leibniz admet donc l'existence du mal dans les différentes parties de l'univers mais considère qu'elle ne détruit pas l'harmonie de l'ensemble car, mathématicien, il conçoit la création en quelque sorte comme une prévision mathématique, le monde tel qu'il est constituant pour lui la meilleure combinatoire possible, non parce que toutes ses parties, prises individuellement, sont les meilleures mais parce que ces parties sont telles qu'elles doivent être pour que le tout soit meilleur. Pour reprendre l'affirmation de Pangloss énoncée au chapitre I, le philosophe ne dit pas que « tout est bien » mais que « tout est au mieux ».

Reprises et quelquefois schématisées par Wolf (1679-1754) et par le poète anglais Pope (1688-1744), les théories leibniziennes se répandent en Europe à une époque où, précisément, l'interrogation religieuse va de pair avec une affirmation de la rationalité et une aspiration à un solide bonheur terrestre. Dans l'entourage direct de Voltaire, les leibniziens et plus encore les leibniziennes ne manquent pas : Mme du Châtelet dont on connaît l'importance dans la vie et l'œuvre de Voltaire, la duchesse de Saxe-Gotha, une des plus fidèles correspondantes qui, au milieu des désastres de la guerre de Sept Ans, continue à croire aux vertus de la Providence. Mais, riche en implications métaphysiques et intellectuelles, le système philosophique du penseur allemand n'est pas toujours bien connu et bien compris par ceux-là mêmes qui s'y réfèrent. Dépouillé de sa rigueur et de sa logique conceptuelle, il se réduit parfois à un optimisme facile,

à « une rage de soutenir que tout est bien quand on est mal », comme le dit Candide au chapitre XIX. Dans *Le Siècle de Louis XIV*, Voltaire ne manque pas de reconnaître la signification de l'œuvre leibnizienne mais, contrairement à Mme du Châtelet, il est loin d'être convaincu par son rationalisme spiritualiste et optimiste : « Je suis en peu de choses de l'avis de Leibniz », écrit-il à Helvétius le 7 janvier 1741[1]. Quelques mois plus tard, il ajoute : « Franchement, Leibniz n'est venu que pour embrouiller les sciences. Sa raison insuffisante, sa continuité, son plein, ses monades, etc. sont des germes de confusion dont M. Wolf a fait éclore méthodiquement quinze volumes in-4° qui mettront plus que jamais les têtes allemandes dans le goût de lire beaucoup et d'entendre peu[2] ». Un mois avant la publication de *Candide*, il souligne encore : « Le meilleur des mondes possibles de Joseph Leibniz, est un petit enfer, et tout paraît assez *mal* sur ce petit globe ou globule, dans lequel Pope prétend que tout est *bien*. J'ai mes raisons pour renoncer au système de l'optimisme[3] ». Prenant ses distances de façon explicite avec les idées de Leibniz, Voltaire tend à les combattre non au moyen du raisonnement, fruit de la rationalité, mais par la dérision, le jeu verbal et imaginaire. Ainsi écrit-il en 1741 :

> « [...] après quarante escalades
> Au château de la vérité,
> Sur le dos de Leibniz monté,
> Je ne trouve que des monades ?
> Ah ! fuyez, songes imposteurs,
> Ennuyeuse et froide chimère ;
> Et puisqu'il nous faut des erreurs,
> Que nos mensonges sachent plaire[4] ».

Voltaire se garde d'opposer ses propres théories à celles du savant allemand. Il use d'une fiction, mise en

1. *Correspondance*, t. II, p. 424.
2. *Ibid.*, t. II, p. 482, lettre du 5 mai 1741.
3. *Ibid.*, t. V, p. 276, lettre du 9 déc. 1758. C'est l'auteur qui souligne.
4. *Ibid.*, t. II, pp. 450-451, lettre du 3 mars 1741.

scène d'une dégradation où Leibniz est rabaissé au rang
de « monture ». Dix-sept ans plus tard, Pangloss, rongé
par la syphilis, privé d'un œil et d'une oreille, pendu,
disséqué, figure la revanche du corps sur l'esprit.
Démentie par les faits, la philosophie qu'il professe est
réduite à une sorte de rage optimiste, d'automatisme de
langage et donc de négation de la pensée.

Grâce à Pangloss, l'auteur de *Candide* gagne à lui les
rieurs mais il ne résout pas la difficulté affrontée par
Leibniz. Sans bâtir de système philosophique, Voltaire a
évolué d'un optimisme hédoniste (*Le Mondain*, 1736) à
un scepticisme de plus en plus désenchanté (*Le monde
comme il va*, 1747). En 1756, dans son *Poème sur le
désastre de Lisbonne*, il s'interroge encore : « Pourquoi
donc souffrons-nous sous un maître équitable ? » Les
réponses qu'il suggère laissent deviner plus de doutes
que de certitudes :

« Ou l'homme est né coupable, et Dieu punit sa race,
Ou ce maître absolu de l'être et de l'espace,
Sans courroux, sans pitié, tranquille, indifférent,
De ses premiers décrets suit l'éternel torrent ;
Ou la matière informe, à son maître rebelle,
Porte en soi des défauts *nécessaires* comme elle ;
Ou bien Dieu nous éprouve, et ce séjour mortel
N'est qu'un passage étroit vers un monde éternel[1] ».

Partagé entre son désir de comprendre et son incapa-
cité à trouver des réponses définitives, il ajoute plus
loin :

« Quelque parti qu'on prenne, on doit frémir sans doute.
Il n'est rien qu'on connaisse, et rien qu'on ne redoute
La nature est muette, on l'interroge en vain ;
On a besoin d'un Dieu qui parle au genre humain[2] ».

D'actualité, les réflexions du *Poème sur le désastre
de Lisbonne* suscitent de nombreux commentaires dans
les journaux et gazettes de l'époque. Célèbre depuis son
Discours sur les sciences et les arts (1750), Rousseau

1. Voltaire, *Mélanges*, p. 307.
2. *Ibid.*, p. 308.

prend lui aussi la plume pour affirmer que loin d'être une source d'élévation morale et de progrès, la civilisation corrompt l'homme, bon par nature. « Je ne vois pas qu'on puisse chercher la source du mal moral ailleurs que dans l'homme libre, perfectionné, partant corrompu », écrit-il ainsi le 18 août 1756 dans une lettre adressée à Voltaire. Puis il précise encore : « La plupart de nos maux physiques sont encore notre ouvrage. Sans quitter votre sujet de Lisbonne, convenez par exemple, que la nature n'avait point rassemblé là vingt mille maisons de six à sept étages, et que si les habitants de cette grande ville eussent été dispersés plus également, et plus légèrement logés, le dégât eût été beaucoup moindre, et peut-être nul [1] ». Difficiles à résoudre par la raison humaine, ces questions font « frémir », dit Voltaire, elles « se rapportent toutes à l'existence de Dieu », précise fort justement Rousseau dans sa lettre de 1756. Les deux hommes, en effet, n'ignorent pas qu'examiner les problèmes de la foi à la lumière de la raison c'est courir le risque d'ouvrir la voie à l'athéisme. Voie alors grosse de dangers, que le déiste Voltaire n'emprunte pas mais qui commence à être suivie par quelques esprits forts.

Ces doutes et ces interrogations, qui habitent le siècle des Lumières, tissent le fil directeur de *Candide*. Toutefois, cela ne signifie pas que les aventures des différents personnages soient simplement un prétexte ou le support d'un débat métaphysique. D'inspiration philosophique, le conte voltairien est la mise en œuvre narrative d'une question, non un traité théorique. Comme l'indique le sous-titre, *Candide* pose la question de l'optimisme tout en contant, mais c'est aussi l'histoire d'un jeune garçon qui avait le jugement assez droit et l'esprit le plus simple. Aussi le thème central du conte se présente-t-il d'abord comme une accumulation de faits, d'événements et non comme une réflexion abstraite. Le mal auquel est confronté le héros voltairien est une réalité cruelle faite de guerres, d'avidité de pouvoir et de richesse, d'intolérance, de catastrophes naturelles, de maladies, de viols, de meurtres, etc. Dans *Candide*, le mal c'est l'injustice

1. Rousseau, *Correspondance*, éd. R.A. Leigh, 1967, t. IV, p. 39.

qui voue le nègre de Surinam à toutes les tortures tandis que le riche et noble Pococuranté s'ennuie dans son palais sur la Brenta ; c'est encore l'incohérence absurde qui fait mourir Jacques, le bon anabaptiste, en rade de Lisbonne, sous le regard indifférent de l'homme qu'il vient de sauver. Le problème religieux est, lui aussi, mis en narration à travers des faits concrets : présence redoutable de l'Inquisition, autodafé de Lisbonne, moralité douteuse des jésuites ou du frère Giroflée.

Si, dans *Candide*, le récit des faits l'emporte sur la pause réflexive, c'est également parce que la technique narrative employée par Voltaire isole l'événement, le replie sur lui-même en le coupant de tout projet ou raison humaine. Privés de motivations, les actes ne peuvent que s'enchaîner de façon incohérente. Ainsi la guerre qui oppose Abares et Bulgares n'est-elle qu'une suite d'absurdités car elle n'est inscrite dans aucun dessein politique. Les canons et la mousqueterie produisent leur effet meurtrier, des milliers d'hommes périssent, les rois font chanter un *Te Deum* mais les causes et les conséquences politiques du conflit ne sont jamais mentionnées. Saisis au ras de l'événement, les faits rapportés produisent tous le même effet sur Candide : ils le désorientent et le conduisent à douter du bien-fondé des principes énoncés par Pangloss mais aucun ne lui apporte un enseignement définitif : ni l'expérience hollandaise, où la générosité de l'anabaptiste ne peut faire oublier la dureté du prédicateur protestant, ni le voyage au pays d'Eldorado, où « tout le monde est du même avis » et adore Dieu du soir jusqu'au matin, ignorant l'existence du mal et donc, en même temps, la portée des interrogations de Candide. C'est pourquoi, dans le dernier chapitre, le jeune homme, encore en proie au doute et à l'incertitude, adresse ces deux répliques à celui qui passe pour le meilleur philosophe de Turquie : « Maître, nous venons vous prier de nous dire pourquoi un aussi étrange animal que l'homme a été formé », « Mon père, il y a horriblement de mal sur la terre ». Si le jeune Westphalien et ses amis trouvent enfin le repos et le moyen de « rendre la vie supportable » en cultivant

leur jardin au bord de la Propontide, cette conclusion, on l'a vu, est loin de clore de façon définitive le débat ouvert par Leibniz. Mis en narration, le problème de l'optimisme devient une succession chaotique d'événements et non un enchaînement cohérent de concepts.

Fiction et philosophie

Dès que s'affirme le succès de *Candide*, Voltaire désavoue cette publication, comme il l'avait déjà fait dans d'autres cas, afin de se soustraire aux poursuites pénales qui le menacent. « Dieu me garde d'avoir la moindre part à cet ouvrage [1] », fait-il savoir dès le 10 mars 1759. Quelques jours plus tard il ajoute encore : « comme je trouve cet ouvrage très contraire aux décisions de la Sorbonne et aux décrétales je soutiens que je n'y ai aucune part [2] ».

Le philosophe semble même prendre un malin plaisir à égarer puisque, au mois de mars encore, il adresse à un pasteur genevois une lettre dans laquelle il désavoue *Candide* tout en défendant « les fondements de notre sainte religion ». « J'ai lu enfin *Candide* », écrit Voltaire avant d'ajouter : « il faut avoir perdu le sens pour m'attribuer cette coïonnerie. J'ai, Dieu merci, de meilleures occupations. Si je pouvais excuser jamais l'inquisition, je pardonnerais aux inquisiteurs du Portugal d'avoir pendu le raisonneur Pangloss pour avoir soutenu l'optimisme. En effet cet optimisme détruit visiblement les fondements de notre sainte religion ; il mène à la fatalité ; il fait regarder la chute de l'homme comme une fable, et la malédiction prononcée par Dieu même contre la terre comme vaine. C'est le sentiment de toutes les personnes religieuses et instruites : elles regardent l'optimisme comme une impiété affreuse. Pour moi qui suis plus modéré, je ferais grâce à cet optimisme, pourvu que ceux qui soutiennent ce système ajoutassent qu'ils croient que Dieu, dans une autre vie, nous donnera, selon

1. Voltaire, *Correspondance*, t. V, p. 408, lettre du 10 mars 1759.
2. *Ibid.*, p. 413.

sa miséricorde, le bien dont il nous prive en ce monde
selon sa justice. C'est l'éternité à venir qui fait l'opti-
misme, et non le moment présent[1] ». Le 1er avril de la
même année, Voltaire envoie au *Journal encyclopédique*
une lettre signée, dans laquelle, après s'être fait passer
pour un certain Démad, il prétend que l'auteur de *Can-
dide* n'est autre que son propre frère, capitaine dans le
régiment de Brunswick. Ce capitaine, souligne-t-il, avait
écrit « ce profond ouvrage de philosophie » dans le but
de « convertir les Sociniens » qui, niant « la Trinité et
les peines éternelles », affirment que « Dieu a nécessai-
rement fait de notre monde le meilleur des mondes pos-
sibles ». L'existence de ce mystérieux Démad semble un
instant exclure celle du tout aussi mystérieux docteur
Ralph, désigné par la première édition comme le véri-
table auteur du conte. Mais un post-scriptum ajouté à la
fin de la lettre parvient à concilier les deux versions : le
docteur Ralph, ami de Démad, a aidé ce dernier qui fort
modestement a préféré faire passer son ouvrage pour
une traduction[2].

La nécessité d'échapper aux rigueurs de la censure ne
peut, à elle seule, expliquer cette suite d'escamotages et
de mystifications dont personne n'est la dupe. Affabuler
est d'abord du ressort du conteur Voltaire. Jeune poète
encore inconnu, il compose quelques contes en vers
imités de La Fontaine[3]. Jusqu'au milieu du siècle, c'est
avant tout l'auteur d'*Œdipe* (1718), de *Brutus* (1730),
de *Zaïre* (1732) et de *Mahomet* (1741) que célèbrent les
contemporains car, pendant cette première partie de sa
vie, Voltaire donne sa préférence à la fiction théâtrale
tragique, source principale de gloire à l'époque.
Apprécié de très nombreux lecteurs, le roman demeure
un genre dédaigné par la critique et par les « grands »
auteurs. Voltaire lui-même témoigne de cette défaveur
dans une lettre de 1739 à Frédéric II, à l'occasion de

1. *Ibid.*, p. 420.
2. Cette lettre est reproduite par J. Van Den Heuvel dans Voltaire,
Romans et contes, Pléiade, 1979, pp. 890-891.
3. Sur toute cette question, voir la préface d'E. Guitton à son édition
des *Romans et contes*.

l'envoi de l'un de ses contes, *Le Voyage du baron de Gangan* (qui deviendra plus tard *Micromégas)*, « fadaise philosophique qui ne doit être lue que comme on se délasse d'un travail sérieux avec les bouffonneries d'Arlequin [1] ».

Les publications des années 1750 montrent donc un homme déchiré entre son respect des genres noble et sublime et la liberté d'une écriture dégagée des contraintes. C'est alors que la production voltairienne s'éloigne de la fiction tragique pour se rapprocher du conte philosophique. Plus d'une vingtaine de titres se succèdent de 1747 à 1775 avec quelques temps forts : 1752 : *Micromégas*, 1759 : *Candide*, 1767 : *L'Ingénu*. Ce genre n'est pas toujours facile à définir. Voltaire y tente avec bonheur de concilier narration et réflexion philosophique, de mêler fantaisie et réalisme. Comme les contes folkloriques, *Candide* s'ouvre par une formule — « Il y avait en Westphalie... » —, évocation d'un passé indéfini et d'un lieu suffisamment éloigné pour semer le doute. « La donnée centrale du récit provient de la tradition romanesque la plus noble et la plus chimérique [2] », illustrée par des termes comme *château, monsieur le baron*, ainsi que par la quête et le retardement de l'amour. Tout au long du récit, défiant sans cesse le principe de réalité, les personnages passent avec la même désinvolture d'un continent à l'autre ou de la mort (présumée) à la vie. Les noms des personnages eux-mêmes contribuent souvent à projeter le lecteur dans un monde où la vraisemblance n'est pas l'exigence fondamentale. Si « Candide » convient tout à fait à la naïveté du jeune homme, ce prénom n'est guère westphalien ! Pas plus que « Pangloss », en grec « Tout-langue ». De même, « Thunder-ten-tronckh » révèle non l'origine du personnage mais les intentions satiriques de l'auteur à l'égard de la langue allemande, peu élégante à son goût. L'évocation du gouverneur « don Fernando d'Ibaraa, y Figueora, y Mascarenes, y Lampourdos, y Souza » (chap. XIII) parodie pesamment les patronymes espa-

1. Voltaire, *Correspondance*, t. II, p. 215, lettre du 20 juin 1739.
2. E. Guitton, *op. cit.*, p. 900.

gnols et portugais. « Vanderdendur » (chap. XIX) témoigne également de la fantaisie verbale de Voltaire et de sa rancune tenace à l'endroit d'un certain Van Duren, libraire hollandais, avec lequel il s'était querellé.

Pourtant *Candide* est loin de n'être qu'un enchaînement d'épisodes fantaisistes situés dans un contexte tout aussi irréel. Le passé suggéré se rapproche plus de nous qu'on n'avait pu le penser. Si les déplacements et les voyages se multiplient jusqu'à l'invraisemblable, les villes et les pays traversés sont, la plupart du temps, bien réels ou situés avec une précision suffisante pour pouvoir reconstruire les voyage de Candide, de Cunégonde et de la vieille femme. Le royaume d'Eldorado lui-même est localisé, non dans la réalité, bien sûr, mais selon une tradition utopique et par les récits d'explorateurs qui situaient cette terre promise tantôt au Pérou tantôt en Colombie ou en Guyane. De plus, l'actualité est souvent présente dans le récit : guerre de Sept Ans, désastre de Lisbonne, « réductions » jésuites du Paraguay, autodafé, etc. Bien des détails contribuent encore à créer un effet de réel : Coïmbra et Buenos-Aires étaient bien, la première, le siège de la plus célèbre université portugaise, la seconde, la capitale des possessions espagnoles d'Amérique du Sud. Tetuan et « Méquinez » (aujourd'hui Meknès) étaient connues pour leur chevaux (chap. XVII). L'amiral Bying (chap. XXIII) fut effectivement exécuté à Portsmouth. De même, les souverains déchus, mentionnés au chap. XXVI ont réellement existé et l'évocation de la foire Saint-Germain, des faubourgs Saint-Marceau et Saint-Honoré est tout à fait vraisemblable (chap. XXIII).

Bien que les situations rapportées soient à l'ordinaire situées dans une réalité spatiale et temporelle connue des lecteurs de *Candide*, le conte voltairien ne saurait représenter le monde tel qu'il était au XVIIIᵉ siècle. Quand la moyenne horaire des déplacements n'est encore que de quatre ou cinq kilomètres, le jeune Westphalien et ses amis abolissent l'espace, bondissant en quelques instants de la Hollande au Portugal, de Cadix à Buenos-Aires ou de Portsmouth à Venise. Les événe-

ments s'enchaînent avec une telle incohérence que personne ne peut un instant croire à la succession de morts apparentes et de retrouvailles inespérées sur laquelle se fonde le récit. Pas plus qu'on ne peut prêter à Voltaire l'idée que tous les Juifs sont des fripons, les religieux des inquisiteurs ou des débauchés et les femmes des êtres luxurieux et cupides. S'il y a ici mélange entre réalisme et fantaisie, la fiction s'avoue toujours pour telle ; Voltaire ne cherche presque jamais à faire vrai mais à « jouer faux » (Jean Starobinski) [1]. Sans être des pantins, comme on l'a dit quelquefois, les personnages restent toujours quelque peu figés parce que dépourvus d'intériorité. Candide n'est pas une marionnette vouée à répéter les leçons de Pangloss, mais son évolution procède d'une accumulation invraisemblable de désastres et de mésaventures. Une ou deux expressions suffisent à croquer le jeune homme qui, tout au long du conte, agit en conformité avec la brève présentation primitive : « il avait le jugement assez droit, avec l'esprit le plus simple », son prénom livrant une fois pour toutes la clé de lecture psychologique. Certes, dans ce récit, les personnages aiment, souffrent, agissent ; il est toutefois difficile d'affirmer qu'ils vivent véritablement car, le plus souvent, leur existence n'est que la somme de réactions immédiates à des phénomènes extérieurs. Ainsi Cunégonde, femme sensuelle et volage dans sa jeunesse et l'épanouissement de sa chair, se transforme-t-elle en une excellente pâtissière dès lors qu'elle devient vieille et laide.

La réalité, même, n'est pas aussi accablante et contraignante qu'elle pourrait tout d'abord le sembler. Dans cette succession de catastrophes diverses, les personnages principaux « ressuscitent » plus souvent qu'ils ne meurent. Ni la richesse ni la pauvreté ne sont jamais acquises. Contre les usages de l'Ancien Régime, les différences sociales ne constituent jamais des barrières infranchissables : Candide parvient à épouser Cunégonde et ses soixante-douze quartiers de noblesse malgré

1. J. Starobinski, « Sur le style philosophique de *Candide* », *Comparative literature*, vol. XXVIII, 1976, n° 3.

l'opposition de son frère. Dans *Candide*, le réel n'est que rarement figé et immuable car le déplacement spatial peut toujours entraîner un changement dans le caractère ou la condition. Chassé du château du baron Thunder-ten-tronckh où il est à la fois heureux et sans état social précis, Candide devient aussitôt malheureux et si pauvre qu'il est près de mourir de faim et de lassitude. Aimable et aimante lorsque Don Issachar et le Grand Inquisiteur se partagent ses faveurs, Cunégonde devient acariâtre et autoritaire quand elle n'est plus qu'une esclave qui lave les écuelles sur le bord de la mer de Marmara. Partir, être ailleurs, c'est s'ouvrir à la possibilité d'être différent de ce que l'on a été jusqu'alors. Seul le nègre de Surinam, incapable de fuir la plantation, ne peut quitter sa condition d'esclave et reste donc semblable à lui-même. Evoluant dans cette réalité mouvante, les personnages font preuve à leur tour d'une légèreté plus propre au conte ou à la *Commedia dell'arte* qu'à la vie réelle.

Rallier le public à la démarche critique des Lumières en raillant ? *Candide* ne serait pas devenu *Candide* sans la magie d'un style hérissé de pointes, où les phrases paraissent pressées d'être achevées, enlevées parce que légères. L'ironie est partout dans le conte. Dans la façon dont l'auteur voit et fait voir ses personnages, à commencer par le principal, comme dans la manière dont ils en usent avec eux-mêmes. Procureuranté, au moment même où il confesse et dénonce sa vanité, donne une leçon de peinture à Raphaël dont du reste il ne regarde plus les toiles. La vivacité du récit doit beaucoup au rythme des répliques, à l'équilibre observé entre les parties dialoguées et celles où le conteur médite en quatre mots sur les catastrophes qui font « partout un grand bruit en quelques heures ». *Candide*, « vengeance contre la philosophie » (Italo Calvino), a gagné les cœurs par le moyen de l'esprit.

Candide *à travers les siècles*

L'année 1759 s'ouvre sur une période sombre pour la pensée des Lumières : le 23 janvier, le parlement de Paris condamne l'*Encyclopédie*, le 8 mars un arrêt du Conseil révoque le privilège qui permettait à cet ouvrage d'être légalement imprimé et diffusé en France. Découragé, d'Alembert abandonne la tâche qu'il avait commencée plus de huit ans auparavant. S'employant à sauver l'entreprise, Voltaire prodigue ses conseils mais, à la suite d'un désaccord avec Diderot, il envisage un instant de mettre fin à sa collaboration avec les encyclopédistes. C'est dans ce contexte difficile que le philosophe reçoit une lettre qui ne peut manquer de le réjouir : « *Candide* a paru il y a huit jours », lui écrit le duc de La Vallière qui précise : « Jamais peut-être livre ne s'est vendu avec plus de vivacité. On le trouve charmant, l'on vous nomme, je nie, et l'on ne me croit pas. L'on pense comme moi sur le chapitre de Paris, c'est le seul qui soit trouvé faible. Mangeons du jésuite est déjà un proverbe [1] ». Mis en vente à partir de la mi-février 1759, *Candide* connaît en effet un grand succès. Les éditions et les contrefaçons se multiplient rapidement. Vingt mille exemplaires [2] sont imprimés au cours de la seule année 1759, ce qui est considérable à cette époque. La diffusion est clandestine car à Paris, comme à Genève, l'ouvrage est saisi et condamné. Dévots et moralistes de tous bords en dénoncent les « impiétés », les « indécences » et les « allégories également contraires à la religion et aux bonnes mœurs [3] ». C'est, affirme-t-on encore, un livre « rempli de principes dangereux par rapport à la religion et tendant à la dépravation des mœurs [4] ». Dans la presse, la réaction est tout aussi sévère. Ainsi, le *Journal encyclopédique*, habituellement favorable aux philosophes, fait quelques concessions à ses adversaires en affirmant qu'il aurait été souhaitable que l'auteur de

1. Voir Voltaire, *Correspondance*, éd. Th. Besterman, D 8072.
2. Pour cette estimation, voir *Candide*, éd. R. Pomeau, p. 64.
3. Exemples cités par Th. Besterman, *op. cit.*, D 8140.
4. *Ibid.*, D. app. 173.

Candide « eût parlé avec plus de respect de tout ce qui regarde la religion et ses ministres [1] ». Fustigé pour son immoralité, le conte voltairien est aussi critiqué pour sa mauvaise qualité littéraire. C'est un récit si mal écrit et si sot, déclare ironiquement Fréron, qu'il ne peut être l'œuvre de Voltaire [2]. De même, affirme Grimm, « il n'y a dans *Candide* ni ordonnance, ni plan, ni sagesse, ni de ces coups de pinceaux heureux qu'on rencontre dans quelques romans anglais de même genre ». S'il admet que cet ouvrage est fort amusant, l'écrivain allemand ajoute cependant que le lecteur y trouvera « beaucoup de choses de mauvais goût, d'autres de mauvais ton, des polissonneries et des ordures qui n'ont point ce voile de gaze qui les rend supportables [3] ». « Il ne faut pas juger cette production avec sévérité » car « elle ne soutiendrait pas une critique sérieuse », précise encore Grimm qui conclut ainsi son article : « Vraisemblablement, dira un critique judicieux dans deux mille ans d'ici, l'auteur n'avait que vingt-cinq ans lorsqu'il écrivit *Candide*. C'était son coup d'essai dans ce genre. Son goût était jeune encore ; aussi manque-t-il souvent aux bienséances, et sa gaieté dégénère souvent en folie [4] ».

Peu conforme aux règles de la morale traditionnelle comme à celles de l'esthétique des Lumières, *Candide* ravit cependant de nombreux lecteurs moins soucieux des bienséances : le comte de Choiseul, ambassadeur de France à Vienne, Frédéric II, qui lut le conte à plusieurs reprises. Le 23 février, Thieriot, un ami de Voltaire, lui écrivait également : « On s'arrache votre ouvrage des mains. Il tient le cœur gai au point de faire rire à bouche ouverte ceux qui ne rient que du bout des dents [...]. Allez, vous avez raison de vous dire le meilleur vieux fol comique qu'il y ait jamais eu sur la terre [5] ». Mais le public de *Candide* fut surtout composé d'une foule de lecteurs anonymes qui ne laissèrent aucune trace écrite

1. *Journal encyclopédique*, 15 mars 1759.
2. *L'Année littéraire* (1759), II, pp. 203-210.
3. *Correspondance littéraire, philosophique et critique*, Paris, Garnier frères, 1878, t. IV, 1er mars 1759, pp. 85-86.
4. *Ibid.*, pp. 87-88.
5. *Correspondance*, éd. Besterman, D 8137.

de leurs réactions. Bien davantage que des déclarations, ce sont donc les chiffres (éditions et rééditions, exemplaires vendus, etc.) qui témoignent d'un succès dont il est difficile toutefois de connaître avec certitude les raisons. La transposition plaisante de l'actualité de l'époque fut certainement appréciée par un grand nombre de lecteurs, de même que la vitalité insolente des différents personnages. Mais, comme bien d'autres publications clandestines du XVIII[e] siècle, ce récit avait aussi l'attrait de la nouveauté, voire de l'interdit et de la transgression.

Après les bouleversements révolutionnaires, cet attrait diminua fortement. De plus, l'ironie voltairienne fut de moins en moins appréciée à une époque où commençait à s'épanouir le lyrisme personnel et « le vague des passions ». Mme de Staël se dit horrifiée par « cet ouvrage d'une gaîté infernale » qui « semble écrit par un être d'une autre nature que nous, indifférent à notre sort, content de nos souffrances, et riant comme un démon, ou comme un singe, des misères de cette espèce humaine avec laquelle il n'a rien de commun[1] ». Dans *De la littérature*, elle ajoutait encore : « de tels écrits sont nuisibles dans une république, où l'on a besoin d'estimer ses pareils, de croire au bien qu'on peut faire, et de s'animer aux sacrifices de tous les jours par la religion de l'espérance[2] ». Au XIX[e] siècle, la réprobation et la suspicion des milieux cultivés s'atténuèrent à peine. Victor Hugo qui dans sa jeunesse avait loué « la prose de cristal » de *Candide* critiquait durement « Voltaire le serpent, le doute, l'ironie[3] ». Toutefois, à une époque où le roman gagnait ses lettres de noblesse, ce récit commençait à faire l'objet d'une revalorisation esthétique. Flaubert qui le lut à plusieurs reprises, en apprécia particulièrement la fin qui était pour lui « la preuve criante d'un génie de premier ordre[4] ». Ce n'est cependant qu'au XX[e] siècle que les éloges l'emportèrent. Considéré jusqu'alors

1. *De l'Allemagne*, II, 115.
2. *De la littérature*, II, 5.
3. Pour cette citation, voir *Candide*, éd. R. Pomeau, *op. cit.*, p. 78.
4. Phrase citée par P. Vernière, *Candide*, Didier, 1972, p. 13.

comme immoral et tenu pour un texte secondaire de la production voltairienne, *Candide* devint pour les contemporains de Lanson « la parabole essentielle » de la philosophie de Voltaire, une lutte incessante contre « le mensonge de l'optimisme » et un éloge de « l'utilité de l'action sociale [1] ». Ainsi perçu et présenté, ce conte fit son entrée à l'Université. Dans les écoles secondaires, on se limita encore jusqu'en 1969 à l'analyse d'un texte soigneusement expurgé. Il a donc fallu plus de deux siècles pour que ce best-seller de la littérature clandestine du XVIIIe siècle devienne un classique, c'est-à-dire un modèle à valeur éducative.

Sylviane LEONI.

1. *Ibid.*, p. 13.

REPÈRES CHRONOLOGIQUES

	Vie et œuvres de Voltaire	Contexte historique et culturel
1694	Naissance de François-Marie Arouet, fils d'un riche notaire.	
1695		Publication du *Dictionnaire historique et critique* de Pierre Bayle.
1704-1711	Élève au collège jésuite de Louis-le-Grand, le jeune François-Marie fait de brillantes études.	
1712-1715	Il commence à fréquenter les salons littéraires et à écrire ses premières œuvres : une ode (1713) et une satire en vers (1714).	
1715		Mort de Louis XIV.
1715-1723	mai-oct. 1716 : Exilé à Sully-sur-Loire pour avoir fait des vers contre le Régent. mai 1717-avril 1718 : Incarcéré à la Bastille pour la même raison.	Régence de Philippe d'Orléans.

	Vie et œuvres de Voltaire	Contexte historique et culturel
1718	Représentation de sa première tragédie *Œdipe* qui remporte un très grand succès. Il prend le surnom de Voltaire.	
1721		Publication des *Lettres persanes* de Montesquieu.
1719-1724	Période de mondanités et de voyages en France et en Hollande. *La Ligue ou Henri le Grand* (première version de *La Henriade*) circule clandestinement.	
1725	Voltaire est chargé de plusieurs divertissements et représentations de théâtre pour les fêtes du mariage royal.	
1726	Querelle avec le chevalier de Rohan qui le fait bâtonner par ses gens. Il cherche alors un duel mais il est emprisonné à la Bastille puis exilé en Angleterre. mai 1726-novembre 1728 : séjour en Angleterre où il rencontre Swift et le poète Pope. Publication de *La Henriade* à Londres en 1728.	
1730	*Ode sur la mort de Mlle Lecouvreur*, comédienne amie de Voltaire dont le corps est jeté à la voirie. Grand succès de la tragédie *Brutus*.	Représentation du *Jeu de l'amour et du hasard* de Marivaux.
1731	Publication de l'*Histoire de Charles XII*, imprimé clandestinement.	

	Vie et œuvres de Voltaire	Contexte historique et culturel
1732	Succès de la tragédie *Zaïre*. Rédaction des vingt-quatre premières *Lettres philosophiques*.	
1733	Début de sa liaison avec Mme du Châtelet.	
1734	La publication des *Lettres philosophiques* oblige Voltaire à se réfugier au château de Cirey, en Lorraine, chez Mme du Chatelet.	
1736	Scandale à la suite de la publication du poème « Le Mondain ». Début de sa correspondance avec Frédéric qui deviendra roi de Prusse à partir de 1740. Départ pour la Hollande.	
1738	Publication des *Eléments de la philosophie de Newton*.	
1739	L'édition des premiers chapitres du *Siècle de Louis XIV* est saisie.	
1740		Début de la guerre de Succession d'Autriche (1740-1748).
1741	Succès de la tragédie *Mahomet* à Lille, mais les dévots font retirer la pièce à Paris, l'année suivante.	
1743	Succès de la tragédie *Mérope*. La même année Voltaire est envoyé en mission diplomatique auprès de Frédéric II.	
1743-1774		Règne personnel de Louis XV.

	Vie et œuvres de Voltaire	Contexte historique et culturel
1745-1747	Il bénéficie de la faveur de la cour et du roi grâce à Mme de Pompadour et aux frères d'Argenson, anciens condisciples de Voltaire devenus ministres de la Guerre et des Affaires étrangères. Il est ainsi nommé historiographe du roi en 1745. En 1746 il est élu à l'Académie française et reçoit un brevet de gentilhomme.	
1746		Publication des *Pensées philosophiques* de Diderot et de l'*Essai sur l'origine des connaissances humaines* de Condillac.
1747	Publication de *Memnon, histoire orientale*. A la suite d'un incident au cours d'une partie de cartes, Voltaire perd la faveur du roi et doit se réfugier à Sceaux, chez la duchesse du Maine.	
1748	Voltaire est à Lunéville, à la cour de Stanislas Leszczynski. Publication du *Monde comme il va* et de *Zadig*.	Paix d'Aix-la-Chapelle qui met fin à la guerre de Succession d'Autriche. Publication de *L'Esprit des lois* de Montesquieu.
1749	Mort de Mme du Châtelet.	Diderot est emprisonné à Vincennes. La même année, il publie la *Lettre sur les aveugles*.
1750		*Discours sur les sciences et les arts* de Rousseau.
1750-1753	Voltaire est à Berlin auprès de Frédéric II. Il publie *Le Siècle de Louis XIV* et *Micromégas* (1752).	

	Vie et œuvres de Voltaire	Contexte historique et culturel
1751		Le tome I de l'*Encyclopédie* est distribué aux souscripteurs.
1752		Condamnation de l'*Encyclopédie*.
1753-1754	Départ de Berlin. Voltaire est arrêté arbitrairement à Francfort sur ordre de Frédéric II. Il se fixe ensuite près de Genève aux « Délices », avec Mme Denis, sa nièce.	
1755		Tremblement de terre de Lisbonne. Publication du *Discours sur l'inégalité* de Rousseau.
1756	Publication du *Poème sur le désastre de Lisbonne*, de l'*Essai sur les mœurs* et des contes *Le Songe de Platon, L'Histoire des voyages de Scarmentado*.	Début de la guerre de Sept Ans.
1757		Attentat de Damiens contre Louis XV.
1758	Il achète la propriété de Ferney.	Publication de la *Lettre à d'Alembert sur les spectacles* de Rousseau, du *Père de famille* de Diderot et de l'ouvrage d'Helvétius intitulé *De l'esprit*.
1759	Publication de *Candide*.	Condamnation de l'*Encyclopédie* et révocation du privilège.
1760	Installation à Ferney.	
1761		Publication de *La Nouvelle Héloïse* de Rousseau.

	Vie et œuvres de Voltaire	Contexte historique et culturel
1762	Condamnation de *Candide* par l'Église. Début de l'affaire Calas.	Publication d'*Émile* et du *Contrat social* de Rousseau.
1763	Publication du *Traité sur la tolérance*.	Traité de Paris qui met fin à la guerre de Sept Ans.
1764	Publication du *Dictionnaire philosophique portatif* et de deux contes : *Jeannot et Colin, Le Blanc et le noir*.	Expulsion des jésuites de France.
1765	Réhabilitation de Calas. Ce succès encourage Voltaire dans sa lutte contre l'intolérance.	
1767	*L'Ingénu*.	
1768	Publication des contes : *L'Homme aux quarante écus* et *La Princesse de Babylone*.	
1770-1772	Les *Questions sur l'Encyclopédie*, dernière somme philosophique de Voltaire.	
1774		Louis XVI devient roi de France. Turgot est aux Finances.
1775		Publication du *Barbier de Séville* de Beaumarchais.
1778	Retour à Paris de Voltaire, qui meurt le 30 mai.	Traité d'alliance entre la France et les colonies anglaises d'Amérique qui ont proclamé leur indépendance deux ans plus tôt. Mort de Rousseau.

SELECTION BIBLIOGRAPHIQUE [1]

1. A compléter, le cas échéant, par la bibliographie donnée par E. Guitton à la fin de son édition des *Romans et Contes*.

ÉDITIONS CRITIQUES

DELOFFRE F. et VAN DEN HEUVEL J., *Romans et Contes de Voltaire*, Gallimard, « La Pléiade », 1979.

GUITTON E., *Romans et Contes en vers et en prose*, Le Livre de Poche, « La Pochothèque », 1994.

POMEAU R., Nizet, 1959. Nouvelle édition avec supplément 1979.

POMEAU R., *The Voltaire Foundation*, 1980.

THACKER C., Droz/Minard, 1968.

ÉTUDES SUR VOLTAIRE

BROOKS R., *Voltaire and Leibniz*, Droz, 1964.

LANSON G., *Voltaire*, Hachette, 1906.

MERVAUD C., *Voltaire en toutes lettres*, Bordas, 1991.

ORIEUX J., *Voltaire ou la royauté de l'esprit*, Flammarion, 1966.

POMEAU R., *Voltaire par lui-même*, Seuil, 1955.

La religion de Voltaire, Nizet, 1956.

La politique de Voltaire, Colin, 1963.

Voltaire en son temps, notamment t. 3 : « De la cour au jardin, 1750-1759 », The Voltaire Foundation, 1991.

VAN DEN HEUVEL J., *Voltaire dans ses contes*, Colin, 1967.

ÉTUDES SUR *CANDIDE*

CALVINO I., « Candide ou la vélocité » in *La Machine littérature, Essais*, Seuil, 1984, pp. 141-145.

CASTEX P.-G., *Voltaire : Micromégas, Candide, L'Ingénu*, S.E.D.E.S., 1959.

COULET H., « La candeur de Candide » in *Annales de la Faculté d'Aix-en-Provence*, 1960, t. 34, pp. 87-99 ;

« La distanciation dans le roman et le conte philosophiques », in *Roman et Lumières au XVIII^e siècle*, Ed. sociales, 1970, pp. 438-447.

GAILLARD P., *Candide : analyse critique*, Hatier, coll. « Profil d'une œuvre », 1972.

GILOT M., « Fonctions de la parole dans *Candide* », *Littératures*, 1984, n° 9-10, pp. 91-97.

GOLDZINK J., « Roman et idéologie dans *Candide* : Le Jardin », *La Pensée*, vol. 155, fév. 1971, pp. 78-91.

MAGNAN A., *Voltaire : Candide ou l'Optimisme*, PUF, 1987.

MAUZI R., *L'Idée du bonheur au XVIII^e siècle*, Colin, 1960.

POMEAU R., « *Candide* entre Marx et Freud », *Studies on Voltaire*, vol. LXXXIX, 1972, pp. 1305-1323.

SAREIL J., *Essai sur* Candide, Droz, 1967.

SIMOUNET A., *Candide et autres contes*, Bordas, 1985.

STAROBINSKI J., « Sur le style philosophique de *Candide* », *La Revue des belles lettres*, 1977, pp. 105-113.

« *Candide* et la question de l'autorité » in *Essays on the age of the Enlightenment in honor of Ira O. Wade*, Droz, 1977, pp. 305-312.

VERNIER F., « Les dysfonctionnements des normes du conte dans *Candide* », *Littérature*, 1971, n° 1, pp. 15-29.

NOTE SUR LA PRÉSENTE ÉDITION

Le texte reproduit ici est le dernier qui ait été publié du vivant de Voltaire et sous son contrôle, c'est-à-dire celui de l'édition « encadrée » de 1775 in-8°, par Cramer et Bardin (exemplaire Z 24.869 de la Bibliothèque Nationale dont l'orthographe a été modernisée).

Le périple de Candide

Voyage de la Vieille
Voyage de Cunégonde

Azov
Scutari
Smyrne
Samos
Constantinople
Milo
Alexandrie
Moscou
Riga
Rostock
Leipzig
Kassel
Utrecht
Rotterdam
Gaëte
Cap Matapan
Tripoli
Tunis
Alger
Lisbonne
Cadix
Buenos-Aires

CANDIDE OU L'OPTIMISME[1],

TRADUIT DE L'ALLEMAND

DE Mr. LE DOCTEUR RALPH[2],

AVEC LES ADDITIONS QU'ON A TROUVÉES DANS LA POCHE DU DOCTEUR, LORSQU'IL MOURUT A MINDEN[3], L'AN DE GRACE 1759.

CHAPITRE PREMIER.

COMMENT CANDIDE FUT ÉLEVÉ DANS UN BEAU CHATEAU, ET COMMENT IL FUT CHASSÉ D'ICELUI[4].

Il y avait en Vestphalie, dans le château de monsieur le baron de Thunder-ten-tronckh[5], un jeune garçon à qui la nature avait donné les mœurs les plus douces. Sa phy-

1. optimisme : employé pour la première fois en 1737 pour rendre compte de la *Théodicée* de Leibniz, ce terme appartient au langage philosophique jusqu'à la fin du XVIIIe siècle.
2. docteur Ralph : en inventant ce nom, l'auteur de *Candide* s'est peut-être souvenu d'un certain James Ralph, homme de lettres anglais qui avait publié plusieurs ouvrages alors que Voltaire séjournait à Londres.
3. Minden : ville de Westphalie où, pendant la guerre de Sept Ans, fut battue l'armée française (1er août 1759).
4. icelui : celui-ci. L'emploi de ce terme correspond sans aucun doute à un effet stylistique archaïsant car ce pronom démonstratif, condamné au XVIIe siècle par Vaugelas, par l'Académie et par les auteurs de dictionnaires (Richelet, Furetière), ne subsistait plus guère à l'époque de Voltaire que dans la langue de la procédure.
5. Thunder-ten-tronckh : nom fantaisiste inventé par Voltaire pour se moquer de la langue allemande dont il trouvait les sonorités trop dures et peu élégantes.

sionomie annonçait son âme. Il avait le jugement assez droit, avec l'esprit le plus simple ; c'est, je crois, pour cette raison qu'on le nommait Candide. Les anciens domestiques de la maison soupçonnaient qu'il était fils de la sœur de monsieur le baron, et d'un bon et honnête gentilhomme du voisinage, que cette demoiselle ne voulut jamais épouser parce qu'il n'avait pu prouver que soixante et onze quartiers[1], et que le reste de son arbre généalogique avait été perdu par l'injure du temps.

Monsieur le baron était un des plus puissants seigneurs de la Vestphalie, car son château avait une porte et des fenêtres[2]. Sa grande salle même était ornée d'une tapisserie. Tous les chiens de ses basses-cours composaient une meute dans le besoin[3], ses palefreniers étaient ses piqueurs[4], le vicaire du village était son grand aumônier. Ils l'appelaient tous Monseigneur, et ils riaient quand il faisait des contes[5].

Madame la baronne, qui pesait environ trois cent cinquante livres, s'attirait par là une très grande considération, et faisait les honneurs de la maison avec une dignité qui la rendait encore plus respectable. Sa fille Cunégonde, âgée de dix-sept ans, était haute en couleur[6], fraîche, grasse, appétissante. Le fils du baron paraissait en tout digne de son père. Le précepteur Pangloss était l'oracle de la maison, et le petit Candide écoutait ses leçons avec toute la bonne foi de son âge et de son caractère.

1. soixante et onze quartiers : soixante et onze degrés d'ascendance noble. Il s'agit évidemment d'une exagération burlesque.
2. Dès son premier voyage en Allemagne en 1740, Voltaire fut frappé par la pauvreté de la « détestable Westphalie » (*Correspondance*, lettre du 6 déc. 1740, t. II, p. 410). Dix ans plus tard, alors qu'il se rendait à Berlin, il éprouva la même impression et compara les maisons qu'il voyait à de « grandes huttes » et à des « cabanes enfumées » (*ibid.*, 24 juil. 1750, t. III, p. 204). Ces remarques permettent peut-être de comprendre pourquoi dans une région ainsi décrite un château qui « avait une porte et des fenêtres » pouvait être considéré comme un signe de richesse et de puissance.
3. dans le besoin : en cas de besoin.
4. un piqueur : un valet de meute à cheval qui, dans la chasse à courre, poursuit la bête.
5. faire des contes : dire des choses sans fondement (Littré).
6. être haut en couleur : avoir le visage très coloré.

Pangloss enseignait la métaphysico-théologo-cosmolo-nigologie[1]. Il prouvait admirablement qu'il n'y a point d'effet sans cause, et que, dans ce meilleur des mondes possibles, le château de monseigneur le baron était le plus beau des châteaux, et madame la meilleure des baronnes possibles.

« Il est démontré, disait-il, que les choses ne peuvent être autrement : car tout étant fait pour une fin, tout est nécessairement pour la meilleure fin. Remarquez bien que les nez ont été faits pour porter des lunettes ; aussi avons-nous des lunettes. Les jambes sont visiblement instituées pour être chaussées, et nous avons des chausses[2]. Les pierres ont été formées pour être taillées et pour en faire des châteaux : aussi monseigneur a un très beau château : le plus grand baron de la province doit être le mieux logé ; et les cochons étant faits pour être mangés, nous mangeons du porc toute l'année, Par conséquent, ceux qui ont avancé que tout est bien[3] ont dit une sottise : il fallait dire que tout est au mieux. »

Candide écoutait attentivement, et croyait innocemment : car il trouvait mademoiselle Cunégonde extrêmement belle, quoiqu'il ne prît jamais la hardiesse de le lui dire. Il concluait qu'après le bonheur d'être né baron de Thunder-ten-tronckh, le second degré de bonheur était d'être mademoiselle Cunégonde ; le troisième, de la voir tous les jours ; et le quatrième, d'entendre maître Pangloss, le plus grand philosophe de la province, et par conséquent de toute la terre.

Un jour, Cunégonde, en se promenant auprès du château, dans le petit bois qu'on appelait parc, vit entre des broussailles le docteur Pangloss qui donnait une leçon

1. métaphysico-théologo-cosmolonigologie : science fantaisiste qui serait à la fois une recherche des causes de l'univers et des principes premiers de la connaissance (métaphysique), une étude des questions religieuses (théologie) et du cosmos. Inventé par Voltaire, le terme nigologie pourrait peut-être désigner la science des nigauds.

2. chausses : partie du vêtement masculin qui couvrait le corps depuis la ceinture jusqu'aux genoux (haut-de-chausses) ou jusqu'aux pieds (bas-de-chausses).

3. tout est bien : allusion probable au poète anglais Pope qui, en 1734, dans son *Essai sur l'homme*, écrivait : « Tout ce qui est, est bien ».

de physique expérimentale[1] à la femme de chambre de sa mère, petite brune très jolie et très docile[2]. Comme mademoiselle Cunégonde avait beaucoup de disposition pour les sciences, elle observa, sans souffler, les expériences réitérées dont elle fut témoin ; elle vit clairement la raison suffisante[3] du docteur, les effets et les causes, et s'en retourna tout agitée, toute pensive, toute remplie du désir d'être savante, songeant qu'elle pourrait bien être la raison suffisante du jeune Candide, qui pouvait aussi être la sienne.

Elle rencontra Candide en revenant au château, et rougit ; Candide rougit aussi ; elle lui dit bonjour d'une voix entrecoupée, et Candide lui parla sans savoir ce qu'il disait. Le lendemain, après le dîner, comme on sortait de table, Cunégonde et Candide se trouvèrent derrière un paravent ; Cunégonde laissa tomber son mouchoir, Candide le ramassa ; elle lui prit innocemment la main ; le jeune homme baisa innocemment la main de la jeune demoiselle avec une vivacité, une sensibilité, une grâce toute particulière ; leurs bouches se rencontrèrent, leurs yeux s'enflammèrent, leurs genoux tremblèrent, leurs mains s'égarèrent. Monsieur le baron de Thunder-ten-tronckh passa auprès du paravent, et, voyant cette cause et cet effet, chassa Candide du château à grands coups de pied dans le derrière ; Cunégonde s'évanouit : elle fut souffletée par madame la baronne dès qu'elle fut revenue à elle-même ; et tout fut consterné dans le plus beau et le plus agréable des châteaux possibles.

1. Employée dans un sens ironique, cette expression contient une allusion au titre d'un ouvrage publié en 1743-1748 et réédité à plusieurs reprises : *Leçons de physique expérimentale* de l'abbé Jean-Antoine Nollet.

2. docile : au sens classique, qui a de la disposition à se laisser instruire (Littré).

3. la raison suffisante : expression qui appartient à la philosophie de Leibniz et désigne le « principe en vertu duquel nous considérons qu'aucun fait ne saurait se trouver vrai ou existant, aucune énonciation véritable, sans qu'il y ait une raison suffisante pourquoi il en soit ainsi et non pas autrement » (*La Monadologie* (1714), § 32).

CHAPITRE SECOND.

CE QUE DEVINT CANDIDE PARMI LES BULGARES.

Candide, chassé du paradis terrestre[1], marcha long-
temps sans savoir où, pleurant, levant les yeux au ciel,
les tournant souvent vers le plus beau des châteaux, qui
renfermait la plus belle des baronnettes, il se coucha sans
souper au milieu des champs entre deux sillons ; la neige
tombait à gros flocons. Candide, tout transi, se traîna le
lendemain vers la ville voisine, qui s'appelle Valdberg-
hoff-trarbk-dikdorff[2], n'ayant point d'argent, mourant de
faim, et de lassitude. Il s'arrêta tristement à la porte d'un
cabaret. Deux hommes habillés de bleu[3] le remarquè-
rent : « Camarade, dit l'un, voilà un jeune homme très
bien fait, et qui a la taille requise. » Ils s'avancèrent vers
Candide, et le prièrent à dîner très civilement[4] — « Mes-
sieurs, leur dit Candide avec une modestie charmante,
vous me faites beaucoup d'honneur, mais je n'ai pas de
quoi payer mon écot[5]. — Ah ! monsieur, lui dit un des
bleus, les personnes de votre figure[6] et de votre mérite
ne payent jamais rien : n'avez-vous pas cinq pieds cinq
pouces[7] de haut ? — Oui, messieurs, c'est ma taille, dit-
il en faisant la révérence. — Ah ! monsieur, mettez-vous
à table ; non seulement nous vous défrayerons, mais
nous ne souffrirons[8] jamais qu'un homme comme vous
manque d'argent ; les hommes ne sont faits que pour se
secourir les uns les autres. — Vous avez raison, dit Can-
dide ; c'est ce que monsieur Pangloss m'a toujours dit,

1. Parodiant la Genèse, Voltaire rapproche le sort de Candide chassé
du château de Thunder-ten-tronckh de celui d'Adam qui, chassé du
jardin d'Eden, connut aussitôt le froid et la faim.

2. Nom fantaisiste inventé par Voltaire à partir des mots allemands
wald (forêt), *berg* (montagne), *hof* (cour), *dick* (épais), *dorf* (village).

3. habillés de bleu : couleur de l'uniforme des sergents qui recru-
taient des soldats pour l'armée prussienne.

4. civilement : poliment.

5. écot : quote-part pour un repas.

6. la figure : l'apparence, la contenance, les manières.

7. Environ 1,80 m. Le pied était une ancienne mesure de longueur
d'environ 33 cm. Le pouce valait la douzième partie du pied.

8. souffrir : permettre.

et je vois bien que tout est au mieux. » On le prie d'accepter quelques écus[1], il les prend et veut faire son billet[2], on n'en veut point, on se met à table. « N'aimez-vous pas tendrement ?... — Oh ! oui, répond-il, j'aime tendrement mademoiselle Cunégonde. — Non, dit l'un de ces messieurs, nous vous demandons si vous n'aimez pas tendrement le roi des Bulgares[3] ? — Point du tout, dit-il, car je ne l'ai jamais vu. — Comment ! c'est le plus charmant des rois, et il faut boire à sa santé. — Oh ! très volontiers, messieurs. » Et il boit. « C'en est assez, lui dit-on, vous voilà l'appui, le soutien, le défenseur, le héros des Bulgares ; votre fortune est faite, et votre gloire est assurée. « On lui met sur-le-champ les fers aux pieds, et on le mène au régiment. On le fait tourner à droite, à gauche, hausser la baguette[4], remettre la baguette, coucher en joue[5], tirer, doubler le pas, et on lui donne trente coups de bâton ; le lendemain, il fait l'exercice un peu moins mal, et il ne reçoit que vingt coups ; le surlendemain, on ne lui en donne que dix, et il est regardé par ses camarades comme un prodige.

Candide, tout stupéfait, ne démêlait[6] pas encore trop bien comment il était un héros. Il s'avisa un beau jour de printemps de s'aller promener, marchant tout droit devant lui, croyant que c'était un privilège de l'espèce humaine, comme de l'espèce animale, de se servir de ses jambes à son plaisir[7]. Il n'eut pas fait deux lieues[8] que voilà quatre autres héros de six pieds qui l'atteignent, qui le lient, qui le mènent dans un cachot[9]. On lui

1. écu : ancienne monnaie d'argent valant ordinairement 3 livres.
2. billet : billet de reconnaissance de dette.
3. Au XVIIIe siècle, il n'existe pas de roi des Bulgares car l'État bulgare ne se constituera qu'à la fin du XIXe siècle en se libérant de la domination turque. L'expression utilisée par Voltaire est sans doute un moyen détourné pour évoquer le roi de Prusse Frédéric II.
4. la baguette : tige de fer qui servait à charger un fusil avant l'invention de la cartouche.
5. coucher en joue : se mettre en position pour tirer en appuyant le fusil contre la joue.
6. démêler : au sens classique, discerner.
7. à son plaisir : comme il lui plaît.
8. deux lieues : environ huit kilomètres.
9. Candide est jeté en prison car sa « promenade » était en fait une désertion.

demanda juridiquement ce qu'il aimait le mieux d'être fustigé[1] trente-six fois par tout le régiment, ou de recevoir à la fois douze balles de plomb dans la cervelle. Il eut beau dire que les volontés sont libres, et qu'il ne voulait ni l'un ni l'autre, il fallut faire un choix : il se détermina, en vertu du don de Dieu qu'on nomme *liberté*, à passer trente-six fois par les baguettes[2], il essuya deux promenades. Le régiment était composé de deux mille hommes. Cela lui composa quatre mille coups de baguettes, qui, depuis la nuque du cou jusqu'au cul, lui découvrirent les muscles et les nerfs. Comme on allait procéder à la troisième course, Candide, n'en pouvant plus, demanda en grâce qu'on voulût bien avoir la bonté de lui casser la tête : il obtint cette faveur ; on lui bande les yeux ; on le fait mettre à genoux. Le roi des Bulgares passe dans ce moment, s'informe du crime du patient[3] et comme ce roi avait un grand génie, il comprit, par tout ce qu'il apprit de Candide, que c'était un jeune métaphysicien fort ignorant des choses de ce monde, et il lui accorda sa grâce avec une clémence qui sera louée dans tous les journaux et dans tous les siècles. Un brave chirurgien guérit Candide en trois semaines avec les émollients[4] enseignés par Dioscoride[5]. Il avait déjà un peu de peau, et pouvait marcher, quand le roi des Bulgares livra bataille au roi des Abares[6].

1. fustigé : frappé à coups de bâton ou de fouet.
2. passer par les baguettes : ancienne punition militaire qui consistait à faire passer le condamné entre deux rangs de soldats qui le frappaient à coups de baguette.
3. patient : au sens classique, personne condamnée à mort et que l'on va exécuter (Littré).
4. émollient : produit qui calme la douleur.
5. Dioscoride : médecin grec du Iᵉʳ siècle après Jésus-Christ. Rabelais le mentionne à plusieurs reprises dans *Gargantua*.
6. les Abares : peuplade d'origine mongole qui envahit et dévasta l'Europe orientale du VIᵉ au IXᵉ siècle. L'évocation de cette peuplade correspond sans doute à un procédé métaphorique — renforcé par la similitude phonétique — qui permet de présenter le conflit entre les Bulgares (les Prussiens) et les Abares (les Français ?) comme une guerre entre barbares.

CHAPITRE TROISIÈME.

COMMENT CANDIDE SE SAUVA D'ENTRE LES BULGARES, ET CE QU'IL DEVINT.

Rien n'était si beau, si leste[1], si brillant, si bien ordonné que les deux armées. Les trompettes, les fifres, les hautbois, les tambours, les canons, formaient une harmonie telle qu'il n'y en eut jamais en enfer. Les canons renversèrent d'abord à peu près six mille hommes de chaque côté ; ensuite la mousqueterie ôta du meilleur des mondes environ neuf à dix mille coquins qui en infectaient la surface. La baïonnette fut aussi la raison suffisante de la mort de quelques milliers d'hommes. Le tout pouvait bien se monter à une trentaine de mille âmes. Candide, qui tremblait comme un philosophe, se cacha du mieux qu'il put pendant cette boucherie héroïque.

Enfin, tandis que les deux rois faisaient chanter des *Te Deum*[2], chacun dans son camp, il prit le parti d'aller raisonner ailleurs des effets et des causes. Il passa pardessus des tas de morts et de mourants, et gagna d'abord un village voisin ; il était en cendres : c'était un village abare que les Bulgares avaient brûlé, selon les lois du droit public. Ici des vieillards criblés de coups regardaient mourir leurs femmes égorgées, qui tenaient leurs enfants à leurs mamelles sanglantes ; là des filles, éventrées après avoir assouvi les besoins naturels de quelques héros, rendaient les derniers soupirs ; d'autres, à demi

1. leste : ce terme est employé dans un sens aujourd'hui sorti d'usage : habillé et équipé de manière à exécuter avec agilité tous ses mouvements.

2. Reprise par Voltaire dans *Micromégas*, dans le *Dictionnaire philosophique* et dans les *Dialogues entre A, B, C,* cette remarque qui permet de critiquer certaines pratiques religieuses est peut-être empruntée au *Dictionnaire* de Bayle (art. « Fabricius »). L'expression *Te Deum* dérive du cantique *Te Deum laudamus* et désigne une cérémonie d'action de grâces pour remercier Dieu de son secours. Sous l'Ancien Régime, cette action de grâces qui célébrait les victoires et les traités de paix était accompagnée de cérémonies militaires et civiles et de réjouissances populaires.

brûlées, criaient qu'on achevât de leur donner la mort. Des cervelles étaient répandues sur la terre à côté de bras et de jambes coupés.

Candide s'enfuit au plus vite dans un autre village : il appartenait à des Bulgares, et les héros abares l'avaient traité de même. Candide, toujours marchant sur des membres palpitants, ou à travers des ruines, arriva enfin hors du théâtre de la guerre[1], portant quelques petites provisions dans son bissac[2], et n'oubliant jamais mademoiselle Cunégonde. Ses provisions lui manquèrent quand il fut en Hollande ; mais ayant entendu dire que tout le monde était riche[3] dans ce pays-là, et qu'on y était chrétien, il ne douta pas qu'on ne le traitât aussi bien qu'il l'avait été dans le château de monsieur le baron, avant qu'il en eût été chassé pour les beaux yeux de mademoiselle Cunégonde.

Il demanda l'aumône à plusieurs graves personnages, qui lui répondirent tous que, s'il continuait à faire ce métier, on l'enfermerait dans une maison de correction pour lui apprendre à vivre.

Il s'adressa ensuite à un homme qui venait de parler tout seul une heure de suite sur la charité dans une grande assemblée. Cet orateur, le regardant de travers, lui dit : « Que venez-vous faire ici ? y êtes-vous pour la bonne cause ? — Il n'y a point d'effet sans cause, répondit modestement Candide ; tout est enchaîné nécessairement, et arrangé pour le mieux. Il a fallu que je fusse chassé d'auprès de mademoiselle Cunégonde, que j'aie passé par les baguettes, et il faut que je demande mon pain, jusqu'à ce que je puisse en gagner ; tout cela ne pouvait être autrement. — Mon ami, lui dit l'orateur,

1. théâtre de la guerre : expression courante dans le vocabulaire militaire de l'Ancien Régime. Le terme *théâtre* est ici utilisé dans une acception ancienne : lieu, situation politique où se produit quelque chose.

2. un bissac : terme aujourd'hui vieilli qui désignait un sac fendu en long par le milieu dont les extrémités formaient deux poches.

3. Allusion à la prospérité des Pays-Bas. Puissance maritime et coloniale, pays célèbre pour ses imprimeurs, connu de plus pour sa tolérance politique et religieuse, la Hollande occupait au XVIIIe siècle et plus encore au siècle précédent, un rôle de tout premier plan en Europe.

croyez-vous que le pape soit l'Antéchrist [1] ? — Je ne
l'avais pas encore entendu dire, répondit Candide ; mais,
qu'il le soit ou qu'il ne le soit pas, je manque de pain.
— Tu ne mérites pas d'en manger, dit l'autre ; va,
coquin ; va, misérable, ne m'approche de ta vie. » La
femme de l'orateur ayant mis la tête à la fenêtre, et avi-
sant un homme qui doutait que le pape fût antéchrist, lui
répandit sur le chef un plein... O ciel ! à quel excès se
porte le zèle de la religion dans les dames !

Un homme qui n'avait point été baptisé, un bon ana-
baptiste [2], nommé Jacques, vit la manière cruelle et igno-
minieuse dont on traitait ainsi un de ses frères, un être à
deux pieds sans plumes [3], qui avait une âme ; il
l'emmena chez lui, le nettoya, lui donna du pain et de
la bière, lui fit présent de deux florins, et voulut même
lui apprendre à travailler dans ses manufactures aux
étoffes de Perse qu'on fabrique en Hollande. Candide,
se prosternant presque devant lui, s'écriait : « Maître
Pangloss me l'avait bien dit que tout est au mieux dans
ce monde, car je suis infiniment plus touché de votre
extrême générosité que de la dureté de ce monsieur à
manteau noir, et de madame son épouse ».

Le lendemain, en se promenant, il rencontra un gueux
tout couvert de pustules, les yeux morts, le bout du nez
rongé, la bouche de travers, les dents noires, et parlant
de la gorge, tourmenté d'une toux violente, et crachant
une dent à chaque effort.

1. Antéchrist : faux prophète, ennemi du Christ qui, selon l'Apoca-
lypse, viendra prêcher une religion hostile au christianisme avant la
fin du monde.

2. anabaptiste : membre d'une secte protestante, répandue surtout
en Hollande et en Allemagne, dont les membres considèrent en particu-
lier que le baptême doit être donné non aux enfants, mais aux adultes,
sûrs de leur foi.

3. Allusion au recueil des *Définitions* attribuées — probablement à
tort — à Platon où l'on peut lire (415a) : « Homme : animal sans ailes,
pourvu de deux pieds, aux ongles aplatis ». (ἄνθρωπος ζῷον ἄπτερον
δίπουν, πλατυώνυχον.) Voltaire affectionnait cette formule que l'on
trouve déjà dans *Le Songe de Platon*.

CHAPITRE QUATRIÈME.

COMMENT CANDIDE RENCONTRA SON ANCIEN MAITRE
DE PHILOSOPHIE, LE DOCTEUR PANGLOSS,
ET CE QUI EN ADVINT.

Candide, plus ému encore de compassion que d'hor-
reur, donna à cet épouvantable gueux les deux florins
qu'il avait reçus de son honnête anabaptiste Jacques. Le
fantôme le regarda fixement, versa des larmes, et sauta
à son cou. Candide, effrayé, recule. « Hélas ! dit le misé-
rable à l'autre misérable, ne reconnaissez-vous plus
votre cher Pangloss ? — Qu'entends-je ? Vous, mon cher
maître ! vous, dans cet état horrible ! Quel malheur vous
est-il donc arrivé ? Pourquoi n'êtes-vous plus dans le
plus beau des châteaux ? Qu'est devenue mademoiselle
Cunégonde, la perle des filles, le chef-d'œuvre de la
nature ? — Je n'en peux plus, dit Pangloss. » Aussitôt
Candide le mena dans l'étable de l'anabaptiste, où il lui
fit manger un peu de pain ; et quand Pangloss fut
refait[1] : « Eh bien ! lui dit-il, Cunégonde ? — Elle est
morte, reprit l'autre. » Candide s'évanouit à ce mot ; son
ami rappela ses sens avec un peu de mauvais vinaigre
qui se trouva par hasard dans l'étable. Candide rouvre
les yeux. « Cunégonde est morte ! Ah ! meilleur des
mondes, où êtes-vous ? Mais de quelle maladie est-elle
morte ? Ne serait-ce point de m'avoir vu chasser du beau
château de monsieur son père à grands coups de pied ?
— Non, dit Pangloss, elle a été éventrée par des soldats
bulgares, après avoir été violée autant qu'on peut l'être ;
ils ont cassé la tête à monsieur le baron, qui voulait la
défendre ; madame la baronne a été coupée en mor-
ceaux ; mon pauvre pupille, traité précisément comme
sa sœur ; et quant au château, il n'est pas resté pierre sur
pierre, pas une grange, pas un mouton, pas un canard,
pas un arbre ; mais nous avons été bien vengés, car les

1. refaire : au sens classique, redonner de la vigueur, remettre en
bon état (Littré).

Abares en ont fait autant dans une baronnie voisine qui appartenait à un seigneur bulgare. »

A ce discours, Candide s'évanouit encore ; mais, revenu à soi et ayant dit tout ce qu'il devait dire, il s'enquit de la cause et de l'effet, et de la raison suffisante qui avaient mis Pangloss dans un si piteux état. « Hélas ! dit l'autre, c'est l'amour : l'amour, le consolateur du genre humain, le conservateur de l'univers, l'âme de tous les êtres sensibles, le tendre amour. — Hélas ! dit Candide, je l'ai connu, cet amour, ce souverain des cœurs, cette âme de notre âme ; il ne m'a jamais valu qu'un baiser et vingt coups de pied au cul. Comment cette belle cause a-t-elle pu produire en vous un effet si abominable ? »

Pangloss répondit en ces termes : « O mon cher Candide ! vous avez connu Paquette [1], cette jolie suivante de notre auguste baronne ; j'ai goûté dans ses bras les délices du paradis, qui ont produit ces tourments d'enfer dont vous me voyez dévoré ; elle en était infectée, elle en est peut-être morte. Paquette tenait ce présent d'un cordelier [2] très savant qui avait remonté à la source, car il l'avait eu d'une vieille comtesse, qui l'avait reçu d'un capitaine de cavalerie, qui le devait à une marquise, qui le tenait d'un page, qui l'avait reçu d'un jésuite [3] qui, étant novice, l'avait eu en droite ligne d'un des compagnons de Christophe Colomb [4]. Pour moi, je ne le donnerai à personne, car je me meurs.

— O Pangloss ! s'écria Candide, voilà une étrange généalogie ! n'est-ce pas le diable qui en fut la souche [5] ? — Point du tout, répliqua ce grand homme ; c'était une chose indispensable dans le meilleur des mondes, un

1. Paquette : nom de servante que l'on trouve déjà dans la fable de La Fontaine, *Le Curé et le Mort*.
2. cordelier : moine de l'ordre de saint François. Les railleries au sujet de la paillardise des cordeliers étaient fréquentes au XVIIIe siècle.
3. Allusion à l'homosexualité des jésuites. Thème de plaisanterie fréquent à l'époque de Voltaire.
4. A ce sujet, Voltaire s'est peut-être inspiré de certains traités médicaux du XVIIIe siècle qui tendaient à établir l'origine américaine de la syphilis.
5. la souche : l'origine.

ingrédient nécessaire : car si Colomb n'avait pas attrapé dans une île de l'Amérique cette maladie qui empoisonne la source de la génération[1], qui souvent même empêche la génération, et qui est évidemment l'opposé du grand but de la nature, nous n'aurions ni le chocolat[2] ni la cochenille[3], il faut encore observer que jusqu'aujourd'hui, dans notre continent, cette maladie nous est particulière, comme la controverse. Les Turcs, les Indiens, les Persans, les Chinois, les Siamois, les Japonais, ne la connaissent pas encore ; mais il y a une raison suffisante pour qu'ils la connaissent à leur tour dans quelques siècles. En attendant, elle a fait un merveilleux progrès parmi nous, et surtout dans ces grandes armées composées d'honnêtes stipendiaires[4] bien élevés, qui décident du destin des États ; on peut assurer que, quand trente mille hommes combattent en bataille rangée contre des troupes égales en nombre, il y a environ vingt mille vérolés de chaque côté.

— Voilà qui est admirable, dit Candide ; mais il faut vous faire guérir. — Et comment le puis-je ? dit Pangloss ; je n'ai pas le sou, mon ami, et dans toute l'étendue de ce globe on ne peut ni se faire saigner, ni prendre un lavement[5] sans payer, ou sans qu'il y ait quelqu'un qui paye pour nous. »

Ce dernier discours détermina Candide ; il alla se jeter aux pieds de son charitable anabaptiste Jacques, et lui fit une peinture si touchante de l'état où son ami était réduit, que le bonhomme[6] n'hésita pas à recueillir le

1. la génération : la reproduction de l'espèce humaine.

2. Cultivé par les Aztèques, le cacao fut importé en Europe et devint une boisson particulièrement appréciée au XVIIIᵉ siècle.

3. La cochenille était un insecte dont les Aztèques extrayaient le carmin que les Espagnols importèrent en Europe à partir du XVIᵉ siècle.

4. un stipendiaire : terme péjoratif pour désigner une personne qui est à la solde de quelqu'un.

5. La saignée et le lavement étaient les traitements classiques pour de nombreuses maladies jusqu'au XIXᵉ siècle.

6. bonhomme : homme plein de bonté. Il est à noter que ce bonhomme s'appelle Jacques (au chapitre V, l'anabaptiste est d'ailleurs appelé « le bon Jacques »). Or, sous l'Ancien Régime, Jacques Bonhomme était une expression toute faite qui désignait le paysan. Même si le brave Hollandais est un commerçant et non un paysan on peut donc supposer que Voltaire fait ici un jeu de mots.

docteur Pangloss ; il le fit guérir à ses dépens. Pangloss,
dans la cure, ne perdit qu'un œil et une oreille. Il écrivait
bien, et savait parfaitement l'arithmétique. L'anabaptiste
Jacques en fit son teneur de livres [1]. Au bout de deux
mois, étant obligé d'aller à Lisbonne pour les affaires
de son commerce, il mena dans son vaisseau ses deux
philosophes. Pangloss lui expliqua comment tout était
on ne peut mieux. Jacques n'était pas de cet avis. « Il
faut bien, disait-il, que les hommes aient un peu cor-
rompu la nature, car ils ne sont point nés loups, et ils
sont devenus loups. Dieu ne leur a donné ni canons de
vingt-quatre [2], ni baïonnettes ; et ils se sont fait des
baïonnettes et des canons pour se détruire. Je pourrais
mettre en ligne de compte les banqueroutes, et la justice,
qui s'empare des biens des banqueroutiers pour en frus-
trer les créanciers. — Tout cela était indispensable, répli-
quait le docteur borgne, et les malheurs particuliers font
le bien général ; de sorte que plus il y a de malheurs
particuliers, et plus tout est bien [3]. » Tandis qu'il raison-
nait, l'air s'obscurcit, les vents soufflèrent des quatre
coins du monde, et le vaisseau fut assailli de la plus
horrible tempête, à la vue du port de Lisbonne.

CHAPITRE CINQUIÈME.

TEMPÊTE, NAUFRAGE, TREMBLEMENT DE TERRE, ET CE QUI ADVINT DU DOCTEUR PANGLOSS, DE CANDIDE, ET DE L'ANABAPTISTE JACQUES.

La moitié des passagers affaiblis, expirants de ces
angoisses inconcevables que le roulis d'un vaisseau

1. teneur de livres : personne qui tient les livres de comptes.
2. un canon de vingt-quatre : un canon capable de tirer des boulets
de vingt-quatre livres.
3. schématisation de la conception leibnizienne des rapports entre
le bien et le mal (voir l'*Introduction*).

porte dans les nerfs et dans toutes les humeurs[1] du corps agitées en sens contraires, n'avait pas même la force de s'inquiéter du danger. L'autre moitié jetait des cris et faisait des prières ; les voiles étaient déchirées, les mâts brisés, le vaisseau entr'ouvert. Travaillait qui pouvait, personne ne s'entendait, personne ne commandait. L'anabaptiste aidait un peu à la manœuvre ; il était sur le tillac[2], un matelot furieux le frappe rudement et l'étend sur les planches ; mais du coup qu'il lui donna, il eut lui-même une si violente secousse qu'il tomba hors du vaisseau, la tête la première. Il restait suspendu et accroché à une partie de mât rompue. Le bon Jacques court à son secours, l'aide à remonter, et de l'effort qu'il fait il est précipité dans la mer à la vue du matelot, qui le laissa périr sans daigner seulement le regarder. Candide approche, voit son bienfaiteur qui reparaît un moment, et qui est englouti pour jamais. Il veut se jeter après lui dans la mer : le philosophe Pangloss l'en empêche, en lui prouvant que la rade de Lisbonne avait été formée exprès pour que cet anabaptiste s'y noyât. Tandis qu'il le prouvait *a priori*, le vaisseau s'entr'ouvre ; tout périt, à la réserve de[3] Pangloss, de Candide, et de ce brutal de matelot qui avait noyé le vertueux anabaptiste : le coquin nagea heureusement[4] jusqu'au rivage, où Pangloss et Candide furent portés sur une planche.

Quand ils furent revenus un peu à eux, ils marchèrent vers Lisbonne ; il leur restait quelque argent, avec lequel ils espéraient se sauver de la faim après avoir échappé à la tempête.

1. les humeurs : dans la médecine de tradition hippocratique ce terme désignait les liquides organiques. Dans l'Antiquité, le nombre total des humeurs fondamentales a varié d'un traité à l'autre. Néanmoins, pendant plus de deux millénaires la médecine occidentale s'est avant tout fondée sur un texte programme du IVe siècle av. J.-C., celui de Polybe, gendre d'Hippocrate, qui affirmait l'existence de quatre humeurs fondamentales : le sang, le flegme (c'est-à-dire la lymphe), la bile ou bile jaune et l'autrabile ou bile noire. L'équilibre entre ces humeurs constituait la santé alors que l'excès ou le défaut de l'une d'entre elles entraînait, croyait-on, la maladie.

2. le tillac : le pont supérieur du bateau.

3. à la réserve de : à l'exception de.

4. heureusement : avec succès.

A peine ont-ils mis le pied dans la ville, en pleurant
la mort de leur bienfaiteur, qu'ils sentent la terre trem-
bler sous leurs pas, la mer s'élève en bouillonnant dans
le port, et brise les vaisseaux qui sont à l'ancre. Des
tourbillons de flammes et de cendres couvrent les rues
et les places publiques ; les maisons s'écroulent, les toits
sont renversés sur les fondements, et les fondements se
dispersent ; trente mille habitants de tout âge et de tout
sexe sont écrasés sous des ruines[1]. Le matelot disait en
sifflant et en jurant : « Il y aura quelque chose à gagner
ici. — Quelle peut être la raison suffisante de ce phéno-
mène ? disait Pangloss. — Voici le dernier jour du
monde ! s'écriait Candide. » Le matelot court inconti-
nent[2] au milieu des débris, affronte la mort pour trouver
de l'argent, en trouve, s'en empare, s'enivre, et, ayant
cuvé son vin, achète les faveurs de la première fille de
bonne volonté qu'il rencontre sur les ruines des maisons
détruites, et au milieu des mourants et des morts. Pan-
gloss le tirait cependant par la manche : « Mon ami, lui
disait-il, cela n'est pas bien, vous manquez à[3] la raison
universelle, vous prenez mal votre temps. — Tête et
sang[4], répondit l'autre, je suis matelot et né à Batavia[5],
j'ai marché quatre fois sur le crucifix dans quatre
voyages au Japon[6] ; tu as bien trouvé ton homme avec
ta raison universelle ! »

1. Le tremblement de terre de Lisbonne qui eut lieu le 1er novembre
1755 fut très grave puisque 25 000 à 30 000 personnes y trouvèrent
la mort.
2. incontinent : aussitôt, immédiatement.
3. manquer à : ne pas se conformer.
4. tête et sang : juron abrégé signifiant par la tête et le sang de Dieu.
5. Batavia : importante colonie hollandaise fondée en 1619 (aujour-
d'hui Djakarta).
6. Détail déjà mentionné dans l'*Essai sur les mœurs* et rapporté
dans différents ouvrages historiques du début du XVIIIe siècle (Kempfer,
Histoire naturelle, civile et ecclésiastique de l'Empire du Japon, 1729
qui est cité par Voltaire ; Charlevoix, *Histoire de l'établissement du
christianisme au Japon*, 1715). Ces sources indiquent que, après
l'expulsion des Européens du Japon, les Hollandais étaient les seuls à
pouvoir faire du commerce avec ce pays à condition, toutefois, de
renoncer à toutes les marques du christianisme. Ils devaient en particu-
lier marcher sur un crucifix, geste symbolique qui soulignait ce renon-
cement.

Quelques éclats de pierre avaient blessé Candide ; il était étendu dans la rue et couvert de débris. Il disait à Pangloss : « Hélas ! procure-moi un peu de vin et d'huile ; je me meurs. — Ce tremblement de terre n'est pas une chose nouvelle, répondit Pangloss ; la ville de Lima éprouva les mêmes secousses en Amérique l'année passée[1], mêmes causes, mêmes effets : il y a certainement une traînée de soufre sous terre depuis Lima jusqu'à Lisbonne. — Rien n'est plus probable, dit Candide ; mais, pour Dieu, un peu d'huile et de vin. — Comment, probable ? répliqua le philosophe, je soutiens que la chose est démontrée. » Candide perdit connaissance, et Pangloss lui apporta un peu d'eau d'une fontaine voisine.

Le lendemain, ayant trouvé quelques provisions de bouche[2] en se glissant à travers des décombres, ils réparèrent un peu leurs forces. Ensuite ils travaillèrent comme les autres à soulager les habitants échappés à la mort. Quelques citoyens, secourus par eux, leur donnèrent un aussi bon dîner qu'on le pouvait dans un tel désastre : il est vrai que le repas était triste ; les convives arrosaient leur pain de leurs larmes ; mais Pangloss les consola, en les assurant que les choses ne pouvaient être autrement : « Car, dit-il, tout ceci est ce qu'il y a de mieux ; car s'il y a un volcan à Lisbonne, il ne pouvait être ailleurs ; car il est impossible que les choses ne soient pas où elles sont ; car tout est bien. »

Un petit homme noir, familier[3] de l'Inquisition[4],

1. Le tremblement de terre de Lima eut lieu en fait sept ans avant celui de Lisbonne (1748). La « traînée de soufre » est une allusion aux théories « scientifiques » de l'époque qui tendaient à instaurer un lien étroit entre les tremblements de terre et la présence de soufre dans la terre (voir par exemple Buffon, *Théorie de la terre* (1749), art. XVI).

2. des provisions de bouche : de la nourriture.

3. Les *familiers* constituaient une sorte de police bénévole au service de l'Inquisition et à laquelle les gens du plus haut rang se flattaient d'appartenir.

4. Inquisition : tribunal ecclésiastique qui avait pour fonction de condamner les hérétiques. Établi en 1231 par le pape Grégoire IX, ce tribunal d'exception assura pendant les derniers siècles du Moyen Âge la police de la foi. Dans la plupart des pays, ce tribunal subit un déclin inexorable à la suite du développement des institutions administratives et judiciaires. Au XVIᵉ siècle, toutefois, l'Inquisition connut un nouvel

lequel était à côté de lui, prit poliment la parole et dit :
« Apparemment que monsieur ne croit pas au péché ori-
ginel ; car si tout est au mieux, il n'y a donc eu ni chute
ni punition [1]. — Je demande très humblement pardon à Votre
Excellence, répondit Pangloss encore plus poliment, car
la chute de l'homme et la malédiction entraient nécessai-
rement dans le meilleur des mondes possibles. — Mon-
sieur ne croit donc pas à la liberté ? dit le familier. —
Votre Excellence m'excusera, dit Pangloss ; la liberté
peut subsister avec la nécessité absolue : car il était
nécessaire que nous fussions libres ; car enfin la volonté
déterminée... » Pangloss était au milieu de sa phrase,
quand le familier fit un signe de tête à son estafier [2] qui
lui servait à boire du vin de Porto ou d'Oporto.

CHAPITRE SIXIÈME.

COMMENT ON FIT UN BEL AUTO-DA-FÉ [3]
POUR EMPÊCHER LES TREMBLEMENTS DE TERRE,
ET COMMENT CANDIDE FUT FESSÉ.

Après le tremblement de terre qui avait détruit les
trois quarts de Lisbonne, les sages du pays n'avaient pas

essor en Espagne et au Portugal car cette juridiction fut utilisée pour
lutter contre les minorités religieuses (juive et musulmane) qui avaient
bénéficié jusqu'alors d'une large tolérance. La procédure de ce tribunal
était secrète. L'accusé, bien souvent, ne connaissait ni le nom de ses
dénonciateurs ni même la nature des accusations portées contre lui. La
torture était couramment employée pour arracher des aveux. Par les
condamnations de livres qu'elle inscrivit à l'*Index* et par les mesures
prises contre leurs lecteurs, l'Inquisition espagnole exerça également
un rôle de police intellectuelle redoutable.
 1. Cette idée est déjà exprimée dans la préface du *Poème sur le
désastre de Lisbonne* : « Si tout est bien, disait-on, il est donc faux que
la nature humaine soit déchue. Si l'ordre général exige que tout soit
comme il est, la nature humaine n'a donc pas été corrompue ; elle n'a
donc pas eu besoin de rédempteur ».
 2. estafier : laquais qui portait le manteau et les armes de son maître
ou, plus généralement, domestique servant de garde du corps.
 3. auto-da-fé : les sentences émises par les juges de l'Inquisition
étaient gardées secrètes jusqu'au jour de leur proclamation publique,

trouvé un moyen plus efficace pour prévenir une ruine totale que de donner au peuple un bel auto-da-fé ; il était décidé par l'université de Coïmbre[1] que le spectacle de quelques personnes brûlées à petit feu, en grande cérémonie, est un secret infaillible pour empêcher la terre de trembler.

On avait en conséquence saisi un Biscayen[2] convaincu[3] d'avoir épousé sa commère[4], et deux Portugais qui en mangeant un poulet en avaient arraché le lard[5] : on vint lier après le dîner le docteur Pangloss et son disciple Candide, l'un pour avoir parlé, et l'autre pour avoir écouté avec un air d'approbation : tous deux furent menés séparément dans des appartements d'une extrême fraîcheur, dans lesquels on n'était jamais incommodé du soleil : huit jours après ils furent tous deux revêtus d'un *san-benito*[6], et on orna leurs têtes de

lors de l'autodafé. Au cours de cette cérémonie religieuse les hérétiques étaient conviés à faire « acte de foi ». Revêtus de leurs costumes d'infamie, les condamnés entendaient une messe sur une place publique avant de subir leurs peines. Vers le milieu du XVIIIe siècle, la peine de mort était rarement prononcée à cette occasion alors que les peines mineures (flagellation, emprisonnement, etc.) étaient fréquentes. Au cours des années qui suivirent le tremblement de terre de Lisbonne il y eut dans cette ville plusieurs autodafés mais ceux-ci n'étaient pas, comme le suggère Voltaire, en rapport avec le tremblement de terre.

1. Coïmbre : célèbre université fondée en 1307 et qui fut jusqu'en 1911 la seule au Portugal.

2. Biscayen : un habitant de la Biscaye, province basque espagnole.

3. convaincu : ici, qui avait été reconnu coupable.

4. la commère : la marraine d'un enfant dont le Biscayen était le parrain. L'Église interdisait — sauf dispense — le mariage entre parrain et marraine d'un même enfant car elle considérait qu'il y avait une parenté spirituelle entre ces deux personnes. Voltaire critique cet usage dans *L'Ingénu* et dans l'*Histoire des voyages de Scarmentado*.

5. En arrachant le lard du poulet ces deux Portugais avaient observé une pratique de la loi hébraïque qui interdit de manger du lard. Ils étaient donc considérés comme des hérétiques par l'Église catholique.

6. san-benito : casaque jaune croisée de rouge dont on revêtait les condamnés lors d'un autodafé et qui pouvait rappeler la tunique portée par les moines de l'ordre de saint Benoît (san Benito, en espagnol). Ce détail, comme bien d'autres relatifs à la cérémonie de l'autodafé, est emprunté par Voltaire à un petit ouvrage, réédité à plusieurs reprises de 1688 à 1711, de Ch. Dellon, *Relation de l'Inquisition de Goa* (1687).

mitres de papier[1] : la mitre et le san-benito de Candide étaient peints de flammes renversées, et de diables qui n'avaient ni queues ni griffes ; mais les diables de Pangloss portaient griffes et queues, et les flammes étaient droites[2]. Ils marchèrent en procession ainsi vêtus, et entendirent un sermon très pathétique, suivi d'une belle musique en faux-bourdon[3]. Candide fut fessé en cadence, pendant qu'on chantait ; le Biscayen et les deux hommes qui n'avaient point voulu manger de lard furent brûlés, et Pangloss fut pendu, quoique ce ne soit pas la coutume. Le même jour, la terre trembla de nouveau avec un fracas épouvantable.

Candide, épouvanté, interdit, éperdu, tout sanglant, tout palpitant, se disait à lui-même : « Si c'est ici le meilleur des mondes possibles, que sont donc les autres ? Passe encore si je n'étais que fessé, je l'ai été chez les Bulgares ; mais, ô mon cher Pangloss ! le plus grand des philosophes, faut-il vous avoir vu pendre, sans que je sache pourquoi ! O mon cher anabaptiste ! le meilleur des hommes, faut-il que vous ayez été noyé dans le port ! ô mademoiselle Cunégonde ! la perle des filles, faut-il qu'on vous ait fendu le ventre ! »

Il s'en retournait, se soutenant à peine, prêché, fessé, absous et béni, lorsqu'une vieille l'aborda, et lui dit : « Mon fils, prenez courage, suivez-moi. »

CHAPITRE SEPTIÈME.

COMMENT UNE VIEILLE[4] PRIT SOIN DE CANDIDE, ET COMMENT IL RETROUVA CE QU'IL AIMAIT.

Candide ne prit point courage, mais il suivit la vieille dans une masure : elle lui donna un pot de pommade

1. une mitre de papier : une sorte de chapeau haut et pointu que l'on faisait porter à des personnes que l'on voulait frapper d'infamie.
2. La flamme droite indiquait la peine de mort.
3. faux-bourdon : chant d'église à plusieurs voix.
4. Le personnage de la vieille femme est un type littéraire — celui de l'entremetteuse — fréquent dans le roman du XVIIᵉ et du

pour se frotter, lui laissa à manger et à boire ; elle lui montra un petit lit assez propre ; il y avait auprès du lit un habit complet. « Mangez, buvez, dormez, lui dit-elle, et que Notre-Dame d'Atocha, monseigneur St. Antoine de Padoue, et monseigneur St. Jacques de Compostelle [1] prennent soin de vous ! je reviendrai demain. » Candide, toujours étonné [2] de tout ce qu'il avait vu, de tout ce qu'il avait souffert, et encore plus de la charité de la vieille, voulut lui baiser la main. « Ce n'est pas ma main qu'il faut baiser, dit la vieille ; je reviendrai demain. Frottez-vous de pommade, mangez et dormez. »

Candide, malgré tant de malheurs, mangea et dormit. Le lendemain, la vieille lui apporte à déjeuner, visite [3] son dos, le frotte elle-même d'une autre pommade ; elle lui apporte ensuite à dîner ; elle revient sur le soir, et apporte à souper. Le surlendemain, elle fit encore les mêmes cérémonies. « Qui êtes-vous ? lui disait toujours Candide ; qui vous a inspiré tant de bonté ? quelles grâces puis-je vous rendre ? » La bonne femme ne répondait jamais rien ; elle revint sur le soir, et n'apporta point à souper : « Venez avec moi, dit-elle, et ne dites mot. » Elle le prend sous le bras, et marche avec lui dans la campagne environ un quart de mille : ils arrivent à une maison isolée, entourée de jardins et de canaux. La vieille frappe à une petite porte. On ouvre ; elle mène Candide, par un escalier dérobé, dans un cabinet doré, le laisse sur un canapé de brocard [4], referme la porte, et s'en va. Candide croyait rêver, et regardait toute sa vie

xviii[e] siècle. Ce type a toujours pour fonction de rapprocher le héros du récit de la femme qu'il aime.

1. Enumération cocasse puisque la vieille femme place d'abord Candide sous la protection d'une statue de la Vierge enceinte exposée à Madrid — Notre-Dame d'Atocha — qui constituait un lieu de pèlerinage pour de nombreuses femmes pendant leur grossesse. Ensuite elle nomme saint Antoine de Padoue (né à Lisbonne en 1195), habituellement invoqué pour retrouver les objets perdus et saint Jacques de Compostelle qu'une légende faisait l'apôtre de l'Espagne même s'il était né et mort en Palestine.

2. Sens fort : stupéfait, abasourdi.

3. visiter : examiner soigneusement dans le but de soigner.

4. le brocart : étoffe de soie brodée d'or ou d'argent.

comme un songe funeste, et le moment présent comme un songe agréable.

La vieille reparut bientôt ; elle soutenait avec peine une femme tremblante, d'une taille majestueuse, brillante de pierreries, et couverte d'un voile. « Otez ce voile, dit la vieille à Candide. » Le jeune homme approche ; il lève le voile d'une main timide. Quel moment ! quelle surprise ! il croit voir mademoiselle Cunégonde ; il la voyait en effet, c'était elle-même. La force lui manque, il ne peut proférer une parole, il tombe à ses pieds. Cunégonde tombe sur le canapé. La vieille les accable[1] d'eaux spiritueuses[2], ils reprennent leurs sens, ils se parlent ; ce sont d'abord des mots entrecoupés, des demandes[3] et des réponses qui se croisent, des soupirs, des larmes, des cris[4]. La vieille leur recommande de faire moins de bruit, et les laisse en liberté. « Quoi ! c'est vous, lui dit Candide ; vous vivez ! je vous retrouve en Portugal ! On ne vous a donc pas violée ? On ne vous a point fendu le ventre, comme le philosophe Pangloss me l'avait assuré ? — Si fait[5], dit la belle Cunégonde ; mais on ne meurt pas toujours de ces deux accidents. — Mais votre père et votre mère ont-ils été tués ? — Il n'est que trop vrai, dit Cunégonde en pleurant. — Et votre frère ? — Mon frère a été tué aussi. — Et pourquoi êtes-vous en Portugal ? et comment avez-vous su que j'y étais et par quelle étrange aventure m'avez-vous fait conduire dans cette maison ? — Je vous dirai tout cela, répliqua la dame ; mais il faut auparavant que vous m'appreniez tout ce qui vous est arrivé depuis le baiser innocent que vous me donnâtes, et les coups de pied que vous reçûtes. »

Candide lui obéit avec un profond respect ; et quoi-

1. accabler : au sens classique, prodiguer, donner en grande quantité.

2. eaux spiritueuses : eaux riches en alcool.

3. des demandes : des questions.

4. Ce paragraphe juxtapose bien des détails déjà présents dans *Zadig*, dans la scène de reconnaissance entre Zadig et Astarté : surprise, double évanouissement, mots entrecoupés pour marquer l'émotion, soupirs, larmes.

5. si fait : en effet.

qu'il fût interdit, quoique sa voix fût faible et tremblante, quoique l'échine lui fît encore un peu mal, il lui raconta de la manière la plus naïve tout ce qu'il avait éprouvé depuis le moment de leur séparation. Cunégonde levait les yeux au ciel : elle donna[1] des larmes à la mort du bon anabaptiste et de Pangloss ; après quoi elle parla en ces termes à Candide, qui ne perdait pas une parole, et qui la dévorait des yeux.

CHAPITRE HUITIÈME.

HISTOIRE DE CUNÉGONDE.

« J'étais dans mon lit et je dormais profondément, quand il plut au Ciel d'envoyer les Bulgares dans notre beau château de Thunder-ten-tronckh ; ils égorgèrent mon père et mon frère, et coupèrent ma mère par morceaux. Un grand Bulgare, haut de six pieds, voyant qu'à ce spectacle j'avais perdu connaissance, se mit à me violer ; cela me fit revenir[2], je repris mes sens, je criai, je me débattis, je mordis, j'égratignai, je voulais arracher les yeux à ce grand Bulgare, ne sachant pas que tout ce qui arrivait dans le château de mon père était une chose d'usage : le brutal[3] me donna un coup de couteau dans le flanc gauche dont je porte encore la marque. — Hélas ! j'espère bien la voir, dit le naïf Candide. — Vous la verrez, dit Cunégonde ; mais continuons. — Continuez, » dit Candide.

Elle reprit ainsi le fil de son histoire : « Un capitaine bulgare entra, il me vit toute sanglante, et le soldat ne se dérangeait pas. Le capitaine se mit en colère du peu de respect que lui témoignait ce brutal, et le tua sur mon corps. Ensuite il me fit panser, et m'emmena prisonnière

1. Dans le français classique, le verbe *donner* suivi d'un substantif était fréquemment employé à la place du verbe dérivant de ce substantif : donner croyance, donner des éloges, des regrets, etc.

2. revenir : reprendre conscience.

3. le brutal : sens fort, qui tient de la brute.

de guerre dans son quartier[1]. Je blanchissais le peu de chemises qu'il avait, je faisais sa cuisine ; il me trouvait fort jolie, il faut l'avouer ; et je ne nierai pas qu'il ne fût très bien fait, et qu'il n'eût la peau blanche et douce ; d'ailleurs peu d'esprit, peu de philosophie : on voyait bien qu'il n'avait pas été élevé par le docteur Pangloss. Au bout de trois mois, ayant perdu tout son argent, et s'étant dégoûté[2] de moi, il me vendit à un juif nommé don Issachar[3], qui trafiquait en Hollande et en Portugal, et qui aimait passionnément les femmes. Ce juif s'attacha beaucoup à ma personne, mais il ne pouvait en triompher ; je lui ai mieux résisté qu'au soldat bulgare : une personne d'honneur peut être violée une fois mais sa vertu s'en affermit. Le juif, pour m'apprivoiser[4], me mena dans cette maison de campagne que vous voyez. J'avais cru jusque là qu'il n'y avait rien sur la terre de si beau que le château de Thunder-ten-tronckh ; j'ai été détrompée.

« Le grand inquisiteur m'aperçut un jour à la messe ; il me lorgna beaucoup, et me fit dire qu'il avait à me parler pour des affaires secrètes. Je fus conduite à son palais ; je lui appris ma naissance ; il me représenta combien il était au-dessous de mon rang d'appartenir à un israélite. On proposa de sa part à don Issachar de me céder à Monseigneur. Don Issachar, qui est le banquier

1. quartier : cantonnement militaire.

2. dégoûté : qui n'avait plus de goût, c'est-à-dire d'inclination.

3. Issacar (ou Issakar) : fils de Jacob et de Léa qui donna son nom à une tribu d'Israël. Dans la *Genèse* (XXX, 17-18), il est rapporté que l'enfant fut conçu à la suite d'une transaction entre Léa et Rachel (sœur cadette de Léa, seconde épouse de Jacob). Accaparant l'amour de Jacob, Rachel ne parvenait pas, toutefois, à lui donner une descendance. En échange de quelques mandragores (plantes réputées pour faire naître l'amour et favoriser la fécondation) qu'elle demanda à Léa, Rachel permit à sa sœur de passer la nuit avec leur époux commun. Ainsi naquit Issacar dont le nom signifie en hébreux « homme du salaire ». Le personnage voltairien don Issacar, qui marchande les faveurs de Cunégonde avec l'inquisiteur, est donc le digne successeur du personnage biblique conçu à la suite d'une transaction entre Léa et Rachel.

4. apprivoiser une femme : la rendre plus docile, vaincre ses résistances (Littré).

de la cour, et homme de crédit[1], n'en voulut rien faire. L'inquisiteur le menaça d'un auto-da-fé. Enfin mon juif, intimidé, conclut un marché par lequel la maison et moi leur appartiendraient à tous deux en commun ; que le juif aurait pour lui les lundis, mercredis et le jour du sabbat[2], et que l'inquisiteur aurait les autres jours de la semaine. Il y a six mois que cette convention subsiste. Ce n'a pas été sans querelles ; car souvent il a été indécis si la nuit du samedi au dimanche appartenait à l'ancienne loi ou à la nouvelle[3]. Pour moi, j'ai résisté jusqu'à présent à toutes les deux ; et je crois que c'est pour cette raison que j'ai toujours été aimée.

« Enfin, pour détourner le fléau des tremblements de terre, et pour intimider don Issachar, il plut à monseigneur l'inquisiteur de célébrer un auto-da-fé. Il me fit l'honneur de m'y inviter. Je fus très bien placée ; on servit aux dames des rafraîchissements entre la messe et l'exécution. Je fus, à la vérité, saisie d'horreur en voyant brûler ces deux juifs et cet honnête Biscayen qui avait épousé sa commère ; mais quelle fut ma surprise, mon effroi, mon trouble, quand je vis, dans un san-benito et sous une mitre, une figure qui ressemblait à celle de Pangloss ! Je me frottai les yeux, je regardai attentivement, je le vis pendre ; je tombai en[4] faiblesse. A peine reprenais-je mes sens que je vous vis dépouillé tout nu ; ce fut là le comble de l'horreur, de la consternation, de la douleur, du désespoir. Je vous dirai, avec vérité, que votre peau est encore plus blanche, et d'un incarnat[5] plus parfait que celle de mon capitaine des Bulgares. Cette vue redoubla tous les sentiments qui m'accablaient, qui me dévoraient. Je m'écriai, je voulus dire : « Arrêtez,

1. crédit : qui bénéficie d'une considération et d'une influence dans certains milieux.

2. le jour du sabbat : allusion ironique puisque le samedi est un jour de repos consacré au culte divin dans la religion juive.

3. La loi de l'Ancien Testament ou celle du Nouveau Testament, c'est-à-dire si la nuit du samedi au dimanche relevait de la loi juive ou de la loi chrétienne, donc de don Issacar ou de l'inquisiteur.

4. tomber en ou tomber dans : être affecté de (Littré). De façon analogue, on disait tomber en langueur, tomber en maladie, etc.

5. incarnat : rose vif, terme souvent employé pour désigner la couleur de la peau.

barbares ! » Mais la voix me manqua, et mes cris auraient été inutiles. Quand vous eûtes été bien fessé : « Comment se peut-il faire, disais-je, que l'aimable[1] Candide et le sage Pangloss se trouvent à Lisbonne, l'un pour recevoir cent coups de fouet, et l'autre pour être pendu par l'ordre de monseigneur l'inquisiteur, dont je suis la bien-aimée ? Pangloss m'a donc bien cruellement trompée, quand il me disait que tout va le mieux du monde. »

« Agitée, éperdue, tantôt hors de moi-même, et tantôt prête de[2] mourir de faiblesse, j'avais la tête remplie du massacre de mon père, de ma mère, de mon frère, de l'insolence de mon vilain soldat bulgare, du coup de couteau qu'il me donna, de ma servitude, de mon métier de cuisinière, de mon capitaine bulgare, de mon vilain don Issachar, de mon abominable inquisiteur, de la pendaison du docteur Pangloss, de ce grand *miserere* en faux-bourdon pendant lequel on vous fessait, et surtout du baiser que je vous avais donné derrière un paravent, le jour que je vous avais vu pour la dernière fois. Je louai Dieu, qui vous ramenait à moi par tant d'épreuves. Je recommandai à ma vieille d'avoir soin de vous, et de vous amener ici dès qu'elle le pourrait. Elle a très bien exécuté ma commission ; j'ai goûté le plaisir inexprimable de vous revoir, de vous entendre, de vous parler. Vous devez avoir une faim dévorante ; j'ai grand appétit ; commençons par souper. »

Les voilà qui se mettent tous deux à table ; et, après le souper, ils se replacent sur ce beau canapé dont on a déjà parlé ; ils y étaient quand le signor[3] don Issachar, l'un des maîtres de la maison, arriva. C'était le jour du sabbat. Il venait jouir de ses droits, et expliquer son tendre amour.

1. aimable : au sens classique, digne d'être aimé.
2. prête de : sur le point de.
3. La forme italienne *signor* était quelquefois employée au XVIIIe siècle au lieu de la forme espagnole *señor*.

CHAPITRE NEUVIÈME.

CE QUI ADVINT DE CUNÉGONDE, DE CANDIDE, DU GRAND INQUISITEUR, ET D'UN JUIF.

Cet Issachar était le plus colérique Hébreu qu'on eût vu dans Israël, depuis la captivité en Babylone[1]. « Quoi ! dit-il, chienne de galiléenne[2], ce n'est pas assez de monsieur l'inquisiteur ? Il faut que ce coquin partage aussi avec moi ? » En disant cela il tire un long poignard dont il était toujours pourvu, et, ne croyant pas que son adverse partie eût des armes, il se jette sur Candide ; mais notre bon Vestphalien avait reçu une belle épée de la vieille avec l'habit complet. Il tire son épée, quoiqu'il eût les mœurs fort douces, et vous étend l'israélite roide mort sur le carreau, aux pieds de la belle Cunégonde.

« Sainte Vierge ! s'écria-t-elle, qu'allons-nous devenir ? Un homme tué chez moi ! si la justice vient, nous sommes perdus. — Si Pangloss n'avait pas été pendu, dit Candide, il nous donnerait un bon conseil dans cette extrémité[3], car c'était un grand philosophe. A son défaut[4], consultons la vieille. » Elle était fort prudente, et commençait à dire son avis quand une autre petite porte s'ouvrit. Il était une heure après minuit, c'était le commencement du dimanche. Ce jour appartenait à monseigneur l'inquisiteur. Il entre et voit le fessé Candide, l'épée à la main, un mort étendu par terre, Cunégonde effarée, et la vieille donnant des conseils.

Voici dans ce moment ce qui se passa dans l'âme de Candide, et comment il raisonna : « Si ce saint homme appelle du secours, il me fera infailliblement brûler, il pourra en faire autant de Cunégonde ; il m'a fait fouetter impitoyablement ; il est mon rival ; je suis en train de tuer ; il n'y a pas à balancer. » Ce raisonnement fut net et rapide ; et, sans donner le temps à l'inquisiteur de

1. C'est-à-dire en 587 av. J.-C., date à laquelle les juifs furent déportés à Babylone par Nabuchodonosor.
2. galiléenne : ici, chrétienne.
3. dans cette extrémité : dans cette situation fâcheuse, difficile.
4. à son défaut : en son absence.

revenir de sa surprise, il le perce d'outre en outre[1], et le jette à côté du juif. « En voici bien d'une autre[2], dit Cunégonde ; il n'y a plus de rémission[3], nous sommes excommuniés, notre dernière heure est venue ! Comment avez-vous fait, vous qui êtes né si doux, pour tuer en deux minutes un juif et un prélat ? — Ma belle demoiselle, répondit Candide, quand on est amoureux, jaloux, et fouetté par l'Inquisition, on ne se connaît plus. »

La vieille prit alors la parole, et dit : « Il y a trois chevaux andalous dans l'écurie, avec leurs selles et leurs brides : que le brave Candide les prépare ; madame a des moyadors[4] et des diamants, montons vite à cheval, quoique je ne puisse me tenir que sur une fesse, et allons à Cadix[5] ; il fait le plus beau temps du monde, et c'est un grand plaisir de voyager pendant la fraîcheur de la nuit. »

Aussitôt Candide selle les trois chevaux. Cunégonde, la vieille, et lui, font trente milles d'une traite. Pendant qu'ils s'éloignaient, la Ste Hermandad[6] arrive dans la maison, on enterre monseigneur dans une belle église et on jette Issachar à la voirie[7].

Candide, Cunégonde, et la vieille, étaient déjà dans la petite ville d'Avacéna[8], au milieu des montagnes de la Sierra-Morena[9], et ils parlaient ainsi dans un cabaret.

1. d'outre en outre : de part en part.

2. en voici bien d'une autre : voilà quelque chose de plus étonnant.

3. il n'y a plus de rémission : il n'y a plus de pardon possible.

4. moyador : il s'agit en fait de *moïdore*, une ancienne monnaie d'or du Portugal.

5. Cadix : port atlantique de l'Espagne, au sud de l'Andalousie, qui détenait au XVIIIe siècle le monopole du commerce avec l'Amérique du Sud et les Indes occidentales.

6. la Sainte-Hermandad : confrérie dont les membres étaient chargés de faire respecter l'ordre public.

7. à la voirie : on jetait en effet à la voirie le corps de tous ceux — hérétiques, excommuniés, etc. — qui ne pouvaient être enterrés en terre chrétienne.

8. Avacéna : ville non identifiée. Il s'agit peut-être d'Aracena, petite ville de la Sierra Morena sur l'une des routes qui mènent de Lisbonne à Cadix.

9. Sierra Morena : massif montagneux situé au sud de l'Espagne.

CHAPITRE DIXIÈME.

DANS QUELLE DÉTRESSE
CANDIDE, CUNÉGONDE ET LA VIEILLE
ARRIVENT A CADIX, ET DE LEUR EMBARQUEMENT.

« Qui a donc pu me voler mes pistoles[1] et mes dia-
mants ? disait en pleurant Cunégonde ; de quoi vivrons-
nous ? comment ferons-nous ? où trouver des inquisi-
teurs et des juifs qui m'en donnent d'autres ? — Hélas !
dit la vieille, je soupçonne fort un révérend père corde-
lier[2] qui coucha hier dans la même auberge que nous à
Badajos[3] ; Dieu me garde de faire un jugement témé-
raire ! mais il entra deux fois dans notre chambre, et il
partit longtemps avant nous. — Hélas ! dit Candide, le
bon Pangloss m'avait souvent prouvé que les biens de
la terre sont communs à tous les hommes, que chacun y
a un droit égal. Ce cordelier devait bien, suivant ces
principes, nous laisser de quoi achever notre voyage. Il
ne vous reste donc rien du tout, ma belle Cunégonde ?
— Pas un maravédis[4], dit-elle. — Quel parti prendre ?
dit Candide. — Vendons un des chevaux, dit la vieille ;
je monterai en croupe derrière mademoiselle, quoique je
ne puisse me tenir que sur une fesse, et nous arriverons
à Cadix. »

Il y avait dans la même hôtellerie un prieur de béné-
dictins[5], il acheta le cheval bon marché. Candide, Cuné-

1. une pistole : ancienne monnaie d'or qui avait cours en Espagne
et en Italie. Loin de constituer un épisode original, le vol dans
l'auberge est un procédé romanesque éprouvé au XVIIIe siècle. Ainsi,
dans deux romans de Lesage, *Le Diable boiteux* (1707) et l'*Histoire
de Gil Blas de Santillane* (1715-1735), le héros est volé, exactement
comme Cunégonde.
2. En informant Candide que le coupable du vol pouvait être un
révérend père cordelier, le personnage de la vieille femme permet à
Voltaire de se livrer à une satire des gens d'Église qui, sous-entend
ainsi le philosophe, prêchent la charité mais sont prêts à voler leur
prochain.
3. Badajoz : ville espagnole située près de la frontière portugaise.
4. un maravédis : ancienne monnaie espagnole en cuivre de faible
valeur.
5. bénédictin : un religieux appartenant à l'ordre de saint Benoît.

gonde, et la vieille passèrent par Lucena, par Chillas, par Lebrixa[1], et arrivèrent enfin à Cadix. On y équipait une flotte, et on y assemblait des troupes pour mettre à la raison les révérends pères jésuites du Paraguai, qu'on accusait d'avoir fait révolter une de leurs hordes contre les rois d'Espagne et de Portugal, auprès de la ville du St. Sacrement[2]. Candide, ayant servi chez les Bulgares, fit l'exercice bulgarien devant le général de la petite armée avec tant de grâce, de célérité, d'adresse, de fierté, d'agilité, qu'on lui donna une compagnie d'infanterie à commander. Le voilà capitaine ; il s'embarque avec mademoiselle Cunégonde, la vieille, deux valets, et les deux chevaux andalous qui avaient appartenu à monsieur le grand inquisiteur de Portugal.

Pendant toute la traversée ils raisonnèrent beaucoup sur la philosophie du pauvre Pangloss. « Nous allons dans un autre univers, disait Candide ; c'est dans celui-là, sans doute, que tout est bien. Car il faut avouer qu'on pourrait gémir un peu de ce qui se passe dans le nôtre en physique et en morale. — Je vous aime de tout mon cœur, disait Cunégonde ; mais j'ai encore l'âme tout effarouchée de ce que j'ai vu, de ce que j'ai éprouvé. — Tout ira bien, répliquait Candide ; la mer de ce nouveau monde vaut déjà mieux que les mers de notre Europe ; elle est plus calme, les vents plus constants. C'est certainement le nouveau monde qui est le meilleur des univers possibles. — Dieu le veuille ! disait Cunégonde ; mais j'ai été si horriblement malheureuse dans le mien que mon cœur est presque fermé à l'espérance. — Vous vous plaignez, leur dit la vieille ; hélas ! vous n'avez pas éprouvé des infortunes telles que les miennes. » Cunégonde se mit presque à rire, et trouva cette bonne femme fort plaisante de prétendre être plus malheureuse qu'elle. « Hélas ! lui dit-elle, ma bonne, à moins que vous n'ayez

1. Itinéraire fantaisiste puisque ces villes existent bien mais ne se trouvent pas sur la route qui conduit à Cadix.
2. Saint-Sacrement : située dans les missions jésuites du Paraguay, cette ville devait être cédée au Portugal. Les jésuites, qui n'acceptèrent pas cette cession, furent accusés d'avoir encouragé la rébellion des Indiens de cette région d'Amérique du Sud. Une expédition qui partit de Cadix en 1755-1756 mit fin à cette situation difficile.

été violée par deux Bulgares, que vous n'ayez reçu deux coups de couteau dans le ventre, qu'on n'ait démoli deux de vos châteaux, qu'on n'ait égorgé à vos yeux deux mères et deux pères, et que vous n'ayez vu deux de vos amants fouettés dans un auto-da-fé, je ne vois pas que vous puissiez l'emporter sur moi ; ajoutez que je suis née baronne avec soixante et douze quartiers, et que j'ai été cuisinière. — Mademoiselle, répondit la vieille, vous ne savez pas quelle est ma naissance ; et si je vous montrais mon derrière, vous ne parleriez pas comme vous faites, et vous suspendriez votre jugement. » Ce discours fit naître une extrême curiosité dans l'esprit de Cunégonde et de Candide. La vieille leur parla en ces termes.

CHAPITRE ONZIÈME.

HISTOIRE DE LA VIEILLE[1].

« Je n'ai pas eu toujours les yeux éraillés[2] et bordés d'écarlate ; mon nez n'a pas toujours touché à mon menton, et je n'ai pas toujours été servante. Je suis la fille du pape Urbain X[3] et de la princesse de Palestrine[4]. On m'éleva jusqu'à quatorze ans dans un palais auquel tous les châteaux de vos barons allemands n'auraient pas servi d'écurie ; et une de mes robes valait mieux que toutes les magnificences de la Vestphalie. Je croissais en beauté, en grâces, en talents, au milieu des plaisirs, des respects, et des espérances. J'inspirais déjà de l'amour ;

1. Récit dans le récit, l'histoire des malheurs de la vieille femme relève d'une technique narrative et d'une tradition fort répandues au XVIIIᵉ siècle puisqu'on les retrouve, en particulier, dans *Manon Lescaut* de l'abbé Prévost, dans *La Vie de Marianne* de Marivaux et dans *Jacques le Fataliste* de Diderot.
2. les yeux éraillés : injectés de sang ou dont la paupière est renversée.
3. Urbain X : ce pape n'a jamais existé. Le nom mentionné par Voltaire sur son manuscrit était celui d'un pape qui avait réellement existé : Clément XII, qui régna de 1730 à 1740.
4. Palestrina : petite ville près de Rome qui appartenait à la famille Barberini dont était issu Urbain VIII, pape de 1623 à 1644.

ma gorge [1] se formait ; et quelle gorge ! blanche, ferme, taillée comme celle de la Vénus de Médicis [2], et quels yeux ! quelles paupières ! quels sourcils noirs ! quelles flammes brillaient dans mes deux prunelles, et effaçaient la scintillation [3] des étoiles, comme me disaient les poètes du quartier. Les femmes qui m'habillaient et qui me déshabillaient tombaient en extase en me regardant par devant et par derrière ; et tous les hommes auraient voulu être à leur place.

« Je fus fiancée à un prince souverain de Massa-Carrara [4]. Quel prince ! aussi beau que moi, pétri de douceur et d'agréments, brillant d'esprit et brûlant d'amour. Je l'aimais comme on aime pour la première fois, avec idolâtrie, avec emportement. Les noces furent préparées. C'était une pompe, une magnificence inouïe ; c'étaient des fêtes, des carrousels [5], des opéra-buffa [6] continuels ; et toute l'Italie fit pour moi des sonnets dont il n'y eut

1. la gorge : ici, la poitrine, les seins.
2. Vénus de Médicis : statue de Vénus qui se trouve aujourd'hui au musée des Offices à Florence. Elle doit son nom aux Médicis qui en firent l'acquisition. Considérée aux XVII[e] et XVIII[e] siècles comme « le plus beau corps et le plus bel ouvrage du monde » *(Encyclopédie,* art. *Vénus)*, cette statue de marbre représentait à cette époque le modèle idéal de la beauté féminine. Ce fut l'une des statues les plus imitées et copiées sous l'Ancien Régime (Louis XIV en fit exécuter 5 copies). Les historiens de l'art considèrent aujourd'hui que la Vénus de Médicis est probablement une copie du I[er] siècle ap. J.-C. d'un original de bronze dérivant lui-même de l'Aphrodite de Cnide, chef-d'œuvre du célèbre sculpteur athénien Praxitèle.
3. scintillation : modification d'intensité de la lumière des étoiles. Cette acception est récente à l'époque de *Candide* puisqu'elle date de 1740. Le terme *scintillement* ne commencera à être utilisé qu'à partir de 1764.
4. Carrara : petite ville de Toscane qui fut de 1442 à 1741 la capitale d'un duché.
5. un carrousel : terme d'origine italienne désignant un jeu équestre introduit par les Espagnols à Naples au XVI[e] siècle et qui consistait en un tournoi où des quadrilles de cavaliers se livraient à des jeux et à des évolutions.
6. opera buffa : de l'italien *buffo*, ridicule, qui suscite le rire. Expression aujourd'hui francisée (opéra bouffe) qui appartient au théâtre lyrique et qui désigne un genre léger créé en Italie au XVIII[e] siècle. L'introduction en France de ce genre fut à l'origine d'une bataille musicale (1752) qui opposa les partisans de la musique lyrique française et ceux de la musique italienne dans le style bouffe.

pas un seul de passable. Je touchais au moment de mon bonheur, quand une vieille marquise qui avait été maîtresse de mon prince l'invita à prendre du chocolat[1] chez elle. Il mourut en moins de deux heures avec des convulsions épouvantables. Mais ce n'est qu'une bagatelle. Ma mère, au désespoir, et bien moins affligée que moi, voulut s'arracher pour quelque temps à un séjour si funeste. Elle avait une très belle terre auprès de Gaïète[2]. Nous nous embarquâmes sur une galère[3] du pays, dorée comme l'autel de St. Pierre de Rome. Voilà qu'un corsaire de Salé[4] fond sur nous et nous aborde ; nos soldats se défendirent comme des soldats du pape : ils se mirent tous à genoux en jetant leurs armes, et en demandant au corsaire une absolution *in articulo mortis*[5].

« Aussitôt on les dépouilla nus comme des singes, et ma mère aussi, nos filles d'honneur aussi, et moi aussi. C'est une chose admirable que la diligence avec laquelle ces messieurs déshabillent le monde. Mais ce qui me surprit davantage, c'est qu'ils nous mirent à tous le doigt dans un endroit où nous autres femmes nous ne nous laissons mettre d'ordinaire que des canules[6]. Cette cérémonie me paraissait bien étrange : voilà comme on juge de tout quand on n'est pas sorti de son pays. J'appris

1. Au XVIIIᵉ siècle, le chocolat était une boisson à la mode.

2. Gaète : petit port au sud de Rome. Cette référence est peut-être pour Voltaire une réminiscence classique puisque, dans l'Enéide Enée conduit sa flotte dans ce port dont le nom, dit Virgile, provient de *Caieta*, nom de la nourrice d'Enée enterrée sur ce rivage.

3. Les galères étaient des bâtiments de guerre, longs et bas de bord, ordinairement à rames, plus rarement à voiles et utilisés jusqu'au XVIIIᵉ siècle.

4. Salé : port du Maroc et importante ville de corsaires au XVIIᵉ siècle. L'enlèvement des pirates est un épisode très fréquent dans la littérature des XVIIᵉ et XVIIIᵉ siècles car on le retrouve, par exemple, chez Molière — dans *L'Étourdi* et dans *L'Avare* —, chez l'abbé Prévost — dans les *Mémoires pour servir l'histoire de Malte* —. Dans *Scarmentado*, Voltaire lui-même imagine que le héros du récit est fait prisonnier par des corsaires noirs.

5. *in articulo mortis* : littéralement « à l'article de la mort », au moment de mourir. Détail burlesque puisque les soldats du pape demandent l'absolution à des pirates, qui plus est musulmans.

6. une canule : petit tuyau qui pouvait être adapté à l'extrémité d'une poire à lavement.

bientôt que c'était pour voir si nous n'avions pas caché là quelques diamants : c'est un usage établi de temps immémorial parmi les nations policées[1] qui courent sur mer[2]. J'ai su que messieurs les religieux chevaliers de Malte[3] n'y manquent jamais quand ils prennent des Turcs et des Turques ; c'est une loi du droit des gens[4] à laquelle on n'a jamais dérogé.

« Je ne vous dirai point combien il est dur pour une jeune princesse d'être menée esclave à Maroc[5] avec sa mère. Vous concevez assez tout ce que nous eûmes à souffrir dans le vaisseau corsaire. Ma mère était encore très belle ; nos filles d'honneur[6], nos simples femmes de chambre, avaient plus de charmes qu'on n'en peut trouver dans toute l'Afrique. Pour moi, j'étais ravissante, j'étais la beauté, la grâce même, et j'étais pucelle. Je ne le fus pas longtemps : cette fleur, qui avait été réservée pour le beau prince de Massa-Carrara, me fut ravie par le capitaine corsaire ; c'était un nègre abominable, qui croyait encore me faire beaucoup d'honneur. Certes il fallait que madame la princesse de Palestrine et moi fussions bien fortes pour résister à tout ce que nous éprouvâmes jusqu'à notre arrivée à Maroc. Mais, passons ; ce

1. les nations policées : les nations civilisées.

2. qui courent sur mer : qui pratiquent la course sur mer, c'est-à-dire la piraterie.

3. les chevaliers de Malte : ordre religieux et militaire instauré en 1530 pour veiller à la défense des chrétiens contre les musulmans. Cet ordre, qui demeura à Malte jusqu'à la prise de l'île par Bonaparte en 1798, siège aujourd'hui à Rome mais il n'est plus qu'honorifique.

4. droit des gens : traduction du latin juridique classique *jus gentium*, qui désignait le droit appliqué par Rome à l'égard des citoyens et des hommes libres en général. Au XVIIIᵉ siècle, le droit des gens ou droit public était la « jurisprudence que la raison naturelle a établie sur certaines matières entre tous les hommes et qui est observée chez toutes les nations » (*Encyclopédie*, art. *Droit*). On distinguait le *droit des gens* du *droit naturel* qui était le respect de certains principes fondamentaux comme « l'amour de la liberté, la conservation de son individu, le soin que chacun prend de se défendre contre ceux qui l'attaquent » *(ibid.)*.

5. à Maroc : usage courant au XVIIIᵉ siècle où Maroc était souvent utilisé sans être précédé de l'article.

6. une fille d'honneur : une femme attachée à la personne d'une princesse.

sont des choses si communes qu'elles ne valent pas la peine qu'on en parle.

« Maroc nageait dans le sang quand nous arrivâmes. Cinquante fils de l'empereur Mulei-Ismaël[1] avaient chacun leur parti : ce qui produisait en effet cinquante guerres civiles, de noirs contre noirs, de noirs contre basanés, de basanés contre basanés, de mulâtres contre mulâtres : c'était un carnage continuel dans toute l'étendue de l'empire.

« A peine fûmes-nous débarquées que des noirs d'une faction ennemie de celle de mon corsaire se présentèrent pour lui enlever son butin. Nous étions, après les diamants et l'or, ce qu'il avait de plus précieux. Je fus témoin d'un combat tel que vous n'en voyez jamais dans vos climats d'Europe[2]. Les peuples septentrionaux n'ont pas le sang assez ardent. Ils n'ont pas la rage des femmes au point où elle est commune en Afrique. Il semble que vos Européens aient du lait dans les veines ; c'est du vitriol, c'est du feu qui coule dans celles des habitants du mont Atlas[3] et des pays voisins. On combattit avec la fureur des lions, des tigres et des serpents de la contrée, pour savoir à qui nous aurait. Un Maure[4] saisit ma mère par le bras droit, le lieutenant de mon capitaine la retint par le bras gauche ; un soldat maure la prit par

1. Muley-Ismaël : monarque qui régna de 1672 à 1727. Il créa en particulier une puissante armée d'esclaves noirs pour combattre les populations insoumises. Après la mort de ce souverain, une crise financière aggravée de révoltes militaires secoua le pays et marqua le début d'une période de troubles et de déclin qui dura jusqu'en 1757.

2. climats d'Europe : influencés par les théories de la médecine hippocratique, les hommes de l'Ancien Régime pensaient qu'il existait une analogie entre l'homme et le cosmos, c'est-à-dire entre le tempérament ou les caractéristiques physiques d'un individu et l'environnement géographique et climatologique dans lequel il vivait. En 1748, dans l'*Esprit des lois*, Montesquieu tire même de cette idée un système fortement organisé où, partant de l'influence du climat sur le tempérament, il conclut à son influence sur les lois. C'est la théorie des climats qui occupe une place importante dans les débats intellectuels du XVIIIᵉ siècle.

3. mont Atlas : chaîne montagneuse de l'Afrique du Nord qui s'étend du Maroc à la Tunisie.

4. un Maure : un homme provenant de l'ancienne *Mauretania*, région du nord de l'Afrique.

une jambe, un de nos pirates la tenait par l'autre. Nos filles se trouvèrent presque toutes en un moment tirées ainsi à quatre soldats. Mon capitaine me tenait cachée derrière lui. Il avait le cimeterre[1] au poing, et tuait tout ce qui s'opposait à sa rage. Enfin je vis toutes nos Italiennes et ma mère déchirées, coupées, massacrées par les monstres qui se les disputaient. Les captifs, mes compagnons, ceux qui les avaient pris, soldats, matelots, noirs, basanés, blancs, mulâtres, et enfin mon capitaine, tout[2] fut tué, et je demeurai mourante sur un tas de morts. Des scènes pareilles se passaient, comme on sait, dans l'étendue de plus de trois cents lieues, sans qu'on manquât aux cinq prières par jour ordonnées par Mahomet.

« Je me débarrassai avec beaucoup de peine de la foule de tant de cadavres sanglants entassés, et je me traînai sous un grand oranger au bord d'un ruisseau voisin ; j'y tombai d'effroi, de lassitude, d'horreur, de désespoir et de faim. Bientôt après, mes sens accablés se livrèrent à un sommeil qui tenait plus de l'évanouissement que du repos. J'étais dans cet état de faiblesse et d'insensibilité, entre la mort et la vie, quand je me sentis pressée de quelque chose qui s'agitait sur mon corps ; j'ouvris les yeux, je vis un homme blanc et de bonne mine qui soupirait, et qui disait entre ses dents : *O che sciagura d'essere senza c...*[3].

1. le cimeterre : sabre à lame large et recourbée utilisé par les Orientaux.
2. Usage classique du pronom indéfini *tout* qui est employé pour reprendre et résumer une série de noms de personnes employés précédemment.
3. senza c... : *senza coglioni* (Oh quel malheur d'être sans c...). L'homme qui prononce cette phrase est un castrat (voir chapitre suivant).

CHAPITRE DOUZIÈME.

SUITE DES MALHEURS DE LA VIEILLE.

« Étonnée et ravie d'entendre la langue de ma patrie, et non moins surprise des paroles que proférait cet homme, je lui répondis qu'il y avait de plus grands malheurs que celui dont il se plaignait. Je l'instruisis en peu de mots des horreurs que j'avais essuyées, et je retombai en faiblesse. Il m'emporta dans une maison voisine, me fit mettre au lit, me fit donner à manger, me servit, me consola, me flatta, me dit qu'il n'avait rien vu de si beau que moi, et que jamais il n'avait tant regretté ce que personne ne pouvait lui rendre. « Je suis né à Naples, me dit-il ; on y chaponne[1] deux ou trois mille enfants[2] tous les ans ; les uns en meurent, les autres acquièrent une voix plus belle que celle des femmes, les autres vont gouverner des États[3]. On me fit cette opération avec un très grand succès, et j'ai été musicien[4] de la chapelle de madame la princesse de Palestrine. — De ma mère ! m'écriai-je. — De votre mère ! s'écria-t-il en pleurant ; quoi ! vous seriez cette jeune princesse que j'ai élevée jusqu'à l'âge de six ans, et qui promettait déjà d'être aussi belle que vous êtes ? — C'est moi-même ; ma mère est à quatre cents pas d'ici, coupée en quartiers sous un tas de morts... »

« Je lui contai tout ce qui m'était arrivé ; il me conta aussi ses aventures, et m'apprit comment il avait été envoyé chez le roi de Maroc par une puissance chrétienne, pour conclure avec ce monarque un traité par

1. chaponner : terme habituellement employé pour les coqs (un chapon est un jeune coq châtré).
2. deux ou trois mille enfants : même si le chiffre mentionné par Voltaire est exagéré il est exact que certains enfants étaient châtrés pour que leur voix ne mue pas au moment de la puberté. Ces castrats qui avaient une voix de soprano connurent un grand succès au XVIIe et au XVIIIe siècle.
3. gouverner les États : ce fut le cas, par exemple, de Carlo Broschi, dit Farinelli (1705-1782), chanteur très connu qui s'installa en Espagne où il devint tout-puissant à la cour de Philippe V puis de Ferdinand VI.
4. musicien : au sens classique, chanteur.

lequel on lui fournirait de la poudre, des canons, et des vaisseaux, pour l'aider à exterminer le commerce des autres chrétiens. « Ma mission est faite, dit cet honnête eunuque ; je vais m'embarquer à Ceuta[1] et je vous ramènerai en Italie. *Ma che sciagura d'essere senza c... !* »

« Je le remerciai avec des larmes d'attendrissement ; et au lieu de me mener en Italie, il me conduisit à Alger, et me vendit au dey[2] de cette province. A peine fus-je vendue que cette peste qui a fait le tour de l'Afrique, de l'Asie et de l'Europe, se déclara dans Alger avec fureur. Vous avez vu des tremblements de terre ; mais, mademoiselle, avez-vous jamais eu la peste ? — Jamais, répondit la baronne.

— Si vous l'aviez eue, reprit la vieille, vous avoueriez qu'elle est bien au-dessus d'un tremblement de terre. Elle est fort commune en Afrique ; j'en fus attaquée. Figurez-vous quelle situation pour la fille d'un pape, âgée de quinze ans, qui en trois mois de temps avait éprouvé[3] la pauvreté, l'esclavage, avait été violée presque tous les jours, avait vu couper sa mère en quatre, avait essuyé la faim et la guerre, et mourait pestiférée dans Alger. Je n'en mourus pourtant pas ; mais mon eunuque et le dey, et presque tout le sérail[4] d'Alger périrent.

« Quand les premiers ravages de cette épouvantable peste furent passés, on vendit les esclaves du dey. Un marchand m'acheta, et me mena à Tunis ; il me vendit à un autre marchand, qui me revendit à Tripoli[5] ; de Tripoli je fus revendue à Alexandrie[6], d'Alexandrie revendue à Smyrne[7], de Smyrne à Constantinople.

1. Ceuta : port espagnol en Afrique du Nord, en face de Gibraltar.
2. le dey d'Alger : nom donné au chef du gouvernement d'Alger de 1671 à 1830.
3. éprouvé : subi.
4. le sérail : ce terme qui désignait le palais du sultan dans l'ancien Empire ottoman était fréquemment employé dans la langue classique pour parler des femmes du harem.
5. Tripoli : une des capitales de la Libye.
6. Alexandrie : importante ville et port principal d'Égypte à l'extrémité du delta du Nil.
7. Smyrne : ville et port de Turquie.

J'appartins enfin à un aga des janissaires[1], qui fut bientôt commandé pour aller défendre Azof[2] contre les Russes, qui l'assiégeaient.

« L'aga, qui était un très galant homme[3], mena avec lui tout son sérail, et nous logea dans un petit fort sur les Palus-Méotides[4], gardé par deux eunuques noirs et vingt soldats. On tua prodigieusement de Russes, mais ils nous le rendirent bien. Azof fut mis à feu et à sang, et on ne pardonna ni au sexe, ni à l'âge ; il ne resta que notre petit fort : les ennemis voulurent nous prendre par famine. Les vingt janissaires avaient juré de ne se jamais rendre. Les extrémités de la faim où ils furent réduits les contraignirent à manger nos deux eunuques, de peur de violer leur serment. Au bout de quelques jours ils résolurent de manger les femmes.

« Nous avions un iman[5] très pieux et très compatissant, qui leur fit un beau sermon par lequel il leur persuada[6] de ne nous pas tuer tout à fait. « Coupez, dit-il, seulement une fesse à chacune de ces dames, vous ferez

1. un aga des janissaires : commandant de soldats d'élite de l'armée turque recrutés à l'origine parmi les prisonniers chrétiens.

2. Azof : ce port de la mer Noire fut effectivement conquis en 1696 par le tsar Pierre le Grand qui, toutefois, fut contraint de le restituer à la Turquie quelques années plus tard. Assiégé de nouveau en 1711, Azov devint définitivement russe en 1739.

3. galant homme : jeu de mots puisque sous l'Ancien Régime, on tendait à distinguer l'*homme galant* (qui cherche à plaire aux femmes par ses manières et son langage) du *galant homme* (homme qui a des procédés délicats et de bonne compagnie). Dans le *Dictionnaire philosophique* (art. *galant*), Voltaire écrit précisément : « Un *homme galant* est tout autre chose qu'un *galant homme* [...] celui-ci tient plus de l'honnête homme, celui-là se rapproche plus du petit-maître, de l'homme à bonnes fortunes ».

4. Palus-Méotides : nom par lequel était désignée la mer d'Azov au XVIII[e] siècle et qui provenait du latin *Palus-Maeotis* : *palus* — marais — en raison de la faible profondeur de cette mer en plusieurs endroits ; le deuxième terme, quant à lui, provenait du nom de l'ancien peuple scythe qui habitait sur les bords de cette mer et qui était appelé par les Latins les *Maeotae*.

5. un iman : chef spirituel musulman. On dit aujourd'hui plus fréquemment *imam*.

6. persuader admettait deux constructions dans le français classique : persuader quelqu'un de quelque chose (sens moderne) et persuader quelque chose à quelqu'un (sens dans lequel il est employé ici).

très bonne chère ; s'il faut y revenir, vous en aurez encore autant dans quelques jours ; le ciel vous saura gré d'une action si charitable, et vous serez secourus. »

« Il avait beaucoup d'éloquence ; il les persuada. On nous fit cette horrible opération. L'iman nous appliqua le même baume qu'on met aux enfants qu'on vient de circoncire. Nous étions toutes à la mort.

« A peine les janissaires eurent-ils fait le repas que nous leur avions fourni, que les Russes arrivent sur des bateaux plats : il ne réchappa pas un janissaire. Les Russes ne firent aucune attention à l'état où nous étions. Il y a partout des chirurgiens français ; un d'eux, qui était fort adroit, prit soin de nous ; il nous guérit, et je me souviendrai toute ma vie que, quand mes plaies furent bien fermées, il me fit des propositions. Au reste, il nous dit à toutes de nous consoler ; il nous assura que dans plusieurs sièges pareille chose était arrivée, et que c'était la loi de la guerre.

« Dès que mes compagnes purent marcher, on les fit aller à Moscou. J'échus en partage à un boïard [1] qui me fit sa jardinière, et qui me donnait vingt coups de fouet par jour ; mais ce seigneur ayant été roué [2] au bout de deux ans avec une trentaine de boïards pour quelque tracasserie de cour [3], je profitai de cette aventure : je m'enfuis ; je traversai toute la Russie ; je fus longtemps servante de cabaret à Riga [4], puis à Rostock, à Vismar [5], à Leipsick [6], à Cassel [7], à Utrecht, à Leyde, à la Haye, à Rotterdam [8], j'ai vieilli dans la misère et dans l'opprobre, n'ayant que la moitié d'un derrière, me souvenant toujours que j'étais fille d'un pape ; je voulus cent fois me tuer, mais j'aimais encore la vie. Cette faiblesse ridicule

1. un boyard : seigneur de la vieille noblesse russe.
2. roué : condamné au supplice de la roue.
3. une tracasserie de cour : en 1698, deux ans après la prise d'Azov, Pierre le Grand fit en effet exécuter environ 4 000 soldats de l'armée russe qui avaient tenté de le renverser.
4. Riga : port sur la Baltique et capitale de la Lettonie.
5. Rostock et Vismar : ports allemands.
6. Leipsick : ville de l'Allemagne orientale.
7. Cassel : ville allemande de la Hesse.
8. Utrecht, Leyde, La Haye, Rotterdam : villes hollandaises.

est peut-être un de nos penchants les plus funestes : car
y a-t-il rien de plus sot que de vouloir porter continuelle-
ment un fardeau qu'on veut toujours jeter par terre ?
d'avoir son être en horreur, et de tenir à son être ? Enfin
de caresser le serpent qui nous dévore, jusqu'à ce qu'il
nous ait mangé le cœur ?

« J'ai vu dans les pays que le sort m'a fait parcourir,
et dans les cabarets où j'ai servi, un nombre prodigieux
de personnes qui avaient leur existence en exécration ;
mais je n'en ai vu que douze qui aient mis volontaire-
ment fin à leur misère : trois nègres, quatre Anglais,
quatre Genevois, et un professeur Allemand nommé
Robeck [1]. J'ai fini par être servante chez le juif don Issa-
char ; il me mit auprès de vous, ma belle demoiselle ; je
me suis attachée à votre destinée, et j'ai été plus occupée
de vos aventures que des miennes. Je ne vous aurais
même jamais parlé de mes malheurs si vous ne m'aviez
pas un peu piquée [2], et s'il n'était d'usage, dans un vais-
seau, de conter des histoires pour se désennuyer. Enfin,
mademoiselle, j'ai de l'expérience, je connais le monde ;
donnez-vous un plaisir, engagez chaque passager à vous
conter son histoire, et s'il s'en trouve un seul qui n'ait
souvent maudit sa vie, qui ne se soit souvent dit à lui-
même qu'il était le plus malheureux des hommes, jetez-
moi dans la mer la tête la première. »

CHAPITRE TREIZIÈME.

COMMENT CANDIDE FUT OBLIGÉ DE SE SÉPARER
DE LA BELLE CUNÉGONDE ET DE LA VIEILLE.

La belle Cunégonde, ayant entendu l'histoire de la
vieille, lui fit toutes les politesses qu'on devait à une
personne de son rang et de son mérite. Elle accepta la

1. Né à Colmar en 1672, Jean Robeck écrivit une apologie du sui-
cide en 1736 et se noya volontairement en 1739.
2. piquée : irritée, vexée.

proposition ; elle engagea[1] tous les passagers, l'un après l'autre, à lui conter leurs aventures. Candide et elle avouèrent que la vieille avait raison. « C'est bien dommage, disait Candide, que le sage Pangloss ait été pendu contre la coutume dans un auto-da-fé ; il nous dirait des choses admirables sur le mal physique et sur le mal moral[2] qui couvrent la terre et la mer, et je me sentirais assez de force pour oser lui faire respectueusement quelques objections. »

A mesure que chacun racontait son histoire, le vaisseau avançait. On aborda dans Buenos-Ayres[3]. Cunégonde, le capitaine Candide et la vieille allèrent chez le gouverneur don Fernando d'Ibaraa, y Figueora, y Mascarenes, y Lampourdos, y Souza[4]. Ce seigneur avait une fierté convenable à un homme qui portait tant de noms. Il parlait aux hommes avec le dédain le plus noble, portant le nez si haut, élevant si impitoyablement la voix, prenant un ton si imposant, affectant une démarche si altière, que tous ceux qui le saluaient étaient tentés de le battre. Il aimait les femmes à la fureur. Cunégonde lui parut ce qu'il avait jamais vu de plus beau. La première chose qu'il fit fut de demander si elle n'était point la femme du capitaine. L'air dont il fit cette question alarma Candide : il n'osa pas dire qu'elle était sa femme, parce qu'en effet elle ne l'était point ; il n'osait pas dire que c'était sa sœur, parce qu'elle ne l'était pas non plus ; et quoique ce mensonge officieux eût été autrefois très à la mode chez les anciens[5], et qu'il pût être utile aux

1. engager : ici, inviter, inciter.

2. mal physique et mal moral : distinction habituelle à l'époque classique entre le mal lié à la nature de l'homme (la maladie, par exemple) et le mal qui correspond à des comportements contraires aux lois de la morale.

3. Buenos-Ayres : au XVIII[e] siècle, cette ville était un important port de transit vers les provinces andines et le lieu d'une contrebande active. En 1776, elle devint la capitale de la vice-royauté du Rio de La Plata.

4. Ce nom est évidemment caricatural.

5. Allusion ironique à un passage de la *Genèse* dans lequel il est dit qu'Abraham, faisant passer sa femme Sarah pour sa sœur, la laissa devenir la concubine d'Abimélek. Déjà mentionné par Bayle dans l'article *Sara* du *Dictionnaire historique*, cet épisode est cité à plusieurs reprises au XVIII[e] siècle dans les controverses sur la Bible.

modernes, son âme était trop pure pour trahir la vérité. « Mademoiselle Cunégonde, dit-il, doit me faire l'honneur de m'épouser et nous supplions Votre Excellence de daigner faire notre noce. »

Don Fernando d'Ibaraa, y Figueora, y Mascarenes, y Lampourdos, y Souza, relevant sa moustache, sourit amèrement, et ordonna au capitaine Candide d'aller faire la revue de sa compagnie. Candide obéit ; le gouverneur demeura avec mademoiselle Cunégonde. Il lui déclara sa passion, lui protesta[1] que le lendemain il l'épouserait à la face de[2] l'Église, ou autrement, ainsi qu'il plairait à ses charmes. Cunégonde lui demanda un quart d'heure pour se recueillir, pour consulter la vieille, et pour se déterminer.

La vieille dit à Cunégonde : « Mademoiselle, vous avez soixante et douze quartiers et pas une obole[3] ; il ne tient qu'à vous d'être la femme du plus grand seigneur de l'Amérique méridionale, qui a une très belle moustache ; est-ce à vous de vous piquer[4] d'une fidélité à toute épreuve ? Vous avez été violée par les Bulgares ; un juif et un inquisiteur ont eu vos bonnes grâces[5] : les malheurs donnent des droits. J'avoue que, si j'étais à votre place, je ne ferais aucun scrupule d'épouser monsieur le gouverneur, et de faire la fortune[6] de monsieur le capitaine Candide. » Tandis que la vieille parlait avec toute la prudence que l'âge et l'expérience donnent, on vit entrer dans le port un petit vaisseau ; il portait un alcade[7] et des alguazils[8], et voici ce qui était arrivé.

La vieille avait très bien deviné que ce fut un cordelier

1. protester : ici, promettre, assurer.
2. à la face de l'Église : en présence des ministres de l'Église.
3. pas une obole : sans argent (l'obole était une ancienne monnaie grecque sans grande valeur).
4. se piquer : prétendre avoir une qualité que l'on met son point d'honneur à respecter.
5. bonnes grâces : faveurs amoureuses.
6. faire la fortune : faire parvenir dans une position élevée (Littré).
7. un alcade : au XVIIIe siècle, fonctionnaire de justice espagnol.
8. un alguazil : un membre de la police qui exécutait les ordres de l'alcade.

à la grande manche[1] qui vola l'argent et les bijoux de Cunégonde dans la ville de Badajos, lorsqu'elle fuyait en hâte avec Candide. Ce moine voulut vendre quelques-unes des pierreries à un joaillier. Le marchand les reconnut pour celles du grand inquisiteur. Le cordelier, avant d'être pendu, avoua qu'il les avait volées : il indiqua les personnes, et la route qu'elles prenaient. La fuite de Cunégonde et de Candide était déjà connue. On les suivit à Cadix : on envoya sans perdre de temps, un vaisseau à leur poursuite. Le vaisseau était déjà dans le port de Buenos-Ayres. Le bruit se répandit qu'un alcade allait débarquer, et qu'on poursuivait les meurtriers de monseigneur le grand inquisiteur. La prudente vieille vit dans l'instant tout ce qui était à faire. « Vous ne pouvez fuir, dit-elle à Cunégonde, et vous n'avez rien à craindre : ce n'est pas vous qui avez tué monseigneur, et d'ailleurs le gouverneur, qui vous aime, ne souffrira[2] pas qu'on vous maltraite ; demeurez. » Elle court sur-le-champ à Candide : « Fuyez, dit-elle, ou dans une heure vous allez être brûlé. » Il n'y avait pas un moment à perdre ; mais comment se séparer de Cunégonde, et où se réfugier ?

CHAPITRE QUATORZIÈME.

COMMENT CANDIDE ET CACAMBO
FURENT REÇUS CHEZ LES JÉSUITES DU PARAGUAI.

Candide avait amené de Cadix un valet tel qu'on en trouve beaucoup sur les côtes d'Espagne et dans les colonies. C'était un quart d'Espagnol[3], né d'un métis

1. un cordelier à la grande manche : religieux de l'ordre de saint François dont l'habit avait précisément de grandes manches.

2. souffrir : ici, permettre, tolérer.

3. un quart d'Espagnol : c'était donc ce qu'on appelait un quarteron, un homme né de l'union d'un Blanc et d'une métisse ou d'une Blanche et d'un métis.

dans le Tucuman [1] ; il avait été enfant de chœur, sacristain, matelot, moine, facteur [2], soldat, laquais. Il s'appelait Cacambo, et aimait fort son maître, parce que son maître était un fort bon homme. Il sella au plus vite les deux chevaux andalous. « Allons, mon maître, suivons le conseil de la vieille ; partons, et courons sans regarder derrière nous. » Candide versa des larmes : « O ma chère Cunégonde ! faut-il vous abandonner dans le temps que monsieur le gouverneur va faire nos noces ! Cunégonde amenée de si loin, que deviendrez-vous ? — Elle deviendra ce quelle pourra, dit Cacambo ; les femmes ne sont jamais embarrassées d'elles [3], Dieu y pourvoit ; courons. — Où me mènes-tu ? où allons-nous ? que ferons-nous sans Cunégonde ? disait Candide. — Par St. Jacques de Compostelle, dit Cacambo, vous alliez faire la guerre aux jésuites ; allons la faire pour eux : je sais assez les chemins, je vous mènerai dans leur royaume [4], ils seront charmés d'avoir un capitaine qui fasse l'exercice à la bulgare ; vous ferez une fortune prodigieuse : quand on n'a pas son compte [5] dans un monde,

1. le Tucuman : fondée en 1563 par les Espagnols, cette province se situe aujourd'hui en Argentine.

2. facteur : au XVIII^e siècle, ce terme permettait de désigner différentes activités. Un facteur pouvait en effet être une personne qui achetait ou vendait des marchandises pour le compte d'un commerçant ou bien, comme le souligne l'*Encyclopédie*, « celui qui tient les registres d'une messagerie ». Les facteurs (au sens moderne), appelés au XVIII^e siècle, *facteurs des lettres* ou *des postes* n'ont commencé leur service à Paris qu'en 1759, quand fut organisée la « Petite Poste ».

3. être embarrassé de sa personne : ne pas savoir quelle contenance avoir, quelle attitude adopter.

4. Les territoires du Paraguay gouvernés par les jésuites ne constituaient pas un royaume. Voltaire emploie ce terme pour critiquer, une fois de plus, l'ordre de saint Ignace et parce que, d'autre part, le bruit avait couru d'une prétendue élection d'un jésuite comme roi du Paraguay sous le nom de Nicolas I^{er}. Trois ans avant la publication de *Candide*, Voltaire écrit à l'une de ses correspondantes : « il est vrai qu'il n'y a point de roi Nicolas, mais il n'en est pas moins vrai que les Jésuites sont autant de rois au Paraguay » *(Correspondance, op. cit.*, lettre du 12 avril 1756, t. IV, p. 742). Dans un article du *Journal encyclopédique* (15 mars 1759) consacré à *Candide* on pouvait d'ailleurs lire : « Nous ne suivrons pas l'auteur qui a calqué ici les folies qu'on a débitées au sujet de la royauté qu'on prétend que les jésuites possèdent au Paraguay » (p. 114).

5. avoir son compte : trouver son intérêt.

on le trouve dans un autre. C'est un très grand plaisir de voir et de faire des choses nouvelles.

— Tu as donc été déjà dans le Paraguai ? dit Candide.
— Eh vraiment oui ! dit Cacambo ; j'ai été cuistre[1] dans le collège de l'Assomption[2], et je connais le gouvernement[3] de Los Padres[4] comme je connais les rues de Cadix. C'est une chose admirable que ce gouvernement. Le royaume a déjà plus de trois cents lieues de diamètre ; il est divisé en trente provinces[5]. Los Padres y ont tout, et les peuples rien[6] ; c'est le chef-d'œuvre de la raison et de la justice. Pour moi, je ne vois rien de si divin que Los Padres, qui font ici la guerre au roi d'Espagne et au roi de Portugal, et qui en Europe confessent ces rois ; qui tuent ici des Espagnols, et qui à Madrid les envoient au ciel : cela me ravit ; avançons : vous allez être le plus heureux de tous les hommes. Quel plaisir auront Los Padres quand ils sauront qu'il leur vient un capitaine qui sait l'exercice bulgare ! »

Dès qu'ils furent arrivés à la première barrière, Cacambo dit à la garde avancée[7] qu'un capitaine deman-

1. un cuistre : un valet de collège.

2. Assomption : Asunción, ville fondée en 1537 par les Espagnols et capitale du Paraguay.

3. gouvernement : au sens classique, ville ou pays régi par un gouverneur. Ici, extension de ce sens : territoire gouverné par les pères.

4. Los Padres : les pères jésuites qui gouvernaient les territoires du Paraguay.

5. Après avoir reçu du roi d'Espagne l'administration d'une région du Paraguay, les jésuites réunirent, entre 1610 et 1767, les Indiens en « réductions », c'est-à-dire en communautés dirigées par les pères. Ces « réductions » organisées contre les Portugais venus du Brésil conservèrent leur indépendance politique et économique jusqu'en 1767, date à laquelle les jésuites furent expulsés de ces territoires à la suite de l'opposition des colons espagnols.

6. Dans *Candide*, les « réductions » jésuites du Paraguay apparaissent avant tout comme un gouvernement despotique fondé sur l'injustice sociale alors que dans le chapitre CLIV de l'*Essai sur les mœurs* le même phénomène fait l'objet d'un jugement plus nuancé et moins négatif. En effet, tout en soulignant que les jésuites se sont « servis de la religion pour ôter la liberté aux peuplades du Paraguay », le philosophe met en évidence dans cet ouvrage certains aspects positifs de l'action entreprise par ces religieux qui, loin d'exterminer les indigènes, comme les premiers conquérants, ont fait preuve d'humanité avec ces hommes et les ont même rendus plus industrieux.

7. la garde avancée : la garde qui était en avant-poste.

dait à parler à monseigneur le commandant. On alla avertir la grande garde[1]. Un officier paraguain courut aux pieds du commandant lui donner part de la nouvelle. Candide et Cacambo furent d'abord désarmés ; on se saisit de leurs deux chevaux andalous. Les deux étrangers sont introduits au milieu de deux files de soldats ; le commandant était au bout, le bonnet à trois cornes[2] en tête, la robe retroussée, l'épée au côté, l'esponton[3] à la main. Il fit un signe ; aussitôt vingt-quatre soldats entourent les deux nouveaux venus. Un sergent leur dit qu'il faut attendre, que le commandant ne peut leur parler, que le révérend père provincial ne permet pas qu'aucun Espagnol ouvre la bouche qu'en sa présence, et demeure plus de trois heures dans le pays. « Et où est le révérend père provincial[4] ? dit Cacambo. — Il est à la parade après avoir dit sa messe, répondit le sergent, et vous ne pourrez baiser ses éperons que dans trois heures. — Mais, dit Cacambo, monsieur le capitaine, qui meurt de faim comme moi, n'est point Espagnol, il est allemand ; ne pourrions-nous point déjeuner en attendant Sa Révérence ? »

Le sergent alla sur-le-champ rendre compte de ce discours au commandant. « Dieu soit béni ! dit ce seigneur, puisqu'il est Allemand, je peux lui parler ; qu'on le mène dans ma feuillée[5]. » Aussitôt on conduit Candide dans un cabinet de verdure[6], orné d'une très jolie colonnade de marbre vert et or, et de treillages qui renfermaient des perroquets, des colibris, des oiseaux-mouches, des pintades, et tous les oiseaux les plus rares. Un excellent déjeuner était préparé dans des vases[7] d'or[8] ; et tandis que les Paraguains mangèrent du maïs dans des

1. la grande garde : le corps de garde principal.
2. le bonnet à trois cornes : coiffure portée par les jésuites.
3. l'esponton : demi-pique dont se servaient les officiers d'infanterie.
4. le père provincial : le père supérieur d'une province.
5. la feuillée : le cabinet de verdure décrit dans la phrase suivante.
6. cabinet de verdure : lieu couvert dans un jardin.
7. vase : un récipient pour les liquides.
8. Critique implicite de la part de Voltaire, car les jésuites sont présentés comme des hommes qui aiment le luxe et la bonne chère alors que tout autour d'eux domine la pauvreté.

écuelles de bois, en plein champ, à l'ardeur du soleil, le révérend père commandant entra dans la feuillée.

C'était un très beau jeune homme, le visage plein, assez blanc, haut en couleur[1], le sourcil relevé, l'œil vif, l'oreille rouge, les lèvres vermeilles, l'air fier, mais d'une fierté qui n'était ni celle d'un Espagnol ni celle d'un jésuite. On rendit à Candide et à Cacambo leurs armes, qu'on leur avait saisies, ainsi que les deux chevaux andalous ; Cacambo leur fit manger l'avoine auprès de la feuillée, ayant toujours l'œil sur eux, crainte de surprise[2].

Candide baisa d'abord le bas de la robe du commandant, ensuite ils se mirent à table. « Vous êtes donc Allemand ? lui dit le jésuite en cette langue. — Oui, mon révérend père », dit Candide. L'un et l'autre, en prononçant ces paroles, se regardaient avec une extrême surprise, et une émotion dont ils n'étaient pas les maîtres. « Et de quel pays d'Allemagne êtes-vous ? dit le jésuite. — De la sale province de Vestphalie, dit Candide ; je suis né dans le château de Thunder-ten-tronckh. — O ciel ! est-il possible ! s'écria le commandant. — Quel miracle ! s'écria Candide. — Serait-ce vous ? dit le commandant. — Cela n'est pas possible, dit Candide. » Ils se laissent tomber tous deux à la renverse, ils s'embrassent, ils versent des ruisseaux de larmes[3]. Quoi ! serait-ce vous, mon révérend père ? vous, le frère de la belle Cunégonde ! vous, qui fûtes tué par les Bulgares ! vous, le fils de monsieur le baron ! vous, jésuite au Paraguai ! Il faut avouer que ce monde est une étrange chose. O Pangloss ! Pangloss ! que vous seriez aise[4] si vous n'aviez pas été pendu ! »

Le commandant fit retirer les esclaves nègres et les Paraguains qui servaient à boire dans des gobelets de

1. haut en couleur : voir p. 46, note 6.
2. crainte de surprise : par crainte d'une attaque imprévue.
3. Suite d'expressions hyperboliques qui constitue une parodie des scènes de retrouvailles des romans du XVIIIe siècle, souvent caractérisées par des manifestations d'une sensibilité exacerbée.
4. aise : content.

cristal de roche. Il remercia Dieu et St. Ignace[1] mille fois ; il serrait Candide entre ses bras, leurs visages étaient baignés de pleurs. « Vous seriez bien plus étonné, plus attendri, plus hors de vous-même, dit Candide, si je vous disais que mademoiselle Cunégonde, votre sœur, que vous avez crue éventrée, est pleine de santé. — Où ? — Dans votre voisinage, chez monsieur le gouverneur de Buenos-Ayres ; et je venais pour vous faire la guerre. » Chaque mot qu'ils prononcèrent dans cette longue conversation accumulait prodige sur prodige. Leur âme tout entière volait sur leur langue, était attentive dans leurs oreilles, et étincelante dans leurs yeux. Comme ils étaient Allemands, ils tinrent table[2] longtemps, en attendant le révérend père provincial ; et le commandant parla ainsi à son cher Candide.

CHAPITRE QUINZIÈME

COMMENT CANDIDE TUA LE FRÈRE DE SA CHÈRE CUNÉGONDE.

« J'aurai toute ma vie présent à la mémoire le jour horrible où je vis tuer mon père et ma mère, et violer ma sœur. Quand les Bulgares furent retirés, on ne trouva point cette sœur adorable, et on mit dans une charrette ma mère, mon père, et moi, deux servantes et trois petits garçons égorgés, pour nous aller enterrer dans une chapelle de jésuites, à deux lieues du château de mes pères. Un jésuite nous jeta de l'eau bénite ; elle était horriblement salée ; il en entra quelques gouttes dans mes yeux : le père s'aperçut que ma paupière faisait un petit mouvement : il mit la main sur mon cœur, et le sentit palpiter ; je fus secouru, et au bout de trois semaines il n'y paraissait pas. Vous savez, mon cher Candide, que j'étais fort joli ; je le devins encore davantage ; aussi le révérend

1. saint Ignace de Loyola (1491-1556) : fondateur en 1540 de la Compagnie de Jésus. Ses *Exercices spirituels* sont un ouvrage fondamental de la spiritualité jésuite.
2. tenir table : demeurer longtemps à table.

père Croust[1], supérieur de la maison, prit pour moi la plus tendre amitié[2] : il me donna l'habit de novice[3] ; quelque temps après je fus envoyé à Rome. Le père général[4] avait besoin d'une recrue de jeunes jésuites allemands. Les souverains du Paraguai reçoivent le moins qu'ils peuvent de jésuites espagnols ; ils aiment mieux les étrangers, dont ils se croient plus maîtres. Je fus jugé propre par le révérend père général pour aller travailler dans cette vigne[5]. Nous partîmes, un Polonais, un Tyrolien, et moi. Je fus honoré, en arrivant, du sous-diaconat[6] et d'une lieutenance ; je suis aujourd'hui colonel et prêtre. Nous recevons vigoureusement les troupes du roi d'Espagne ; je vous réponds qu'elles seront excommuniées et battues. La Providence vous envoie ici pour nous seconder. Mais est-il bien vrai que ma chère sœur Cunégonde soit dans le voisinage, chez le gouverneur de Buenos-Ayres ? » Candide l'assura par serment que rien n'était plus vrai. Leurs larmes recommencèrent à couler.

Le baron ne pouvait se lasser d'embrasser Candide ; il l'appelait son frère, son sauveur. « Ah ! peut-être, lui dit-il, nous pourrons ensemble, mon cher Candide, entrer en vainqueurs dans la ville, et reprendre ma sœur Cunégonde. — C'est tout ce que je souhaite, dit Candide ; car je comptais l'épouser, et je l'espère encore. — Vous, insolent ! répondit le baron, vous auriez l'impudence d'épouser ma sœur, qui a soixante et douze quartiers ! Je vous trouve bien effronté d'oser me parler d'un des-

1. Le révérend père Croust était un jésuite, recteur du collège de Colmar, qui essaya de nuire à Voltaire lorsque celui-ci séjourna dans cette ville au début de l'année 1754. Ce nom n'apparaît toutefois dans *Candide* qu'en 1761 à la place du père Didrie qui était probablement un nom inventé par Voltaire.

2. Allusion voilée, encore une fois, à l'homosexualité des jésuites.

3. un novice : une personne qui passe un temps d'épreuve dans un couvent avant de prononcer ses vœux définitifs.

4. général : chez les jésuites, comme chez les dominicains, le général est la personne qui se trouve à la tête de l'ordre tout entier.

5. cette vigne : expression métaphorique empruntée à la Bible pour indiquer la mission apostolique du jeune jésuite.

6. sous-diaconat : premier des ordres majeurs de la liturgie catholique. Viennent ensuite le diaconat, la prêtrise, l'épiscopat.

sein si téméraire ! » Candide, pétrifié d'un tel discours, lui répondit : « Mon révérend père, tous les quartiers du monde n'y font rien ; j'ai tiré votre sœur des bras d'un juif et d'un inquisiteur ; elle m'a assez d'obligations, elle veut m'épouser. Maître Pangloss m'a toujours dit que les hommes sont égaux ; et assurément je l'épouserai. — C'est ce que nous verrons, coquin ! » dit le jésuite baron de Thunder-ten-tronckh ; et en même temps il lui donna un grand coup du plat de son épée sur le visage. Candide dans l'instant tire la sienne, et l'enfonce jusqu'à la garde [1] dans le ventre du baron jésuite ; mais en la retirant toute fumante, il se mit à pleurer : « Hélas ! mon Dieu, dit-il, j'ai tué mon ancien maître, mon ami, mon beau-frère ; je suis le meilleur homme du monde, et voilà déjà trois hommes que je tue ; et dans ces trois il y a deux prêtres. »

Cacambo, qui faisait sentinelle à la porte de la feuillée, accourut. « Il ne nous reste qu'à vendre cher notre vie, lui dit son maître ; on va, sans doute, entrer dans la feuillée ; il faut mourir les armes à la main. » Cacambo, qui en avait bien vu d'autres, ne perdit point la tête ; il prit la robe de jésuite que portait le baron, la mit sur le corps de Candide, lui donna le bonnet carré du mort, et le fit monter à cheval. Tout cela se fit en un clin d'œil. « Galopons, mon maître ; tout le monde vous prendra pour un jésuite qui va donner des ordres ; et nous aurons passé les frontières avant qu'on puisse courir après nous. » Il volait déjà en prononçant ces paroles, et en criant en espagnol : « Place, place pour le révérend père colonel ! »

1. la garde : rebord de l'épée situé entre la lame et la poignée.

CHAPITRE SEIZIÈME.

CE QUI ADVINT AUX DEUX VOYAGEURS
AVEC DEUX FILLES, DEUX SINGES,
ET LES SAUVAGES NOMMÉS OREILLONS.

Candide et son valet furent au delà des barrières, et
personne ne savait encore dans le camp la mort du
jésuite allemand. Le vigilant Cacambo avait eu soin de
remplir sa valise[1] de pain, de chocolat, de jambon, de
fruits et de quelques mesures[2] de vin. Ils s'enfoncèrent
avec leurs chevaux andalous dans un pays inconnu où
ils ne découvrirent aucune route. Enfin une belle prairie
entrecoupée de ruisseaux se présenta devant eux. Nos
deux voyageurs font repaître leurs montures. Cacambo
propose à son maître de manger, et lui en donne
l'exemple. « Comment veux-tu, disait Candide, que je
mange du jambon, quand j'ai tué le fils de monsieur le
baron, et que je me vois condamné à ne revoir la belle
Cunégonde de ma vie ? A quoi me servira de prolonger
mes misérables jours, puisque je dois les traîner loin
d'elle dans les remords et dans le désespoir ? Et que dira
le Journal de Trévoux[3] ? »

En parlant ainsi, il ne laissa pas[4] de manger. Le soleil
se couchait. Les deux égarés entendirent quelques petits
cris qui paraissaient poussés par des femmes. Ils ne
savaient si ces cris étaient de douleur ou de joie ; mais
ils se levèrent précipitamment avec cette inquiétude et
cette alarme que tout inspire dans un pays inconnu. Ces
clameurs partaient de deux filles toutes nues qui cou-
raient légèrement au bord de la prairie, tandis que deux
singes les suivaient en leur mordant les fesses. Candide
fut touché de pitié ; il avait appris à tirer chez les Bul-

1. la valise : ici, un sac de cuir qui se portait en croupe.
2. mesure : quantité de vin contenue dans un récipient de capacité
connue mais qui, sous l'Ancien Régime, pouvait varier selon les villes
et les pays.
3. le journal de Trévoux : périodique fondé en 1701 par les jésuites
et imprimé à Trévoux, petite ville près de Lyon. Ce journal commença
à attaquer Voltaire et les encyclopédistes à partir de 1750.
4. il ne laissa pas : il ne cessa pas.

gares, et il aurait abattu une noisette dans un buisson sans toucher aux feuilles. Il prend son fusil espagnol à deux coups, tire, et tue les deux singes. « Dieu soit loué, mon cher Cacambo ! j'ai délivré d'un grand péril ces deux pauvres créatures : si j'ai commis un péché en tuant un inquisiteur et un jésuite, je l'ai bien réparé en sauvant la vie à deux filles. Ce sont peut-être deux demoiselles de condition[1], et cette aventure nous peut procurer de très grands avantages dans le pays. »

Il allait continuer, mais sa langue devint percluse[2] quand il vit ces deux filles embrasser tendrement les deux singes, fondre en larmes sur leurs corps, et remplir l'air des cris les plus douloureux. « Je ne m'attendais pas à tant de bonté d'âme, » dit-il enfin à Cacambo ; lequel lui répliqua : « Vous avez fait là un beau chef-d'œuvre, mon maître ; vous avez tué les deux amants de ces demoiselles ! — Leurs amants ! serait-il possible ? Vous vous moquez de moi, Cacambo ; le moyen de vous croire[3] ? — Mon cher maître, repartit Cacambo, vous êtes toujours étonné de tout, pourquoi trouvez-vous si étrange que dans quelques pays il y ait des singes qui obtiennent les bonnes grâces des dames ? Ils sont des quarts d'homme, comme je suis un quart d'Espagnol. — Hélas ! reprit Candide, je me souviens d'avoir entendu dire à maître Pangloss qu'autrefois pareils accidents étaient arrivés, et que ces mélanges avaient produit des égypans, des faunes, des satyres[4], que plusieurs grands personnages de l'antiquité en avaient vu ; mais je prenais cela pour des fables. — Vous devez être convaincu à présent, dit Cacambo, que c'est une vérité[5], et vous

1. de condition : appartenant à une famille noble.
2. perclus : qui est dans l'incapacité de se mouvoir.
3. le moyen de vous croire : comment vous croire ?
4. égypans, faunes, satyres : figures mythologiques qui présentaient des caractéristiques physiques à la fois humaines et animales.
5. Les aventures des deux femmes et des deux singes apparaissaient peut-être moins étranges au XVIIIe siècle qu'au XXe car, à cette époque, le continent américain était encore mal connu et malgré la naissance, à ce moment-là, du mythe du bon sauvage, le souvenir des récits fantaisistes sur les mœurs des Amérindiens n'était peut-être pas encore effacé. D'autre part, influencés par les lectures anciennes, certains hommes du siècle des Lumières tendaient encore à croire à l'existence d'êtres monstrueux nés d'accouplements entre des êtres humains et des

voyez comment en usent[1] les personnes qui n'ont pas reçu une certaine éducation ; tout ce que je crains, c'est que ces dames ne nous fassent quelque méchante affaire. »

Ces réflexions solides engagèrent Candide à quitter la prairie, et à s'enfoncer dans un bois. Il y soupa avec Cacambo ; et tous deux, après avoir maudit l'inquisiteur de Portugal, le gouverneur de Buenos-Ayres, et le baron, s'endormirent sur de la mousse. A leur réveil, ils sentirent qu'ils ne pouvaient remuer[2], la raison en était que pendant la nuit les Oreillons[3], habitants du pays, à qui les deux dames les avaient dénoncés, les avaient garrottés[4] avec des cordes d'écorces d'arbre. Ils étaient entourés d'une cinquantaine d'Oreillons tout nus, armés de flèches, de massues, et de haches de caillou : les uns faisaient bouillir une grande chaudière ; les autres préparaient des broches, et tous criaient : « C'est un jésuite, c'est un jésuite ! nous serons vengés, et nous ferons bonne chère ; mangeons du jésuite, mangeons du jésuite ![5] »

« Je vous l'avais bien dit, mon cher maître, s'écria

animaux. Dans son *Essai sur les mœurs*, Voltaire lui-même écrit : « on étouffe encore en Calabre quelques monstres mis au monde par des femmes. Il n'est pas improbable que dans les pays chauds des singes aient subjugué des filles » (Introduction, paragraphe II).

1. comment en usent : comment se comportent.

2. ils ne pouvaient remuer : Voltaire pourrait avoir emprunté ce détail à un auteur qu'il admirait beaucoup, Swift. Dans les *Voyages de Gulliver* en effet, le héros est aussi ligoté pendant son sommeil par les habitants de Lilliput.

3. Oreillons : ce nom est peut-être une réminiscence provenant d'un ouvrage que Voltaire connaissait : l'*Histoire des Incas du Pérou* de Garcilaso de La Vega publié pour la première fois en Espagne en 1609 et traduit en France en 1704. L'auteur y parle des « Orejones ou Indiens à grandes oreilles » car ceux-ci avaient, paraît-il, les oreilles déformées par le port de pendentifs.

4. garrotter : attacher très solidement.

5. Les Oreillons sont présentés par Voltaire au moyen de traits distinctifs tout à fait schématiques et caricaturaux — nudité, armes rudimentaires et « grande chaudière » nécessaire au sacrifice humain. Toutefois, lorsque ces sauvages caricaturés s'exclament « mangeons du jésuite, mangeons du jésuite », cette réplique trouve son origine non dans les stéréotypes sur les sauvages mais dans l'animosité de Voltaire à l'égard de ces religieux.

tristement Cacambo, que ces deux filles nous joueraient d'un mauvais tour. » Candide, apercevant la chaudière et les broches, s'écria : « Nous allons certainement être rôtis ou bouillis. Ah ! que dirait maître Pangloss, s'il voyait comme la pure nature est faite ? Tout est bien ; soit, mais j'avoue qu'il est bien cruel d'avoir perdu mademoiselle Cunégonde et d'être mis à la broche par des Oreillons. » Cacambo ne perdait jamais la tête. « Ne désespérez de rien, dit-il au désolé[1] Candide ; j'entends[2] un peu le jargon de ces peuples, je vais leur parler. — Ne manquez pas, dit Candide, de leur représenter quelle est l'inhumanité affreuse de faire cuire des hommes, et combien cela est peu chrétien. »

« Messieurs, dit Cacambo, vous comptez donc manger aujourd'hui un jésuite ? C'est très bien fait ; rien n'est plus juste que de traiter ainsi ses ennemis[3]. En effet le droit naturel[4] nous enseigne à tuer notre prochain, et c'est ainsi qu'on en agit dans toute la terre. Si nous n'usons pas du droit de le manger, c'est que nous avons d'ailleurs de quoi faire bonne chère ; mais vous n'avez pas les mêmes ressources que nous : certainement il vaut mieux manger ses ennemis que d'abandonner aux corbeaux et aux corneilles le fruit de sa victoire. Mais, messieurs, vous ne voudriez pas manger vos amis. Vous croyez aller mettre un jésuite en broche, et c'est votre défenseur, c'est l'ennemi de vos ennemis que vous aller rôtir. Pour moi, je suis né dans votre pays ; monsieur que vous voyez est mon maître, et bien loin d'être jésuite, il vient de tuer un jésuite, il en porte les dépouilles[5] ; voilà le sujet de votre méprise. Pour vérifier ce que je vous

1. désolé : ce terme est employé ici au sens fort : en proie à une affliction profonde.
2. j'entends : je comprends.
3. On peut remarquer que lorsqu'il s'adresse aux Oreillons, Cacambo commence d'abord par ce qu'on appelle en rhétorique une *captatio benevolentiae*, c'est-à-dire qu'il essaie de susciter la bienveillance du public à son égard, et donc un état d'esprit favorable à la réception de son discours, en approuvant le comportement de ses interlocuteurs.
4. voir p. 78, note 4.
5. il en porte les dépouilles : il porte l'habit du jésuite qu'il a tué.

dis, prenez sa robe, portez-la à la première barrière [1] du royaume de Los Padres ; informez-vous si mon maître n'a pas tué un officier jésuite. Il vous faudra peu de temps ; vous pourrez toujours nous manger, si vous trouvez que je vous ai menti. Mais, si je vous ai dit la vérité, vous connaissez trop les principes du droit public, les mœurs et les lois, pour ne nous pas faire grâce. [2] »

Les Oreillons trouvèrent ce discours très raisonnable ; ils députèrent [3] deux notables pour aller en diligence [4] s'informer de la vérité ; les deux députés s'acquittèrent de leur commission en gens d'esprit, et revinrent bientôt apporter de bonnes nouvelles. Les Oreillons délièrent leurs deux prisonniers, leur firent toutes sortes de civilités, leur offrirent des filles, leur donnèrent des rafraîchissements, et les reconduisirent jusqu'aux confins de leurs États, en criant avec allégresse : « Il n'est point jésuite, il n'est point jésuite ! »

Candide ne se lassait point d'admirer le sujet de sa délivrance. « Quel peuple ! disait-il, quels hommes ! quelles mœurs ! si je n'avais pas eu le bonheur de donner un grand coup d'épée au travers du corps du frère de mademoiselle Cunégonde, j'étais mangé sans rémission. Mais, après tout, la pure nature est bonne, puisque ces gens-ci, au lieu de me manger, m'ont fait mille honnêtetés [5] dès qu'ils ont su que je n'étais pas jésuite. »

1. la barrière : sous l'Ancien Régime, ce terme désignait la porte d'entrée d'une ville.
2. Le discours de Cacambo, qui doit beaucoup à la rhétorique la plus classique, est bien sûr totalement invraisemblable. En effet, si l'on admet l'existence des Oreillons, ceux-ci ne pouvaient en aucun cas comprendre certaines notions essentielles qui sont développées dans l'argumentation et qui n'ont de sens que dans des pays héritiers de la tradition du droit romain : c'est le cas, par exemple, des concepts de droit naturel et de droit public.
3. députer : envoyer en mission, déléguer.
4. en diligence : en hâte, avec rapidité.
5. honnêtetés : témoignages de politesse et d'obligeance.

CHAPITRE DIX-SEPTIÈME.

ARRIVÉE DE CANDIDE ET DE SON VALET
AU PAYS D'ELDORADO[1], ET CE QU'ILS Y VIRENT.

Quand ils furent aux frontières des Oreillons : « Vous voyez, dit Cacambo à Candide, que cet hémisphère-ci ne vaut pas mieux que l'autre ; croyez-moi, retournons en Europe par le plus court. — Comment y retourner, dit Candide ; et où aller ? Si je vais dans mon pays, les Bulgares et les Abares y égorgent tout ; si je retourne en Portugal, j'y suis brûlé ; si nous restons dans ce pays-ci, nous risquons à tout moment d'être mis en broche. Mais comment se résoudre à quitter la partie du monde que mademoiselle Cunégonde habite ?

— Tournons vers la Cayenne[2], dit Cacambo, nous y trouverons des Français, qui vont par tout le monde ; ils pourront nous aider. Dieu aura peut-être pitié de nous. »

Il n'était pas facile d'aller à[3] la Cayenne ; ils savaient bien à peu près de quel côté il fallait marcher ; mais des montagnes, des fleuves, des précipices, des brigands, des sauvages, étaient partout de terribles obstacles. Leurs chevaux moururent de fatigue ; leurs provisions furent consumées[4], ils se nourrirent un mois entier de fruits sauvages, et se trouvèrent enfin auprès d'une petite rivière bordée de cocotiers, qui soutinrent leur vie et leurs espérances.

1. Eldorado : « pays d'or » légendaire recherché par les conquistadores du XVIe siècle qui croyaient que les derniers Incas s'y étaient réfugiés.

2. la Cayenne : la Guyane, département d'outre-mer dont le chef-lieu est précisément Cayenne. Cette ville fut fondée en 1637 mais les tentatives de colonisation et d'assainissement faites au XVIIe et au XVIIIe siècle furent sans succès en raison de la difficulté des conditions climatiques et géographiques.

3. à la Cayenne : usage courant de la préposition *à* sous l'Ancien Régime (on disait de même *à* la Chine, *à* l'Amérique).

4. Dernière trace des rapports avec le monde « civilisé », les chevaux et les provisions viennent à manquer au début de ce chapitre. On peut y voir le signe d'une rupture qui va permettre le glissement vers un monde nouveau régi par d'autres règles que celles qui ont été mises en pratique jusqu'alors.

Cacambo, qui donnait toujours d'aussi bon conseils que la vieille, dit à Candide : « Nous n'en pouvons plus, nous avons assez marché ; j'aperçois un canot vide sur le rivage, emplissons-le de cocos, jetons-nous dans cette petite barque, laissons-nous aller au courant ; une rivière mène toujours à quelque endroit habité. Si nous ne trouvons pas des choses agréables, nous trouverons du moins des choses nouvelles. — Allons, dit Candide, recommandons-nous à la Providence. »

Ils voguèrent quelque lieues entre des bords tantôt fleuris, tantôt arides, tantôt unis[1], tantôt escarpés. La rivière s'élargissait toujours ; enfin elle se perdait sous une voûte de rochers épouvantables qui s'élevaient jusqu'au ciel. Les deux voyageurs eurent la hardiesse de s'abandonner aux flots sous cette voûte. Le fleuve, resserré en cet endroit, les porta avec une rapidité et un bruit horrible. Au bout de vingt-quatre heures ils revirent le jour[2], mais leur canot se fracassa contre les écueils[3] ; il fallut se traîner de rocher en rocher pendant une lieue entière ; enfin ils découvrirent un horizon immense, bordé de montagnes inaccessibles. Le pays était cultivé pour le plaisir comme pour le besoin ; partout l'utile était agréable. Les chemins étaient couverts ou plutôt ornés de voitures d'une forme et d'une matière brillante, portant des hommes et des femmes d'une beauté singulière, traînés rapidement par de gros moutons rouges[4] qui surpassaient en vitesse les plus beaux chevaux d'Andalousie, de Tétuan et de Méquinez[5].

1. uni : en parlant d'une surface, nivelé, égal.

2. Dans *Les Mille et Une Nuits* (traduit en français en 1704), Sindbad le Marin retrouve lui aussi la lumière du jour après avoir navigué sous une voûte de rochers. La traversée souterraine constitue également un rite d'entrée dans un texte majeur de la littérature utopique qui connut un succès certain au XVIIIe siècle : D. Veiras, *Histoire des Sévarambes*, Paris, C. Barbin, 1677-1679.

3. L'obscurité, le bruit horrible, puis la destruction du canot marquent une autre rupture entre « ancien » et « nouveau monde », ce qui permet de souligner qu'une nouvelle étape est franchie dans le récit, qu'une nouvelle réalité peut prendre place.

4. gros moutons rouges : il s'agit de lamas qui, en réalité, sont plutôt bruns que rouges.

5. Tétouan et Meknès : villes du Maroc septentrional où l'on élevait les fameux chevaux arabes.

« Voilà pourtant, dit Candide, un pays qui vaut mieux que la Vestphalie. » Il mit pied à terre avec Cacambo auprès du premier village qu'il rencontra. Quelques enfants du village, couverts de brocarts d'or tout déchirés, jouaient au palet[1] à l'entrée du bourg ; nos deux hommes de l'autre monde s'amusèrent à les regarder : leurs palets étaient d'assez larges pièces rondes, jaunes, rouges, vertes, qui jetaient un éclat singulier. Il prit envie aux voyageurs d'en ramasser quelques-uns ; c'était de l'or, c'était des émeraudes, des rubis, dont le moindre aurait été le plus grand ornement du trône du Mogol[2]. Sans doute[3], dit Cacambo, ces enfants sont les fils du roi du pays, qui jouent au petit palet. » Le magister[4] du village parut dans ce moment pour les faire rentrer à l'école. « Voilà, dit Candide, le précepteur de la famille royale. »

Les petits gueux quittèrent aussitôt le jeu, en laissant à terre leurs palets, et tout ce qui avait servi à leurs divertissements. Candide les ramasse, court au précepteur, et les lui présente humblement, lui faisant entendre par signes que leurs altesses royales avaient oublié leur or et leurs pierreries. Le magister du village, en souriant, les jeta par terre, regarda un moment la figure de Candide avec beaucoup de surprise, et continua son chemin.

Les voyageurs ne manquèrent pas de ramasser l'or, les rubis, et les émeraudes. « Où sommes-nous ? s'écria Candide. Il faut que les enfants des rois de ce pays soient bien élevés, puisqu'on leur apprend à mépriser l'or et les pierreries. » Cacambo était aussi surpris que Candide. Ils approchèrent enfin de la première maison du village ; elle était bâtie comme un palais d'Europe. Une foule de monde s'empressait à la porte, et encore plus dans le logis ; une musique très agréable se faisait entendre, et une odeur délicieuse de cuisine se faisait sentir. Cacambo s'approcha de la porte, et entendit qu'on

1. jouer au palet : jeu qui consiste à jeter une pierre plate et ronde le plus près possible d'un but convenu.
2. le Mogol : empereur des Indes.
3. sans doute : sans aucun doute.
4. le magister : le maître d'école.

parlait péruvien ; c'était sa langue maternelle ; car tout le monde sait que Cacambo était né au Tucuman, dans un village où l'on ne connaissait que cette langue. « Je vous servirai d'interprète, dit-il à Candide ; entrons, c'est ici un cabaret. »

Aussitôt deux garçons et deux filles de l'hôtellerie, vêtus de drap d'or, et les cheveux renoués avec des rubans, les invitent à se mettre à la table de l'hôte. On servit quatre potages garnis chacun de deux perroquets, un contour[1] bouilli qui pesait deux cents livres, deux singes rôtis d'un goût excellent, trois cents colibris dans un plat, et six cents oiseaux-mouches dans un autre ; des ragoûts[2] exquis, des pâtisseries délicieuses ; le tout dans des plats d'une espèce de cristal de roche. Les garçons et les filles de l'hôtellerie versaient plusieurs liqueurs faites de canne de sucre.

Les convives étaient pour la plupart des marchands et des voituriers[3] tous d'une politesse extrême, qui firent quelques questions à Cacambo avec la discrétion la plus circonspecte, et qui répondirent aux siennes d'une manière à le satisfaire.

Quand le repas fut fini, Cacambo crut, ainsi que Candide, bien payer son écot en jetant sur la table de l'hôte deux de ces larges pièces d'or qu'il avait ramassées ; l'hôte et l'hôtesse éclatèrent de rire, et se tinrent long-temps les côtés[4]. Enfin ils se remirent[5]. « Messieurs, dit l'hôte, nous voyons bien que vous êtes des étrangers ; nous ne sommes pas accoutumés à en voir. Pardonnez-nous si nous nous sommes mis à rire quand vous nous avez offert en payement les cailloux de nos grands chemins. Vous n'avez pas sans doute de la monnaie du pays, mais il n'est pas nécessaire d'en avoir pour dîner ici. Toutes les hôtelleries établies pour la commodité du

1. un contour : un condor, grand oiseau rapace qui vit sur les sommets des Andes.

2. Assaisonnements qui relevaient le goût des mets.

3. un voiturier : charretier, cocher. Alors que les voituriers ont la réputation d'être grossiers (on dit jurer comme un charretier), au pays d'Eldorado, ils sont « d'une politesse extrême ».

4. se tenir les côtés : rire d'une façon immodérée.

5. ils se remirent : retrouvèrent le calme.

commerce sont payées par le gouvernement. Vous avez fait mauvaise chère ici, parce que c'est un pauvre village ; mais partout ailleurs vous serez reçus comme vous méritez de l'être. » Cacambo expliquait à Candide tous les discours de l'hôte, et Candide les écoutait avec la même admiration et le même égarement[1] que son ami Cacambo les rendait[2]. « Quel est donc ce pays, disaient-ils l'un et l'autre, inconnu à tout le reste de la terre, et où toute la nature est d'une espèce si différente de la nôtre ? C'est probablement le pays où tout va bien : car il faut absolument qu'il y en ait un de cette espèce. Et, quoi qu'en dît maître Pangloss, je me suis souvent aperçu que tout allait mal en Vestphalie. »

CHAPITRE DIX-HUITIÈME.

CE QU'ILS VIRENT DANS LE PAYS D'ELDORADO.

Cacambo témoigna à son hôte toute sa curiosité ; l'hôte lui dit : « Je suis fort ignorant, et je m'en trouve bien ; mais nous avons ici un vieillard retiré de la cour qui est le plus savant homme du royaume, et le plus communicatif. » Aussitôt il mène Cacambo chez le vieillard. Candide ne jouait plus que le second personnage, et accompagnait son valet. Ils entrèrent dans une maison fort simple, car la porte n'était que d'argent, et les lambris des appartements n'étaient que d'or, mais travaillés avec tant de goût que les plus riches lambris ne l'effaçaient pas. L'antichambre n'était à la vérité incrustée que de rubis et d'émeraudes ; mais l'ordre dans lequel tout était arrangé réparait bien cette extrême simplicité.

Le vieillard reçut les deux étrangers sur un sofa matelassé de plumes de colibri, et leur fit présenter des liqueurs dans des vases de diamant ; après quoi il satisfit à leur curiosité en ces termes :

« Je suis âgé de cent soixante et douze ans, et j'ai

1. égarement : sentiment d'incompréhension.
2. rendre : ici, représenter.

appris de feu mon père, écuyer du roi, les étonnantes révolutions[1] du Pérou dont il avait été témoin. Le royaume où nous sommes est l'ancienne patrie des Incas, qui en sortirent très imprudemment pour aller subjuguer[2] une partie du monde et qui furent enfin détruits par les Espagnols. Les princes de leur famille qui restèrent dans leur pays natal furent plus sages ; ils ordonnèrent, du consentement de la nation, qu'aucun habitant ne sortirait jamais de notre petit royaume ; et c'est ce qui nous a conservé notre innocence et notre félicité[3]. Les Espagnols ont eu une connaissance confuse de ce pays, ils l'ont appelé *El Dorado* ; et un Anglais, nommé le chevalier Raleigh[4], en a même approché il y a environ cent années ; mais, comme nous sommes entourés de rochers inabordables et de précipices, nous avons toujours été jusqu'à présent à l'abri de la rapacité[5] des nations de l'Europe, qui ont une fureur inconcevable pour les cailloux et pour la fange[6] de notre terre, et qui, pour en avoir, nous tueraient tous jusqu'au dernier. »

La conversation fut longue ; elle roula sur la forme du gouvernement, sur les mœurs, sur les femmes, sur les spectacles publics, sur les arts. Enfin Candide, qui avait toujours du goût pour la métaphysique, fit demander par Cacambo si dans le pays il y avait une religion.

Le vieillard rougit un peu. « Comment donc ! dit-il ; en pouvez-vous douter ? Est-ce que vous nous prenez pour des ingrats ? » Cacambo demanda humblement quelle était la religion d'Eldorado. Le vieillard rougit

1. révolution : ici, changement important dans l'ordre social et politique.

2. subjuguer : mettre sous le joug, réduire à la soumission.

3. félicité : ce terme désignait au XVIIIe siècle l'« état permanent, du moins pour quelque temps, d'une âme contente », ainsi que l'écrivait dans l'*Encyclopédie* (article *Félicité*) Voltaire qui ajoutait : « Le plaisir est un sentiment agréable et passager, le bonheur considéré comme sentiment est une suite de plaisirs, la prospérité une suite d'heureux événements, la félicité une jouissance intime de sa prospérité ».

4. Sir Walter Raleigh : navigateur et écrivain anglais qui explora en 1595 la région des Guyanes, à la recherche de l'Eldorado. Voltaire avait lu le récit de voyage écrit par ce navigateur.

5. la rapacité : l'avidité, la cupidité.

6. la fange : la boue.

encore : « Est-ce qu'il peut y avoir deux religions ? dit-il. Nous avons, je crois, la religion de tout le monde ; nous adorons Dieu du soir jusqu'au matin. — N'adorez-vous qu'un seul Dieu ? dit Cacambo, qui servait toujours d'interprète aux doutes de Candide. — Apparemment [1], dit le vieillard, qu'il n'y en a ni deux, ni trois, ni quatre. Je vous avoue que les gens de votre monde font des questions bien singulières. » Candide ne se lassait pas de faire interroger ce bon vieillard ; il voulut savoir comment on priait Dieu dans l'Eldorado. « Nous ne le prions point, dit le bon et respectable sage ; nous n'avons rien à lui demander, il nous a donné tout ce qu'il nous faut ; nous le remercions sans cesse [2]. » Candide eut la curiosité de voir des prêtres ; il fit demander où ils étaient. Le bon vieillard sourit. « Mes amis, dit-il, nous sommes tous prêtres ; le roi et tous les chefs de famille chantent des cantiques d'actions de grâces solennellement tous les matins, et cinq ou six mille musiciens les accompagnent. — Quoi ! Vous n'avez point de moines qui enseignent, qui disputent, qui gouvernent, qui cabalent [3], et qui font brûler les gens qui ne sont pas de leur avis ? — Il faudrait que nous fussions fous, dit le vieillard ; nous sommes tous ici du même avis, et nous n'entendons pas ce que vous voulez dire avec vos moines. » Candide à tous ces discours demeurait en extase, et disait en lui-même : « Ceci est bien différent de la Vestphalie et du château de monsieur le baron : si notre ami Pangloss avait vu Eldorado, il n'aurait plus dit que le château de Thunder-ten-tronckh était ce qu'il y

1. apparemment... que : évidemment.

2. On peut remarquer que le Dieu des habitants de l'Eldorado présente quelques ressemblances avec le Dieu suprême des Incas, Pachacamac, décrit par Garcilaso de la Vega. A cette divinité dont le nom signifie « celui qui est l'âme de l'univers », on ne rend en effet aucun culte : « Si quelqu'un leur demandait qui était Pachacamac, ils répondaient que lui seul donnait la vie à l'univers et le faisait subsister, mais qu'ils ne le connaissaient pas, ne l'ayant jamais vu, et que pour cette raison ils ne lui bâtissaient point de temples et ne lui offraient aucun sacrifice ; mais ils l'adoraient en leur cœur, c'est-à-dire mentalement et le tenaient pour un dieu inconnu » (*Commentaires*, II, 2).

3. cabaler : comploter, faire des cabales.

avait de mieux sur la terre ; il est certain qu'il faut voyager. »

Après cette longue conversation, le bon vieillard fit atteler un carrosse à six moutons, et donna douze de ses domestiques aux deux voyageurs pour les conduire à la cour. « Excusez-moi, leur dit-il, si mon âge me prive de l'honneur de vous accompagner. Le roi vous recevra d'une manière dont vous ne serez pas mécontents, et vous pardonnerez sans doute aux usages du pays, s'il y en a quelques-uns qui vous déplaisent. »

Candide et Cacambo montent en carrosse ; les six moutons volaient, et en moins de quatre heures on arriva au palais du roi, situé à un bout de la capitale. Le portail était de deux cent vingt pieds de haut, et de cent de large ; il est impossible d'exprimer quelle en était la matière. On voit assez quelle supériorité prodigieuse elle devait avoir sur ces cailloux et sur ce sable que nous nommons or et pierreries.

Vingt belles filles de la garde reçurent Candide et Cacambo à la descente du carrosse, les conduisirent aux bains, les vêtirent de robes d'un tissu de duvet de colibri ; après quoi les grands officiers et les grandes officières de la couronne les menèrent à l'appartement de Sa Majesté au milieu de deux files, chacune de mille musiciens, selon l'usage ordinaire. Quand ils approchèrent de la salle du trône, Cacambo demanda à un grand officier comment il fallait s'y prendre pour saluer Sa Majesté : si on se jetait à genoux ou ventre à terre ; si on mettait les mains sur la tête ou sur le derrière ; si on léchait la poussière de la salle ; en un mot, quelle était la cérémonie. « L'usage, dit le grand officier, est d'embrasser le roi et de le baiser des deux côtés. » Candide et Cacambo sautèrent au cou de Sa Majesté, qui les reçut avec toute la grâce imaginable, et qui les pria poliment à souper.

En attendant, on leur fit voir la ville, les édifices publics élevés jusqu'aux nues, les marchés ornés de mille colonnes, les fontaines d'eau pure, les fontaines d'eau rose, celles de liqueurs de canne de sucre qui coulaient continuellement dans de grandes places pavées

d'une espèce de pierreries qui répandaient une odeur semblable à celle du gérofle [1] et de la cannelle. Candide demanda à voir la cour de justice, le parlement [2] ; on lui dit qu'il n'y en avait point, et qu'on ne plaidait jamais. Il s'informa s'il y avait des prisons, et on lui dit que non. Ce qui le surprit davantage, et qui lui fit le plus de plaisir, ce fut le palais des sciences, dans lequel il vit une galerie de deux mille pas, toute pleine d'instruments de mathématique et de physique.

Après avoir parcouru toute l'après-dînée à peu près la millième partie de la ville, on les ramena chez le roi. Candide se mit à table entre Sa Majesté, son valet Cacambo, et plusieurs dames. Jamais on ne fit meilleure chère, et jamais on n'eut plus d'esprit à souper qu'en eut Sa Majesté. Cacambo expliquait les bons mots du roi à Candide, et quoique traduits, ils paraissaient toujours des bons mots. De tout ce qui étonnait Candide, ce n'était pas ce qui l'étonna le moins.

Ils passèrent un mois dans cet hospice [3]. Candide ne cessait de dire à Cacambo : « Il est vrai, mon ami, encore une fois, que le château où je suis né ne vaut pas le pays où nous sommes ; mais enfin mademoiselle Cunégonde n'y est pas, et vous avez sans doute quelque maîtresse en Europe. Si nous restons ici, nous n'y serons que comme les autres ; au lieu que si nous retournons dans notre monde, seulement avec douze moutons chargés de cailloux d'Eldorado, nous serons plus riches que tous les rois ensemble, nous n'aurons plus d'inquisiteurs à craindre, et nous pourrons aisément reprendre mademoiselle Cunégonde [4]. »

1. gérofle : terme ancien pour girofle ou clou de girofle, utilisé comme épice.

2. le parlement : à l'image du parlement français, assemblée chargée de rendre la justice.

3. cet hospice : ici, le lieu où les deux hommes reçurent l'hospitalité.

4. Le séjour au pays d'Eldorado a dans le récit la fonction qui est souvent occupée par un personnage extraordinaire *(Deus ex machina)* dont l'intervention contribue à modifier le sort du héros de façon radicale. Ici, grâce à l'or et aux diamants de ce royaume, Candide devient riche et ses mésaventures seront dorénavant celles d'un homme fortuné.

Ce discours plut à Cacambo ; on aime tant à courir, à se faire valoir chez les siens, à faire parade de ce qu'on a vu dans ses voyages, que les deux heureux résolurent de ne plus l'être, et de demander leur congé à Sa Majesté.

« Vous faites une sottise, leur dit le roi ; je sais bien que mon pays est peu de chose ; mais, quand on est passablement quelque part, il faut y rester. Je n'ai pas assurément le droit de retenir des étrangers ; c'est une tyrannie qui n'est ni dans nos mœurs ni dans nos lois : tous les hommes sont libres ; partez quand vous voudrez, mais la sortie est bien difficile. Il est impossible de remonter la rivière rapide sur laquelle vous êtes arrivés par miracle, et qui court sous des voûtes de rochers. Les montagnes qui entourent tout mon royaume ont dix mille pieds de hauteur, et sont droites comme des murailles : elles occupent chacune en largeur un espace de plus de dix lieues ; on ne peut en descendre que par des précipices. Cependant, puisque vous voulez absolument partir, je vais donner ordre aux intendants des machines d'en faire une qui puisse vous transporter commodément. Quand on vous aura conduits au revers des montagnes, personne ne pourra vous accompagner : car mes sujets ont fait vœu de ne jamais sortir de leur enceinte, et ils sont trop sages pour rompre leur vœu. Demandez-moi d'ailleurs[1] tout ce qu'il vous plaira. — Nous ne demandons à Votre Majesté, dit Cacambo, que quelques moutons chargés de vivres, de cailloux, et de la boue du pays. » Le roi rit : « Je ne conçois pas, dit-il, quel goût vos gens d'Europe ont pour notre boue jaune ; mais emportez-en tant que vous voudrez, et grand bien vous fasse. »

Il donna l'ordre sur-le-champ à ses ingénieurs de faire une machine pour guinder[2] ces deux hommes extraordinaires hors du royaume. Trois mille bons physiciens y travaillèrent ; elle fut prête au bout de quinze jours, et ne coûta pas plus de vingt millions de livres sterling, monnaie du pays. On mit sur la machine Candide et

1. d'ailleurs : ici, du reste.
2. guinder : élever au moyen d'une machine.

Cacambo ; il y avait deux grands moutons rouges sellés et bridés pour leur servir de monture quand ils auraient franchi les montagnes, vingt moutons de bât chargés de vivres, trente qui portaient des présents de ce que le pays a de plus curieux, et cinquante chargés d'or, de pierreries et de diamants. Le roi embrassa tendrement les deux vagabonds.

Ce fut un beau spectacle que leur départ, et la manière ingénieuse dont ils furent hissés, eux et leurs moutons, au haut des montagnes. Les physiciens prirent congé d'eux après les avoir mis en sûreté, et Candide n'eut plus d'autre désir et d'autre objet que d'aller présenter ses moutons à mademoiselle Cunégonde. « Nous avons, dit-il, de quoi payer le gouverneur de Buenos-Ayres, si mademoiselle Cunégonde peut être mise à prix. Marchons vers la Cayenne, embarquons-nous, et nous verrons ensuite quel royaume nous pourrons acheter. »

CHAPITRE DIX-NEUVIÈME.

CE QUI LEUR ARRIVA A SURINAM,
ET COMMENT CANDIDE FIT CONNAISSANCE AVEC MARTIN.

La première journée de nos deux voyageurs fut assez agréable. Ils étaient encouragés par l'idée de se voir possesseurs de plus de trésors que l'Asie, l'Europe et l'Afrique n'en pouvaient rassembler. Candide, transporté, écrivit le nom de Cunégonde sur les arbres. A la seconde journée, deux de leurs moutons s'enfoncèrent dans des marais, et y furent abîmés [1] avec leurs charges ; deux autres moutons moururent de fatigue quelques jours après ; sept ou huit périrent ensuite de faim dans un désert ; d'autres tombèrent au bout de quelques jours dans des précipices. Enfin, après cent jours de marche, il ne leur resta que deux moutons. Candide dit à Cacambo : « Mon ami, vous voyez comme les richesses de ce monde sont périssables ; il n'y a rien de solide que la

1. abîmé : jeté dans le fond, englouti.

vertu et le bonheur de revoir mademoiselle Cunégonde.
— Je l'avoue, dit Cacambo ; mais il nous reste encore
deux moutons avec plus de trésors que n'en aura jamais
le roi d'Espagne ; et je vois de loin une ville que je
soupçonne être Surinam[1], appartenante aux Hollandais.
Nous sommes au bout de nos peines et au commence-
ment de notre félicité. »

En approchant de la ville, ils rencontrèrent un nègre
étendu par terre, n'ayant plus que la moitié de son habit,
c'est-à-dire d'un caleçon[2] de toile bleue ; il manquait à
ce pauvre homme la jambe gauche et la main droite.
« Eh ! mon Dieu ! lui dit Candide en hollandais, que
fais-tu là, mon ami, dans l'état horrible où je te vois ?
— J'attends mon maître, M. Vanderdendur, le fameux
négociant, répondit le nègre. — Est-ce M. Vander-
dendur[3], dit Candide, qui t'a traité ainsi ? — Oui, mon-
sieur, dit le nègre, c'est l'usage. On nous donne un
caleçon de toile pour tout vêtement deux fois l'année.
Quand nous travaillons aux sucreries, et que la meule
nous attrape le doigt, on nous coupe la main ; quand
nous voulons nous enfuir, on nous coupe la jambe[4] : je
me suis trouvé dans les deux cas. C'est à ce prix que
vous mangez du sucre en Europe[5]. Cependant, lorsque
ma mère me vendit dix écus patagons[6] sur la côte de
Guinée, elle me disait : « Mon cher enfant, bénis nos

1. Proche de la Guyane française (voir p. 101, note 2), la Guyane
hollandaise ou Surinam, d'abord occupée par les Anglais, fut cédée
aux Pays-Bas en 1667.
2. un caleçon : une sorte de pantalon qui allait de la ceinture aux
genoux ou aux mollets.
3. Vanderdendur : création verbale de Voltaire qui rappelle à la fois
l'expression « avoir la dent dure » et le nom du libraire hollandais Van
Duren avec lequel le philosophe avait eu des querelles à plusieurs
reprises.
4. on nous coupe la jambe : allusion au *Code noir* de Louis XIV
qui prévoyait de sectionner le jarret de l'esclave en cas de récidive
d'évasion. Cette allusion introduit toutefois une incohérence dans le
récit car elle soumet un esclave hollandais au *Code noir* français.
5. Montesquieu avait déjà écrit en 1748 dans *L'Esprit des lois* :
« Le sucre serait trop cher, si l'on ne faisait travailler la plante qui le
produit par des esclaves ».
6. un écu patagon : monnaie utilisée en Espagne et dans les
Flandres.

« fétiches [1], adore-les toujours, ils te feront vivre heu-
« reux ; tu as l'honneur d'être esclave de nos seigneurs
« les blancs, et tu fais par là la fortune de ton père et de
« ta mère. » Hélas ! je ne sais pas si j'ai fait leur fortune,
mais ils n'ont pas fait la mienne. Les chiens, les singes
et les perroquets sont mille fois moins malheureux que
nous ; les fétiches [2] hollandais qui m'ont converti me
disent tous les dimanches que nous sommes tous enfants
d'Adam, blancs et noirs. Je ne suis pas généalogiste ;
mais si ces prêcheurs disent vrai, nous sommes tous cou-
sins issus de germain [3]. Or vous m'avouerez qu'on ne
peut pas en user avec [4] ses parents d'une manière plus
horrible.

— O Pangloss ! s'écria Candide, tu n'avais pas
deviné cette abomination ; c'en est fait, il faudra qu'à la
fin je renonce à ton optimisme. — Qu'est-ce qu'opti-
misme [5] ? disait Cacambo. — Hélas ! dit Candide, c'est
la rage de soutenir que tout est bien quand on est mal » ;
et il versait des larmes [6] en regardant son nègre ; et en
pleurant, il entra dans Surinam.

La première chose dont ils s'informent, c'est s'il n'y
a point au port quelque vaisseau qu'on pût envoyer à

1. un fétiche : un objet auquel est attribué un pouvoir magique.
2. les fétiches : il s'agit ici des pasteurs.
3. issus de germains : nés du même sang, des mêmes père et mère.
4. en user avec : se comporter, se conduire.
5. optimisme : ce terme apparaît pour la première fois en 1737 et
l'on peut donc comprendre que Cacambo ne le connaisse pas.
6. Candide « versait des larmes », mais cette émotion est sans
conséquence puisque le jeune Westphalien ne fait rien pour améliorer
concrètement le sort de l'esclave. Il est à remarquer qu'à travers cet
épisode, Voltaire critique davantage l'inhumanité du *Code noir* et des
maîtres que le principe même de l'esclavage. Comme il le souligne de
façon plus précise dans son *Essai sur les mœurs*, le philosophe consi-
dère que l'existence de l'esclavage est en quelque sorte la conséquence
naturelle des différences qui existent entre « chaque espèce
d'hommes ». De même que certains êtres sont blancs et que d'autres
sont noirs, « la nature », pense-t-il, fait que certains sont des maîtres
et d'autres des esclaves. Voltaire ne manquera donc pas de marquer sa
surprise lorsqu'il apprendra en 1769 que les quakers avaient libéré
leurs esclaves. Néanmoins, cette nature inférieure des Noirs ne
diminue en rien, pour le philosophe, leur qualité d'hommes et, partant,
leur droit à être traités comme des êtres humains et non comme des
bêtes.

Buenos-Ayres. Celui à qui ils s'adressèrent était juste-
ment un patron[1] espagnol qui s'offrit à faire avec eux
un marché honnête. Il leur donna rendez-vous dans un
cabaret. Candide et le fidèle Cacambo allèrent l'y
attendre avec leurs deux moutons.

Candide, qui avait le cœur sur les lèvres[2], conta à
l'Espagnol toutes ses aventures, et lui avoua qu'il voulait
enlever mademoiselle Cunégonde. « Je me garderai bien
de vous passer à Buenos-Ayres, dit le patron ; je serais
pendu, et vous aussi ; la belle Cunégonde est la maî-
tresse favorite de monseigneur. » Ce fut un coup de
foudre[3] pour Candide, il pleura longtemps ; enfin il tira
à part Cacambo. « Voici, mon cher ami, lui dit-il, ce
qu'il faut que tu fasses. Nous avons chacun dans nos
poches pour cinq ou six millions de diamants ; tu es plus
habile que moi ; va prendre mademoiselle Cunégonde à
Buenos-Ayres. Si le gouverneur fait quelque difficulté,
donne-lui un million ; s'il ne se rend pas, donne-lui-en
deux ; tu n'as point tué d'inquisiteur, on ne se défiera
point de toi. J'équiperai[4] un autre vaisseau, j'irai
t'attendre à Venise[5] : c'est un pays libre où l'on n'a rien

1. un patron : marin qui commande à l'équipage chargé du
commandement d'une embarcation.
2. avoir le cœur sur les lèvres : exprimer sa pensée en toute
franchise.
3. coup de foudre : événement désastreux qui déconcerte et cause
une peine extrême (Littré).
4. équiper : pourvoir un vaisseau de tout ce qu'il lui faut pour la
manœuvre, la subsistance, la défense (Littré).
5. La liberté de mœurs et d'esprit qui régnait dans la république de
Venise au XVIIIe siècle est en effet soulignée par de nombreux voya-
geurs et hommes de lettres. Ainsi, écrit Montesquieu, « on y jouit [à
Venise] d'une liberté que la plupart des honnêtes gens ne veulent pas
avoir : aller de plein jour voir les filles de joie ; se marier avec elles,
pouvoir ne pas faire ses pâques ; être entièrement inconnu et indépen-
dant dans ses actions » (*Voyage de Gratz à La Haye*). Ce témoignage
doit toutefois être nuancé car, depuis le XVIe siècle, il existait dans cette
ville une magistrature fort redoutée des Vénitiens : le Conseil des Dix,
dont le pouvoir était très étendu et les procédures très secrètes. Veillant
à la sûreté de l'État et au respect des lois, ce conseil recourait à la
collaboration d'inquisiteurs, d'espions et d'informateurs dont le plus
connu était Casanova. D'après Montesquieu néanmoins, au
XVIIIe siècle, le Conseil des Dix n'était plus aussi redoutable que par
le passé (*op. cit.*).

à craindre ni des Bulgares, ni des Abares, ni des Juifs, ni des inquisiteurs. » Cacambo applaudit à cette sage résolution. Il était au désespoir de se séparer d'un bon maître devenu son ami intime ; mais le plaisir de lui être utile l'emporta sur la douleur de le quitter. Ils s'embrassèrent en versant des larmes : Candide lui recommanda de ne point oublier la bonne vieille. Cacambo partit dès le jour même : c'était un très bon homme que ce Cacambo.

Candide resta encore quelque temps à Surinam, et attendit qu'un autre patron voulût le mener en Italie, lui et les deux moutons qui lui restaient. Il prit des domestiques, et acheta tout ce qui lui était nécessaire pour un long voyage ; enfin monsieur Vanderdendur, maître d'un gros vaisseau, vint se présenter à lui. « Combien voulez-vous, demanda-t-il à cet homme, pour me mener en droiture[1] à Venise, moi, mes gens mon bagage, et les deux moutons que voilà ? » Le patron s'accorda à dix mille piastres[2] ; Candide n'hésita pas.

« Oh ! oh ! dit à part soi le prudent Vanderdendur, cet étranger donne dix mille piastres tout d'un coup ! il faut qu'il soit bien riche. » Puis, revenant un moment après, il signifia qu'il ne pouvait partir à moins de vingt mille. « Eh ! bien vous les aurez, dit Candide.

— Ouais[3], se dit tout bas le marchand, cet homme donne vingt mille piastres aussi aisément que dix mille. » Il revint encore, et dit qu'il ne pouvait le conduire à Venise à moins de trente mille piastres. « Vous en aurez donc trente mille, répondit Candide.

— Oh ! oh ! se dit encore le marchand hollandais, trente mille piastres ne coûtent rien à cet homme-ci ; sans doute les deux moutons portent des trésors immenses : n'insistons pas davantage ; faisons-nous d'abord payer les trente mille piastres, et puis nous verrons. » Candide vendit deux petits diamants, dont le moindre valait plus que tout l'argent que demandait le patron. Il le paya d'avance. Les deux moutons furent

1. en droiture : en droite ligne, directement.
2. une piastre : monnaie utilisée dans différents pays.
3. ouais : expression familière exprimant la surprise.

embarqués. Candide suivait dans un petit bateau pour joindre le vaisseau à la rade[1] ; le patron prend son temps[2], met à la voile[3], démarre[4] ; le vent le favorise. Candide, éperdu et stupéfait, le perd bientôt de vue. « Hélas ! cria-t-il, voilà un tour digne de l'ancien monde[5]. » Il retourne au rivage, abîmé dans la douleur[6] car enfin il avait perdu de quoi faire la fortune de vingt monarques.

Il se transporte chez le juge hollandais ; et, comme il était un peu troublé, il frappe rudement à la porte ; il entre, expose son aventure, et crie un peu plus haut qu'il ne convenait. Le juge commença par lui faire payer dix mille piastres pour le bruit qu'il avait fait ; ensuite il l'écouta patiemment, lui promit d'examiner son affaire sitôt que le marchand serait revenu, et se fit payer dix mille autres piastres pour les frais de l'audience.

Ce procédé acheva de désespérer Candide ; il avait à la vérité essuyé des malheurs mille fois plus douloureux ; mais le sang-froid du juge, et celui du patron dont il était volé, alluma sa bile, et le plongea dans une noire mélancolie[7]. La méchanceté des hommes se présentait à son esprit dans toute sa laideur, il ne se nourrissait que d'idées tristes. Enfin un vaisseau français étant sur le point de partir pour Bordeaux, comme il n'avait plus de moutons chargés de diamants à embarquer, il loua une chambre du vaisseau à juste prix, et fit signifier dans la ville qu'il payerait le passage, la nourriture, et donnerait deux mille piastres à un honnête homme qui voudrait

1. à la rade : usage classique pour *en rade*.
2. prendre son temps : au sens classique, saisir le moment favorable (Littré).
3. mettre à la voile : partir du port ou de la rade, commencer à naviguer (Littré).
4. démarrer : ici, larguer les amarres.
5. un tour digne de l'ancien monde : un stratagème qui aurait très bien pu être réalisé en Europe.
6. abîmé dans la douleur : plongé comme dans une douleur extrême, expression courante à l'époque classique.
7. une noire mélancolie : dans la médecine ancienne on pensait que la mélancolie était une maladie de l'esprit provoquée par un dérèglement de l'atrabile qu'on appelait aussi bile noire (voir p. 59, note 1).

faire le voyage avec lui, à condition que cet homme serait le plus dégoûté de son état et le plus malheureux de la province.

Il se présenta une foule de prétendants qu'une flotte n'aurait pu contenir. Candide voulant choisir entre les plus apparents[1], il distingua une vingtaine de personnes qui lui paraissaient assez sociables, et qui toutes prétendaient mériter la préférence. Il les assembla dans son cabaret, et leur donna à souper, à condition que chacun ferait serment de raconter fidèlement son histoire, promettant de choisir celui qui lui paraîtrait le plus à plaindre et le plus mécontent de son état, à plus juste titre, et de donner aux autres quelques gratifications.

La séance dura jusqu'à quatre heures du matin. Candide, en écoutant toutes leurs aventures, se ressouvenait de ce que lui avait dit la vieille en allant à Buenos-Ayres, et de la gageure qu'elle avait faite, qu'il n'y avait personne sur le vaisseau à qui il ne fût arrivé de très grands malheurs. Il songeait à Pangloss à chaque aventure qu'on lui contait. « Ce Pangloss, disait-il, serait bien embarrassé à démontrer son système. Je voudrais qu'il fût ici. Certainement si tout va bien, c'est dans Eldorado, et non pas dans le reste de la terre. » Enfin il se détermina en faveur d'un pauvre savant[2] qui avait travaillé dix ans pour les libraires[3] à Amsterdam. Il jugea qu'il n'y avait point de métier au monde dont on dût être plus dégoûté.

Ce savant, qui était d'ailleurs un bon homme, avait été volé par sa femme, battu par son fils, et abandonné de sa fille, qui s'était fait enlever par un Portugais. Il venait d'être privé d'un petit emploi duquel il subsistait ; et les prédicants[4] de Surinam le persécutaient parce

1. apparent : au sens classique, notable, important.
2. savant : qui a de nombreuses connaissances en matière d'érudition ou de science.
3. un libraire : terme qui désignait anciennement l'artisan qui imprimait, éditait et vendait les livres. Au XVIIIᵉ siècle, les éditeurs hollandais, et en particulier ceux d'Amsterdam, étaient actifs et réputés en raison de l'esprit de tolérance qui régnait dans ce pays.
4. un prédicant : un ministre du culte protestant dont la fonction essentielle est la prédication.

qu'ils le prenaient pour un socinien [1]. Il faut avouer que les autres étaient pour le moins aussi malheureux que lui ; mais Candide espérait que le savant le désennuierait dans le voyage. Tous ses autres rivaux trouvèrent que Candide leur faisait une grande injustice ; mais il les apaisa en leur donnant à chacun cent piastres.

CHAPITRE VINGTIÈME.

CE QUI ARRIVA SUR MER A CANDIDE ET A MARTIN.

Le vieux savant, qui s'appelait Martin, s'embarqua donc pour Bordeaux avec Candide. L'un et l'autre avaient beaucoup vu et beaucoup souffert ; et quand le vaisseau aurait dû faire voile de Surinam au Japon par le cap de Bonne-Espérance, ils auraient eu de quoi s'entretenir du mal moral et du mal physique [2] pendant tout le voyage.

Cependant Candide avait un grand avantage sur Martin, c'est qu'il espérait toujours revoir mademoiselle Cunégonde, et que Martin n'avait rien à espérer ; de plus il avait de l'or et des diamants ; et quoiqu'il eût perdu cent gros moutons rouges chargés des plus grands trésors de la terre, quoiqu'il eût toujours sur le cœur la friponnerie du patron [3] hollandais, cependant, quand il songeait à ce qui lui restait dans ses poches, et quand il parlait de Cunégonde, surtout à la fin du repas, il penchait alors pour le système de Pangloss.

« Mais vous, monsieur Martin, dit-il au savant, que pensez-vous de tout cela ? Quelle est votre idée sur le mal moral et le mal physique ? — Monsieur, répondit Martin, mes prêtres m'ont accusé d'être socinien ; mais

1. un socinien : disciple de Socin, réformateur italien du XVIᵉ siècle. Doctrine hérétique qui rejette la Trinité et la divinité du Christ, le socinianisme fut quelquefois repris par les déistes du XVIIIᵉ siècle en raison de son interprétation rationnelle des Écritures.

2. mal moral et mal physique : voir p. 86, note 2.

3. patron : voir p. 114, note 1.

la vérité du fait est que je suis manichéen[1]. — Vous vous
moquez de moi, dit Candide ; il n'y a plus de mani-
chéens dans le monde. — Il y a moi, dit Martin ; je ne
sais qu'y faire, mais je ne peux penser autrement. — Il
faut que vous ayez le diable au corps, dit Candide. — Il
se mêle si fort des affaires de ce monde, dit Martin,
qu'il pourrait bien être dans mon corps, comme partout
ailleurs ; mais je vous avoue qu'en jetant la vue sur ce
globe, ou plutôt sur ce globule[2], je pense que Dieu l'a
abandonné à quelque être malfaisant ; j'en excepte tou-
jours Eldorado. Je n'ai guère vu de ville qui ne désirât
la ruine de la ville voisine, point de famille qui ne voulût
exterminer quelque autre famille. Partout les faibles ont
en exécration les puissants devant lesquels ils rampent,
et les puissants les traitent comme des troupeaux dont
on vend la laine et la chair. Un million d'assassins enré-
gimentés, courant d'un bout de l'Europe à l'autre, exerce
le meurtre et le brigandage avec discipline pour gagner
son pain, parce qu'il n'a pas de métier plus honnête[3] ;
et dans les villes qui paraissent jouir de la paix, et où
les arts fleurissent, les hommes sont dévorés de plus
d'envie, de soins[4] et d'inquiétudes qu'une ville assiégée
n'éprouve de fléaux. Les chagrins secrets sont encore
plus cruels que les misères publiques. En un mot, j'en
ai tant vu et tant éprouvé que je suis manichéen.

— Il y a pourtant du bon, répliquait Candide. — Cela
peut être, disait Martin ; mais je ne le connais pas. »

Au milieu de cette dispute[5], on entendit un bruit de
canon. Le bruit redouble de moment en moment. Chacun
prend sa lunette[6]. On aperçoit deux vaisseaux qui
combattaient à la distance d'environ trois milles : le vent

1. un manichéen : un adepte du manichéisme, doctrine du Persan
Manès (III[e] siècle) selon laquelle l'univers est fondé sur deux principes
fondamentaux, égaux et antagonistes : le Bien et le Mal.
2. ce globule : terme utilisé par Voltaire pour souligner la petitesse
de la terre.
3. Il ne faut pas oublier que *Candide* est écrit au moment où fait
rage en Europe la guerre de Sept Ans (1756-1763).
4. les soins : les soucis, les inquiétudes.
5. dispute : au sens classique, discussion sur un point de théologie,
de philosophie ou de science (Littré).
6. sa lunette : ici, une sorte de longue-vue.

les amena l'un et l'autre si près du vaisseau français qu'on eut le plaisir de voir le combat tout à son aise. Enfin l'un des deux vaisseaux lâcha à l'autre une bordée[1] si bas et si juste, qu'il le coula à fond. Candide et Martin aperçurent distinctement une centaine d'hommes sur le tillac du vaisseau qui s'enfonçait ; ils levaient tous les mains au ciel, et jetaient des clameurs effroyables ; en un moment tout fut englouti.

« Eh bien ! dit Martin, voilà comme les hommes se traitent les uns les autres. — Il est vrai, dit Candide, qu'il y a quelque chose de diabolique dans cette affaire. » En parlant ainsi, il aperçut je ne sais quoi d'un rouge éclatant, qui nageait auprès de son vaisseau. On détacha la chaloupe pour voir ce que ce pouvait être : c'était un de ses moutons. Candide eut plus de joie de retrouver ce mouton qu'il n'avait été affligé d'en perdre cent tous chargés de gros diamants d'Eldorado.

Le capitaine français aperçut[2] bientôt que le capitaine du vaisseau submergeant était espagnol, et que celui du vaisseau submergé était un pirate hollandais ; c'était celui-là même qui avait volé Candide. Les richesses immenses dont ce scélérat s'était emparé furent ensevelies avec lui dans la mer, et il n'y eut qu'un mouton de sauvé. « Vous voyez, dit Candide à Martin, que le crime est puni quelquefois ; ce coquin de patron hollandais a eu le sort qu'il méritait. — Oui, dit Martin ; mais fallait-il que les passagers qui étaient sur son vaisseau périssent aussi ? Dieu a puni ce fripon, le diable a noyé les autres. »

Cependant le vaisseau français et l'espagnol continuèrent leur route, et Candide continua ses conversations avec Martin. Ils disputèrent[3] quinze jours de suite, et au

1. une bordée : décharge simultanée des canons du même bord d'un navire.

2. De toute évidence, les nécessités du récit (Candide retrouve ses moutons) l'emportent ici sur les exigences de vraisemblance. L'emploi du verbe *apercevoir* peut en effet difficilement être justifié car le narrateur a précisé quelques lignes plus haut que « tout fut englouti ». On se demande donc comment le capitaine français peut, d'une part, apercevoir le capitaine du vaisseau submergé et, d'autre part, se rendre compte qu'il s'agit d'un pirate hollandais.

3. disputer : voir note 5, p. 119.

bout de quinze jours ils étaient aussi avancés que le pre-
mier. Mais enfin ils parlaient, ils se communiquaient des
idées, ils se consolaient. Candide caressait son mouton.
« Puisque je t'ai retrouvé, dit-il, je pourrai bien
retrouver Cunégonde. »

CHAPITRE VINGT-UNIÈME.

CANDIDE ET MARTIN APPROCHENT DES COTES DE FRANCE,
ET RAISONNENT.

On aperçut enfin les côtes de France. « Avez-vous
jamais été en France, monsieur Martin ? dit Candide. —
Oui, dit Martin, j'ai parcouru plusieurs provinces. Il y
en a où la moitié des habitants est folle, quelques-unes
où l'on est trop rusé, d'autres où l'on est communément
assez doux et assez bête, d'autres où l'on fait le bel
esprit[1], et, dans toutes, la principale occupation est
l'amour ; la seconde, de médire ; et la troisième, de dire
des sottises. — Mais, monsieur Martin, avez-vous vu
Paris ? — Oui, j'ai vu Paris ; il tient de toutes ces
espèces-là ; c'est un chaos, c'est une presse[2] dans
laquelle tout le monde cherche le plaisir, et où presque
personne ne le trouve, du moins à ce qu'il m'a paru. J'y
ai séjourné peu ; j'y fus volé, en arrivant, de tout ce que
j'avais, par des filous, à la foire St. Germain[3], on me
prit moi-même pour un voleur, et je fus huit jours en
prison ; après quoi je me fis correcteur d'imprimerie
pour gagner de quoi retourner à pied en Hollande. Je

1. faire le bel esprit : vouloir se distinguer par une élégance et par
une délicatesse parfois affectées.
2. une presse : un grand nombre de personnes assemblées dans un
espace réduit.
3. la foire Saint-Germain : grande foire de Paris qui depuis le
Moyen Age se tenait chaque année du 3 février au 3 avril. Elle était
animée par de nombreuses attractions et par des spectacles de théâtre,
en particulier.

connus la canaille écrivante[1], la canaille cabalante[2], et la canaille convulsionnaire[3]. On dit qu'il y a des gens fort polis dans cette ville-là ; je le veux croire.

— Pour moi, je n'ai nulle curiosité de voir la France, dit Candide ; vous devinez aisément que quand on a passé un mois dans Eldorado, on ne se soucie plus de rien voir sur la terre que mademoiselle Cunégonde ; je vais l'attendre à Venise ; nous traverserons la France pour aller en Italie ; ne m'accompagnerez-vous pas ? — Très volontiers, dit Martin ; on dit que Venise n'est bonne que pour les nobles vénitiens[4], mais que cependant on y reçoit très bien les étrangers quand ils ont beaucoup d'argent : je n'en ai point ; vous en avez, je vous suivrai partout. — A propos, dit Candide, pensez-vous que la terre ait été originairement une mer, comme on l'assure dans ce gros livre[5] qui appartient au capitaine du vaisseau ? — Je n'en crois rien du tout, dit Martin, non plus que toutes les rêveries qu'on nous débite depuis quelque temps, — Mais à quelle fin ce monde a-t-il donc été formé ? dit Candide. — Pour nous faire enrager, répondit Martin. — N'êtes-vous pas bien étonné, continua Candide, de l'amour que ces deux filles du pays des Oreillons avaient pour ces deux singes, et dont je vous ai conté l'aventure ? — Point du tout, dit Martin ; je ne vois pas ce que cette passion a d'étrange : j'ai tant vu de choses extraordinaires qu'il n'y a plus rien d'extraordinaire. — Croyez-vous, dit Candide, que les hommes

1. la canaille écrivante : les hommes de plume médiocres.

2. la canaille cabalante : sans doute les hommes d'Église querelleurs.

3. la canaille convulsionnaire : jansénistes fanatiques qui, de 1729 à 1732, s'étaient livrés à des scènes de convulsions au cimetière de Saint-Médard, sur la tombe du diacre Pâris, mort en 1727.

4. les nobles Vénitiens : la république de Venise était en effet gouvernée par une oligarchie aristocratique qui détenait le pouvoir politique.

5. Il s'agit peut-être d'une allusion à la *Théorie de la terre* (1749) de Buffon, au *Spectacle de la nature* (1732-1750) de l'abbé Pluche ou à l'*Histoire des navigations* (1756) du président de Brosses. Contrairement à Voltaire, les auteurs de ces ouvrages soutenaient que la surface du globe était originairement recouverte par la mer.

se soient toujours mutuellement massacrés comme ils
font aujourd'hui ? qu'ils aient toujours été menteurs,
fourbes, perfides, ingrats, brigands, faibles, volages[1],
lâches, envieux, gourmands, ivrognes, avares, ambi-
tieux, sanguinaires, calomniateurs, débauchés, fanati-
ques, hypocrites et sots ? — Croyez-vous, dit Martin,
que les éperviers aient toujours mangé des pigeons
quand ils en ont trouvé ? — Oui, sans doute, dit
Candide. — Eh bien ! dit Martin, si les éperviers ont
toujours eu le même caractère, pourquoi voulez-vous
que les hommes aient changé le leur ? — Oh ! dit
Candide, il y a bien de la différence, car le libre
arbitre...[2] » En raisonnant ainsi, ils arrivèrent à
Bordeaux.

CHAPITRE VINGT-DEUXIÈME.

CE QUI ARRIVA EN FRANCE A CANDIDE ET A MARTIN.

Candide ne s'arrêta dans Bordeaux qu'autant de
temps qu'il en fallait pour vendre quelques cailloux
du Dorado, et pour s'accommoder d'une bonne chaise[3]
à deux places ; car il ne pouvait plus se passer de son
philosophe Martin ; il fut seulement très fâché de se
séparer de son mouton, qu'il laissa à l'Académie des
sciences de Bordeaux[4], laquelle proposa pour le sujet
du prix de cette année de trouver pourquoi la laine
de ce mouton était rouge ; et le prix fut adjugé à un
savant du Nord, qui démontra par A, plus B, moins

1. volage : inconstant, qui change souvent de sentiments.
2. libre arbitre : possibilité qu'a l'individu de se déterminer libre-
ment à agir. Les discussions sur le libre arbitre constituaient un pro-
blème épineux au XVIIIᵉ siècle car elles impliquaient nécessairement
une réflexion sur les rapports entre liberté humaine, grâce et volonté
de Dieu.
3. une chaise : une voiture tirée par un ou plusieurs chevaux.
4. Voltaire était membre associé de l'Académie de Bordeaux.

C divisé par Z[1], que le mouton devait être rouge, et mourir de la clavelée[2].

Cependant tous les voyageurs que Candide rencontra dans les cabarets de la route lui disaient : « Nous allons à Paris. » Cet empressement général lui donna enfin l'envie de voir cette capitale ; ce n'était pas beaucoup se détourner du chemin de Venise.

Il entra par le faubourg Saint-Marceau[3], et crut être dans le plus vilain village de la Vestphalie.

A peine Candide fut-il dans son auberge, qu'il fut attaqué d'une maladie légère, causée par ses fatigues. Comme il avait au doigt un diamant énorme, et qu'on avait aperçu dans son équipage[4] une cassette prodigieusement pesante, il eut aussitôt auprès de lui deux médecins qu'il n'avait pas mandés[5], quelques amis intimes qui ne le quittèrent pas, et deux dévotes qui faisaient chauffer ses bouillons. Martin disait : « Je me souviens d'avoir été malade aussi à Paris dans mon premier voyage ; j'étais fort pauvre : aussi n'eus-je ni amis, ni dévotes, ni médecins, et je guéris. »

Cependant, à force de médecine[6] et de saignées, la maladie de Candide devint sérieuse. Un habitué[7] du quartier vint avec douceur lui demander un billet payable au porteur[8] pour l'autre monde : Candide n'en

1. allusion ironique à l'*Essai de cosmologie* (1751) de Maupertuis à qui Voltaire reprochait de prétendre « qu'il n'y a pas d'autre preuves de l'existence de Dieu que dans Z égal à BC divisé par A+B » *(Diatribe du docteur Akakia)*.

2. la clavelée : maladie contagieuse dont peuvent être atteints les moutons.

3. le faubourg Saint-Marceau : ce faubourg au sud de Paris était au XVIII[e] siècle d'une « rusticité dégoûtante » (Voltaire, *Le monde comme il va)*.

4. son équipage : ses bagages.

5. mander : appeler, faire venir quelqu'un.

6. une médecine : un remède, un médicament.

7. Un prêtre habitué qui, dans chaque paroisse secondait ordinairement le prêtre titulaire.

8. un billet payable au porteur : expression habituellement employée dans le monde du commerce mais qui désigne ici un billet de confession. Entre 1750 et 1760, en effet, pour pouvoir recevoir l'extrême-onction et avoir ensuite une sépulture chrétienne, les mourants suspectés de jansénisme devaient être en mesure de présenter un billet de confession signé par un confesseur qui avait adhéré aux

voulut rien faire. Les dévotes l'assurèrent que c'était une nouvelle mode ; Candide répondit qu'il n'était point homme à la mode. Martin voulut jeter l'habitué par les fenêtres. Le clerc[1] jura qu'on n'enterrerait point Candide. Martin jura qu'il enterrerait le clerc s'il continuait à les importuner. La querelle s'échauffa : Martin le prit par les épaules, et le chassa rudement ; ce qui causa un grand scandale, dont on fit un procès-verbal.

Candide guérit ; et pendant sa convalescence il eut très bonne compagnie à souper chez lui. On jouait gros jeu. Candide était tout étonné que jamais les as ne lui vinssent ; et Martin ne s'en étonnait pas.

Parmi ceux qui lui faisaient les honneurs de la ville, il y avait un petit abbé périgourdin, l'un de ces gens empressés, toujours alertes, toujours serviables, effrontés, caressants[2], accommodants, qui guettent les étrangers à leur passage, leur content l'histoire scandaleuse de la ville, et leur offrent des plaisirs à tout prix. Celui-ci mena d'abord Candide et Martin à la comédie[3]. On y jouait une tragédie nouvelle. Candide se trouva placé auprès de quelques beaux esprits[4]. Cela ne l'empêcha pas de pleurer à des scènes jouées parfaitement. Un des raisonneurs qui étaient à ses côtés lui dit dans un entracte : « Vous avez grand tort de pleurer, cette actrice est fort mauvaise ; l'acteur qui joue avec elle est plus mauvais acteur encore ; la pièce est encore plus mauvaise que les acteurs ; l'auteur ne sait pas un mot d'arabe, et cependant la scène est en Arabie ; et, de plus, c'est un homme qui ne croit pas aux idées innées[5] ; je

thèses énoncées dans la bulle Unigenitus (1713) condamnant le jansénisme.

1. un clerc : un homme d'Église.

2. caressant : enjôleur, flatteur.

3. comédie : au sens classique, lieu où se jouent les pièces de théâtre.

4. beaux esprits : voir p. 121, note 1.

5. les idées innées : concept que l'on trouve chez Descartes et qui désigne les idées antérieures à toute expérience sensible. En critiquant cette théorie dans son *Essai sur l'entendement humain* (1690), Locke fera de nombreux adeptes, au XVIIIe siècle, parmi les philosophes français (Voltaire, en particulier). Le débat sur les idées innées ou acquises est très important au XVIIIe siècle.

vous apporterai demain vingt brochures contre lui.
— Monsieur, combien avez-vous de pièces de théâtre en
France ? » dit Candide à l'abbé ; lequel répondit : « Cinq
ou six mille. — C'est beaucoup, dit Candide ; combien
y en a-t-il de bonnes ? — Quinze ou seize, répliqua
l'autre. — C'est beaucoup », dit Martin.

Candide fut très content d'une actrice qui faisait la
reine Élisabeth, dans une assez plate tragédie [1] que l'on
joue quelquefois. « Cette actrice, dit-il à Martin, me plaît
beaucoup ; elle a un faux air de mademoiselle Cuné-
gonde ; je serais bien aise de la saluer. » L'abbé péri-
gourdin s'offrit à l'introduire chez elle. Candide, élevé
en Allemagne, demanda quelle était l'étiquette, et
comment on traitait en France les reines d'Angleterre.
« Il faut distinguer, dit l'abbé ; en province, on les mène
au cabaret ; à Paris, on les respecte quand elles sont
belles, et on les jette à la voirie quand elles sont mortes [2].
— Des reines à la voirie ! dit Candide. — Oui vraiment,
dit Martin ; monsieur l'abbé a raison : j'étais à Paris
quand mademoiselle Monime [3] passa, comme on dit, de
cette vie à l'autre ; on lui refusa ce que ces gens-ci
appellent *les honneurs de la sépulture*, c'est-à-dire de
pourrir avec tous les gueux du quartier dans un vilain
cimetière ; elle fut enterrée toute seule de sa bande [4] au
coin de la rue de Bourgogne ; ce qui dut lui faire une
peine extrême, car elle pensait très noblement. — Cela
est bien impoli, dit Candide. — Que voulez-vous ? dit
Martin ; ces gens-ci sont ainsi faits. Imaginez toutes les

1. Il s'agit probablement d'une tragédie de Thomas Corneille, *Le
Comte d'Essex* (1679).
2. Allusion à Adrienne Lecouvreur, amie de Voltaire et comédienne
morte en 1730, dont le corps fut jeté à la voirie car en France les
comédiens étaient excommuniés et n'avaient donc pas droit à une
sépulture chrétienne s'ils mouraient avant d'avoir pu se repentir. Dans
ses écrits, Voltaire s'indigna à plusieurs reprises contre le sort réservé
à cette comédienne : voir son *Ode sur la mort d'Adrienne Lecouvreur*
(1730) et les *Lettres philosophiques* où il parle de « la barbare et lâche
injustice [...] d'avoir jeté à la voirie le corps de Mlle Le Couvreur ».
3. Adrienne Lecouvreur avait interprété le rôle de Monime dans
Mithridate, tragédie de Racine.
4. Dans le français classique, le terme *bande* pouvait être employé
à la place de *troupe* en parlant des comédiens.

contradictions, toutes les incompatibilités possibles, vous les verrez dans le gouvernement, dans les tribunaux, dans les églises, dans les spectacles de cette drôle de nation. — Est-il vrai qu'on rit toujours à Paris ? dit Candide. — Oui, dit l'abbé ; mais c'est en enrageant : car on s'y plaint de tout avec de grands éclats de rire ; même on y fait en riant les actions les plus détestables.

— Quel est, dit Candide, ce gros cochon [1] qui me disait tant de mal de la pièce où j'ai tant pleuré, et des acteurs qui m'ont fait tant de plaisir ? — C'est un mal vivant, répondit l'abbé, qui gagne sa vie à dire du mal de toutes les pièces et de tous les livres ; il hait quiconque réussit, comme les eunuques haïssent les jouissants ; c'est un de ces serpents de la littérature qui se nourrissent de fange et de venin ; c'est un folliculaire [2]. — Qu'appelez-vous folliculaire ? dit Candide. — C'est, dit l'abbé, un faiseur de feuilles, un Fréron [3]. »

C'est ainsi que Candide, Martin et le Périgourdin, raisonnaient sur l'escalier, en voyant défiler le monde au sortir de la pièce. « Quoique je sois très empressé de revoir mademoiselle Cunégonde, dit Candide, je voudrais pourtant souper avec mademoiselle Clairon [4], car elle m'a paru admirable. »

L'abbé n'était pas homme à approcher de mademoiselle Clairon, qui ne voyait que bonne compagnie. « Elle est engagée [5] pour ce soir, dit-il ; mais j'aurai l'honneur

1. ce gros cochon : cette expression détonne quelque peu dans la bouche de Candide habituellement plus indulgent à l'égard des personnes qu'il rencontre. En fait, c'est Voltaire qui révèle ici sa présence et son animosité à l'égard de Fréron, adversaire des philosophes qu'il attaque dans *L'Année littéraire*.

2. un folliculaire : terme qui semble avoir été employé pour la première fois par Voltaire et qui désigne un journaliste ou un écrivain sans talent.

3. Elie Fréron (1718-1776), fondateur de *L'Année littéraire*, périodique hostile aux philosophes et à Voltaire en particulier. La dureté des termes employés à son sujet peut s'expliquer par le contexte particulier dans lequel est écrit *Candide* : en 1759, le privilège de l'*Encyclopédie* est révoqué. Révolté par cette décision, Voltaire s'en prend à ses adversaires.

4. Mlle Clairon (1723-1803) : grande actrice qui avait joué dans plusieurs tragédies de Voltaire.

5. engagée : retenue par un devoir de société (Littré).

de vous mener chez une dame de qualité, et là vous connaîtrez Paris comme si vous y aviez été quatre ans. »

Candide, qui était naturellement curieux, se laissa mener chez la dame, au fond du faubourg St. Honoré ; on y était occupé d'un pharaon[1], douze tristes pontes tenaient chacun en main un petit livre de cartes, registre cornu[2] de leurs infortunes. Un profond silence régnait, la pâleur était sur le front des pontes, l'inquiétude sur celui du banquier ; et la dame du logis, assise auprès de ce banquier impitoyable, remarquait avec des yeux de lynx tous les parolis[3], tous les sept-et-le-va de campagne[4] dont chaque joueur cornait ses cartes ; elle les faisait décorner avec une attention sévère, mais polie, et ne se fâchait point, de peur de perdre ses pratiques. La dame se faisait appeler la marquise de Parolignac. Sa fille, âgée de quinze ans, était au nombre des pontes, et avertissait d'un clin d'œil des friponneries de ces pauvres gens qui tâchaient de réparer les cruautés du sort. L'abbé périgourdin, Candide, et Martin, entrèrent ; personne ne se leva, ni les salua, ni les regarda ; tous étaient profondément occupés de leurs cartes. « Madame la baronne de Thunder-ten-tronckh était plus civile, » dit Candide.

Cependant l'abbé s'approcha de l'oreille de la marquise, qui se leva à moitié, honora Candide d'un sourire gracieux, et Martin d'un air de tête tout à fait noble ; elle fit donner un siège et un jeu de cartes à Candide, qui perdit cinquante mille francs en deux tailles[5] : après quoi on soupa très gaiement ; et tout le monde était étonné que Candide ne fût pas ému de sa perte ; les

1. un pharaon : jeu de cartes qui opposait un *banquier* (qui tenait le compte de la « banque ») à des *pontes* (joueurs associés contre le *banquier*).

2. registre cornu : dans certaines phases du jeu, les joueurs devaient corner leur carte pour annoncer qu'ils ne jouaient qu'avec l'argent qu'ils avaient mis sur cette carte.

3. Au pharaon, le *paroli* désignait une mise double de la première qui avait été faite.

4. Le sept-et-le-va était une mise de sept fois supérieure à la précédente. Le sept-et-le-va de campagne était par contre une mise irrégulière faite par un ponte.

5. une taille : une série complète de coups.

laquais disaient entre eux, dans leur langage de laquais :
« Il faut que ce soit quelque milord anglais. »

Le souper fut comme la plupart des soupers de Paris :
d'abord du silence, ensuite un bruit de paroles qu'on ne
distingue point, puis des plaisanteries dont la plupart
sont insipides, de fausses nouvelles, de mauvais raisonnements, un peu de politique, et beaucoup de médisance ; on parla même de livres nouveaux. « Avez-vous
vu, dit l'abbé périgourdin, le roman du sieur Gauchat,
docteur en théologie[1] ? — Oui, répondit un des
convives ; mais je n'ai pu l'achever. Nous avons une
foule d'écrits impertinents[2], mais tous ensemble
n'approchent pas de l'impertinence de Gauchat, docteur
en théologie ; je suis si rassasié de cette immensité de
détestables livres qui nous inondent que je me suis mis
à ponter[3] au pharaon. — Et les *Mélanges* de l'archidiacre т...[4], qu'en dites-vous ? dit l'abbé. — Ah ! dit
madame de Parolignac, l'ennuyeux mortel ! comme il
vous dit curieusement ce que tout le monde sait ! comme
il discute pesamment ce qui ne vaut pas la peine d'être
remarqué légèrement ! comme il s'approprie, sans esprit,
l'esprit des autres ! comme il gâte ce qu'il pille ! comme
il me dégoûte ! mais il ne me dégoûtera plus ; c'est assez
d'avoir lu quelques pages de l'archidiacre. »

Il y avait à table un homme savant et de goût qui
appuya ce que disait la marquise. On parla ensuite de
tragédies ; la dame demanda pourquoi il y avait des tragédies qu'on jouait quelquefois, et qu'on ne pouvait lire.
L'homme de goût expliqua très bien comment une pièce
pouvait avoir quelque intérêt, et n'avoir presque aucun
mérite ; il prouva en peu de mots que ce n'était pas assez
d'amener une ou deux de ces situations qu'on trouve
dans tous les romans, et qui séduisent toujours les spectateurs, mais qu'il faut être neuf sans être bizarre, souvent sublime et toujours naturel ; connaître le cœur

1. Abbé Gabriel Gauchat (1709-1774) : adversaire des encyclopédistes et de Voltaire.
2. impertinent : au sens classique, qui est contre le bon sens, la raison.
3. ponter au pharaon : jouer au pharaon.
4. Abbé Trublet (1677-1770) : un autre adversaire des philosophes.

humain et le faire parler ; être grand poète sans que jamais aucun personnage de la pièce paraisse poète ; savoir parfaitement sa langue, la parler avec pureté, avec une harmonie continue, sans que jamais la rime coûte rien au sens [1]. « Quiconque, ajouta-t-il, n'observe pas toutes ces règles peut faire une ou deux tragédies applaudies au théâtre, mais il ne sera jamais compté au rang des bons écrivains ; il y a très peu de bonnes tragédies : les unes sont des idylles en dialogues bien écrits et bien rimés ; les autres, des raisonnements politiques qui endorment, ou des amplifications qui rebutent ; les autres, des rêves d'énergumène, en style barbare, des propos interrompus, de longues apostrophes aux dieux, parce qu'on ne sait point parler aux hommes, des maximes fausses, des lieux communs ampoulés. »

Candide écouta ce propos avec attention, et conçut une grande idée du discoureur ; et, comme la marquise avait eu soin de le placer à côté d'elle, il s'approcha de son oreille, et prit la liberté de lui demander qui était cet homme qui parlait si bien. « C'est un savant, dit la dame, qui ne ponte point, et que l'abbé m'amène quelquefois à souper : il se connaît parfaitement en tragédies et en livres, et il a fait une tragédie sifflée, et un livre dont on n'a jamais vu hors de la boutique de son libraire qu'un exemplaire, qu'il m'a dédié. — Le grand homme ! dit Candide, c'est un autre Pangloss. »

Alors, se tournant vers lui, il lui dit : « Monsieur, vous pensez, sans doute, que tout est au mieux dans le monde physique et dans le moral, et que rien ne pouvait être autrement ? — Moi, monsieur, lui répondit le savant, je ne pense rien de tout cela : je trouve que tout va de travers chez nous ; que personne ne sait ni quel est son rang, ni quelle est sa charge, ni ce qu'il fait, ni ce qu'il doit faire, et qu'excepté le souper, qui est assez gai, et où il paraît assez d'union, tout le reste du temps se passe en querelles impertinentes : jansénistes contre moli-

1. Ces lignes constituent en quelque sorte une réponse aux critiques suscitées par *Tancrède*. Voir à ce sujet l'*Epître* dédicatoire de *Tancrède* dans laquelle Voltaire souligne le « goût nouveau » et le « sujet neuf » de sa tragédie.

nistes [1], gens du parlement contre gens d'église, gens de lettres contre gens de lettres, courtisans contre courtisans, financiers contre le peuple, femmes contre maris, parents contre parents ; c'est une guerre éternelle. »

Candide lui répliqua : « J'ai vu pis : mais un sage, qui depuis a eu le malheur d'être pendu, m'apprit que tout cela est à merveille : ce sont des ombres à un beau tableau. — Votre pendu se moquait du monde, dit Martin ; vos ombres sont des taches horribles. — Ce sont les hommes qui font les taches, dit Candide, et ils ne peuvent pas s'en dispenser. — Ce n'est donc pas leur faute, dit Martin. » La plupart des pontes, qui n'entendaient rien à ce langage, buvaient ; et Martin raisonna avec le savant, et Candide raconta une partie de ses aventures à la dame du logis.

Après souper, la marquise mena Candide dans son cabinet, et le fit asseoir sur un canapé. « Eh bien ! lui dit-elle, vous aimez donc toujours éperdument mademoiselle Cunégonde de Thunder-ten-tronckh ? — Oui madame », répondit Candide. La marquise lui répliqua avec un sourire tendre : « Vous me répondez comme un jeune homme de Vestphalie ; un Français m'aurait dit : « Il est vrai que j'ai aimé mademoiselle Cunégonde ; mais, en vous voyant, madame, je crains de ne la plus aimer. » — Hélas ! madame, dit Candide, je répondrai comme vous voudrez. — Votre passion pour elle, dit la marquise, a commencé en ramassant son mouchoir ; je veux que vous ramassiez ma jarretière. — De tout mon cœur », dit Candide ; et il la ramassa. « Mais je veux que vous me la remettiez », dit la dame ; et Candide la lui remit. « Voyez-vous, dit la dame, vous êtes étranger ; je fais quelquefois languir mes amants de Paris quinze jours, mais je me rends à vous dès la première nuit, parce qu'il faut faire les honneurs de son pays à un jeune homme de Vestphalie. » La belle, ayant aperçu deux énormes diamants aux deux mains de son jeune étranger, les loua de si bonne foi que des doigts de Candide ils passèrent aux doigts de la marquise.

1. un moliniste : partisan de Molina, jésuite espagnol du XVIe siècle qui affirmait que la prédestination était conciliable avec le libre arbitre.

Candide, en s'en retournant avec son abbé péri-gourdin, sentit quelques remords d'avoir fait une infidé-lité à mademoiselle Cunégonde ; monsieur l'abbé entra dans sa peine ; il n'avait qu'une légère part aux cin-quante mille livres perdues au jeu par Candide, et à la valeur des deux brillants moitié donnés, moitié extor-qués. Son dessein était de profiter, autant qu'il le pour-rait, des avantages que la connaissance de Candide pou-vait lui procurer. Il lui parla beaucoup de Cunégonde, et Candide lui dit qu'il demanderait bien pardon à cette belle de son infidélité, quand il la verrait à Venise.

Le Périgourdin redoublait de politesses et d'attentions, et prenait un intérêt tendre à tout ce que Candide disait, à tout ce qu'il faisait, à tout ce qu'il voulait faire.] « Vous avez donc, monsieur, lui dit-il, un rendez-vous à Venise ? — Oui, monsieur l'abbé, dit Candide ; il faut absolument que j'aille trouver mademoiselle Cuné-gonde. » Alors, engagé par le plaisir de parler de ce qu'il aimait, il conta, selon son usage, une partie de ses aven-tures avec cette illustre Vestphalienne.

« Je crois, dit l'abbé, que mademoiselle Cunégonde a bien de l'esprit, et qu'elle écrit des lettres charmantes. — Je n'en ai jamais reçu, dit Candide ; car, figurez-vous qu'ayant été chassé du château pour l'amour d'elle, je ne pus lui écrire ; que bientôt après j'appris qu'elle était morte, qu'ensuite je la retrouvai, et que je la perdis, et que je lui ai envoyé à deux mille cinq cents lieues d'ici un exprès[1] dont j'attends la réponse. »

L'abbé écoutait attentivement, et paraissait un peu rêveur. Il prit bientôt congé des deux étrangers, après les avoir tendrement embrassés. Le lendemain Candide reçut à son réveil une lettre conçue en ces termes :

« Monsieur mon très cher amant, il y a huit jours que je suis malade en cette ville ; j'apprends que vous y êtes. Je volerais dans vos bras si je pouvais remuer. J'ai su votre passage à Bordeaux ; j'y ai laissé le fidèle Cacambo et la vieille, qui doivent bientôt me suivre. Le gouverneur de Buenos-Ayres a tout pris, mais il me reste

1. un exprès : un messager chargé d'une mission déterminée.

votre cœur. Venez ; votre présence me rendra la vie ou me fera mourir de plaisir. »

Cette lettre charmante, cette lettre inespérée, transporta Candide d'une joie inexprimable ; et la maladie de sa chère Cunégonde l'accabla de douleur. Partagé entre ces deux sentiments, il prend son or et ses diamants, et se fait conduire avec Martin à l'hôtel où mademoiselle Cunégonde demeurait. Il entre en tremblant d'émotion, son cœur palpite, sa voix sanglote ; il veut ouvrir les rideaux du lit ; il veut faire apporter de la lumière. « Gardez-vous-en bien, lui dit la suivante ; la lumière la tue » ; et soudain elle referme le rideau. « Ma chère Cunégonde, dit Candide en pleurant, comment vous portez-vous ? si vous ne pouvez me voir, parlez-moi du moins. — Elle ne peut parler, dit la suivante. » La dame alors tire du lit une main potelée que Candide arrose longtemps de ses larmes, et qu'il remplit ensuite de diamants, en laissant un sac plein d'or sur le fauteuil.

Au milieu de ses transports arrive un exempt[1] suivi de l'abbé périgourdin et d'une escouade[2]. « Voilà donc, dit-il, ces deux étrangers suspects ? » Il les fait incontinent[3] saisir, et ordonne à ses braves de les traîner en prison. « Ce n'est pas ainsi qu'on traite les voyageurs dans le Dorado, dit Candide. — Je suis plus manichéen que jamais, dit Martin. — Mais, monsieur, où nous menez-vous ? dit Candide. — Dans un cu de basse-fosse[4] », dit l'exempt.

Martin, ayant repris son sang-froid, jugea que la dame qui se prétendait Cunégonde était une friponne, monsieur l'abbé périgourdin un fripon qui avait abusé au plus vite de l'innocence de Candide, et l'exempt un autre fripon dont on pouvait aisément se débarrasser.

Plutôt que de s'exposer aux procédures de la justice, Candide, éclairé par son conseil, et d'ailleurs toujours impatient de revoir la véritable Cunégonde, propose à

1. un exempt : un officier de police qui procédait aux arrestations.
2. une escouade : une brigade.
3. incontinent : voir p. 60, note 2.
4. un cul-de-basse-fosse : un cachot souterrain creusé dans la basse-fosse.

l'exempt trois petits diamants d'environ trois mille pistoles chacun. « Ah ! monsieur, lui dit l'homme au bâton d'ivoire [1], eussiez-vous commis tous les crimes imaginables, vous êtes le plus honnête homme du monde. Trois diamants ! chacun de trois mille pistoles ! Monsieur ! je me ferais tuer pour vous, au lieu de vous mener dans un cachot. On arrête tous les étrangers, mais laissez-moi faire ; j'ai un frère à Dieppe en Normandie ; je vais vous y mener ; et si vous avez quelque diamant à lui donner, il aura soin de vous comme moi-même. — Et pourquoi arrête-t-on tous les étrangers ? » dit Candide. L'abbé périgourdin prit alors la parole, et dit : « C'est parce qu'un gueux du pays d'Atrébatie [2] a entendu dire des sottises : cela seul lui a fait commettre un parricide, non pas tel que celui de 1610 au mois de mai, mais tel que celui de 1594 au mois de décembre [3], et tel que plusieurs autres commis dans d'autres années et dans d'autres mois par d'autres gueux qui avaient entendu dire des sottises. »

L'exempt alors expliqua de quoi il s'agissait. « Ah ! les monstres ! s'écria Candide ; quoi ! de telles horreurs chez un peuple qui danse et qui chante ! Ne pourrai-je sortir au plus vite de ce pays où des singes agacent des tigres ? J'ai vu des ours dans mon pays ; je n'ai vu des hommes que dans le Dorado. Au nom de Dieu, monsieur l'exempt, menez-moi à Venise, où je dois attendre mademoiselle Cunégonde. — Je ne peux vous mener qu'en Basse-Normandie [4], dit le barigel [5]. » Aussitôt il lui fait ôter ses fers, dit qu'il s'est mépris, renvoie ses gens, et emmène à Dieppe Candide et Martin, et les laisse entre les mains de son frère. Il y avait un petit vaisseau hollan-

1. Il s'agit de l'exempt qui portait un bâton à bouts d'ivoire.
2. un gueux du pays d'Atrébatie : allusion à Damiens qui avait tenté d'assassiner Louis XV. Cet homme était né dans l'Artois, région du nord de la France, dont le nom ancien était Atrébatie. Cette tentative d'assassinat fut en effet suivie de nombreuses arrestations.
3. Assassiné par Ravaillac en 1610, Henri IV avait été blessé d'un coup de poignard le 27 décembre 1594 par Jean Châtel.
4. Dieppe se trouve en fait en Haute-Normandie.
5. le barigel : traduction de *bargello*, chef de la police dans certaines villes d'Italie.

dais à la rade. Le Normand, à l'aide de trois autres dia-
mants devenu le plus serviable des hommes, embarque
Candide et ses gens dans le vaisseau qui allait faire voile
pour Portsmouth en Angleterre. Ce n'était pas le chemin
de Venise ; mais Candide croyait être délivré de l'enfer ;
et il comptait bien reprendre la route de Venise à la pre-
mière occasion.

CHAPITRE VINGT-TROISIÈME.

CANDIDE ET MARTIN VONT SUR LES COTES D'ANGLETERRE ; CE QU'ILS Y VOIENT.

« Ah ! Pangloss ! Pangloss ! Ah ! Martin ! Martin !
Ah ! ma chère Cunégonde ! qu'est-ce que ce monde-ci ?
disait Candide sur le vaisseau hollandais. — Quelque
chose de bien fou et de bien abominable, répondait
Martin. — Vous connaissez l'Angleterre ; y est-on aussi
fou qu'en France ? — C'est une autre espèce de folie,
dit Martin. Vous savez que ces deux nations sont en
guerre pour quelques arpents[1] de neige vers le Canada,
et qu'elles dépensent pour cette belle guerre beaucoup
plus que tout le Canada ne vaut[2]. De vous dire précisé-
ment s'il y a plus de gens à lier dans un pays que dans
un autre, c'est ce que mes faibles lumières ne me per-

1. un arpent : ancienne unité de mesure qui pouvait correspondre à
une surface allant de 20 à 50 ares, c'est-à-dire de 2 000 à 5 000 m².
2. Allusion aux combats qui, depuis 1741, opposaient la France et
l'Angleterre pour la possession de certains territoires situés à l'entrée
du Saint-Laurent et occupant donc une position stratégique pour
contrôler le Canada tout entier. Cette guerre, toutefois, ne suscitait pas
un grand intérêt en France car, pays au climat rude et difficile, le
Canada n'offrait pas, de plus, les métaux précieux qui intéressaient
tant les Européens de l'époque. Il est à noter que, souvent reprochée à
Voltaire, l'expression « quelques arpents de neige » n'a pas été tou-
jours bien comprise car elle ne désignait pas le Canada tout entier mais
seulement les territoires qui faisaient l'objet du conflit.

mettent pas ; je sais seulement qu'en général les gens que nous allons voir sont fort atrabilaires[1]. »

En causant ainsi ils abordèrent à Porstmouth ; une multitude de peuple couvrait le rivage, et regardait attentivement un assez gros homme qui était à genoux, les yeux bandés, sur le tillac[2] d'un des vaisseaux de la flotte ; quatre soldats, postés vis-à-vis de cet homme, lui tirèrent chacun trois balles dans le crâne, le plus paisiblement du monde ; et toute l'assemblée s'en retourna extrêmement satisfaite. « Qu'est-ce donc que tout ceci ? dit Candide ; et quel démon exerce partout son empire ? » Il demanda qui était ce gros homme qu'on venait de tuer en cérémonie. « C'est un amiral, lui répondit-on. — Et pourquoi tuer cet amiral ? — C'est, lui dit-on, parce qu'il n'a pas fait tuer assez de monde ; il a livré un combat à un amiral français, et on a trouvé qu'il n'était pas assez près de lui[3]. — Mais, dit Candide, l'amiral français était aussi loin de l'amiral anglais que celui-ci l'était de l'autre ! — Cela est incontestable, lui répliqua-t-on ; mais dans ce pays-ci il est bon de tuer de temps en temps un amiral pour encourager les autres. »

Candide fut si étourdi et si choqué de ce qu'il voyait et de ce qu'il entendait qu'il ne voulut pas seulement mettre pied à terre, et qu'il fit son marché avec le patron hollandais (dût-il le voler comme celui de Surinam) pour le conduire sans délai à Venise.

Le patron fut prêt au bout de deux jours. On côtoya la France ; on passa à la vue de[4] Lisbonne, et Candide frémit. On entra dans le détroit et dans la Méditerranée ; enfin on aborda à Venise. « Dieu soit loué ! dit Candide, en embrassant Martin ; c'est ici que je reverrai la belle Cunégonde. Je compte sur Cacambo comme sur moi-

1. atrabilaire : qui s'irrite et se met facilement en colère ; dont l'humeur dominante est l'atrabile (voir p. 116, note 7).

2. le tillac : voir p. 59, note 2.

3. Allusion à John Byng qui fut exécuté à Portsmouth le 14 mars 1757 car, dit-on, il avait manqué de combativité au cours d'un combat naval qui l'opposait à la flotte française devant l'île de Minorque. Voltaire était intervenu en sa faveur.

4. à la vue de (on disait aussi *à vue de*) : en vue de, à une distance d'où l'on voit.

même. Tout est bien, tout va bien, tout va le mieux qu'il soit possible. »

CHAPITRE VINGT-QUATRIÈME.

DE PAQUETTE, ET DE FRÈRE GIROFLÉE.

Dès qu'il fut à Venise, il fit chercher Cacambo dans tous les cabarets, dans tous les cafés, chez toutes les filles de joie, et ne le trouva point. Il envoyait tous les jours à la découverte de tous les vaisseaux et de toutes les barques : nulles nouvelles de Cacambo. « Quoi ! disait-il à Martin, j'ai eu le temps de passer de Surinam à Bordeaux, d'aller de Bordeaux à Paris, de Paris à Dieppe, de Dieppe à Portsmouth, de côtoyer le Portugal et l'Espagne, de traverser toute la Méditerranée, de passer quelques mois à Venise, et la belle Cunégonde n'est point venue ! Je n'ai rencontré au lieu d'elle qu'une drôlesse [1] et un abbé périgourdin ! Cunégonde est morte, sans doute ; je n'ai plus qu'à mourir. Ah ! il valait mieux rester dans le paradis du Dorado que de revenir dans cette maudite Europe. Que vous avez raison, mon cher Martin ! tout n'est qu'illusion et calamité. »

Il tomba dans une mélancolie noire [2], et ne prit aucune part à l'opéra *alla moda* [3], ni aux autres divertissements du carnaval ; pas une dame ne lui donna la moindre tentation. Martin lui dit : « Vous êtes bien simple, en vérité, de vous figurer qu'un valet métis qui a cinq ou six millions dans ses poches ira chercher votre maîtresse [4] au bout du monde et vous l'amènera à Venise. Il la prendra pour lui, s'il la trouve. S'il ne la trouve pas, il en prendra

1. une drôlesse : une femme méprisable.
2. une mélancolie noire : voir p. 116, note 7.
3. opéra *alla moda* : cette expression pourrait peut-être avoir été inspirée à Voltaire par le titre de l'œuvre du musicien vénitien Benedetto Marcello *Il Teatro alla moda* (1720), satire brillante du monde théâtral de son temps.
4. maîtresse : au sens classique, femme aimée (ce terme n'implique ni n'exclut des relations charnelles).

une autre : je vous conseille d'oublier votre valet
Cacambo et votre maîtresse Cunégonde. » Martin n'était
pas consolant. La mélancolie de Candide augmenta, et
Martin ne cessait de lui prouver qu'il y avait peu de
vertu et peu de bonheur sur la terre ; excepté peut-être
dans Eldorado, où personne ne pouvait aller.

En disputant sur cette matière importante, et en atten-
dant Cunégonde, Candide aperçut un jeune théatin [1] dans
la place [2] St. Marc [3], qui tenait sous le bras une fille. Le
théatin paraissait frais, potelé, vigoureux ; ses yeux
étaient brillants, son air assuré, sa mine haute [4], sa
démarche fière. La fille était très jolie, et chantait ; elle
regardait amoureusement son théatin, et de temps en
temps lui pinçait ses grosses joues. « Vous m'avouerez
du moins, dit Candide à Martin, que ces gens-ci sont
heureux. Je n'ai trouvé jusqu'à présent dans toute la terre
habitable, excepté dans Eldorado, que des infortunés ;
mais pour cette fille et ce théatin, je gage que ce sont
des créatures très heureuses. — Je gage que non, dit
Martin. — Il n'y a qu'à les prier à dîner, dit Candide, et
vous verrez si je me trompe. »

Aussitôt il les aborde, il leur fait son compliment, et
les invite à venir à son hôtellerie manger des macaronis,
des perdrix de Lombardie, des œufs d'esturgeon, et à
boire du vin de Montepulciano [5], du lacryma-christi [6], du
chypre, et du samos [7]. La demoiselle rougit, le théatin
accepta la partie [8], et la fille le suivit en regardant Can-
dide avec des yeux de surprise et de confusion, qui

1. un théatin : membre d'un ordre religieux fondé au XVI[e] siècle en
Italie par Gian Pietro Carafa, évêque de Theato, pour réformer les
mœurs du clergé.

2. dans la place : usage courant à l'époque classique, pour *sur la
place*.

3. la plus célèbre place de Venise.

4. sa mine haute : apparence de la personne et principalement du
visage qui témoigne d'une noblesse d'esprit ou de condition.

5. Montepulciano : petite ville en Toscane qui produit un vin
renommé.

6. lacryma-christi : vin sucré que l'on récolte au pied du Vésuve.

7. du chypre et du samos : vin de Chypre et de Samos, île grecque
de la mer Egée proche de l'Asie Mineure.

8. la partie : la partie de plaisir, le divertissement.

furent obscurcis de quelques larmes. A peine fut-elle
entrée dans la chambre de Candide, qu'elle lui dit : « Eh
quoi ! monsieur Candide ne reconnaît plus Paquette ! »
À ces mots, Candide, qui ne l'avait pas considérée
jusque là avec attention, parce qu'il n'était occupé que
de Cunégonde, lui dit : « Hélas ! ma pauvre enfant, c'est
donc vous qui avez mis le docteur Pangloss dans le bel
état où je l'ai vu ?

— Hélas ! monsieur, c'est moi-même, dit Paquette ;
je vois que vous êtes instruit de tout. J'ai su les malheurs
épouvantables arrivés à toute la maison de madame la
baronne et à la belle Cunégonde. Je vous jure que ma
destinée n'a guère été moins triste. J'étais fort innocente
quand vous m'avez vue. Un cordelier[1], qui était mon
confesseur, me séduisit aisément. Les suites en furent
affreuses ; je fus obligée de sortir du château quelque
temps après que monsieur le baron vous eut renvoyé à
grands coups de pied dans le derrière. Si un fameux
médecin n'avait pas pris pitié de moi, j'étais morte. Je
fus quelque temps par reconnaissance la maîtresse de ce
médecin. Sa femme, qui était jalouse à la rage, me battait
tous les jours impitoyablement ; c'était une furie. Ce
médecin était le plus laid de tous les hommes, et moi la
plus malheureuse de toutes les créatures d'être battue
continuellement pour un homme que je n'aimais pas.
Vous savez, monsieur, combien il est dangereux pour
une femme acariâtre d'être l'épouse d'un médecin.
Celui-ci, outré des procédés de sa femme, lui donna un
jour, pour la guérir d'un petit rhume, une médecine si
efficace qu'elle en mourut en deux heures de temps dans
des convulsions horribles. Les parents[2] de madame
intentèrent à monsieur un procès criminel ; il prit la
fuite, et moi, je fus mise en prison. Mon innocence ne
m'aurait pas sauvée si je n'avais été un peu jolie. Le juge
m'élargit[3], à condition qu'il succéderait au médecin. Je
fus bientôt supplantée par une rivale, chassée sans
récompense, et obligée de continuer ce métier abomi-

1. cordelier : voir p. 88, note 1.
2. les parents : personnes qui avaient un lien de parenté.
3. élargir : ici, mettre un détenu en liberté.

nable qui vous paraît si plaisant à vous autres hommes,
et qui n'est pour nous qu'un abîme de misère. J'allai
exercer la profession à Venise[1]. Ah ! monsieur, si vous
pouviez vous imaginer ce que c'est que d'être obligée de
caresser indifféremment un vieux marchand, un avocat,
un moine, un gondolier, un abbé ; d'être exposée à toutes
les insultes, à toutes les avanies[2], d'être souvent réduite à
emprunter une jupe pour aller se la faire lever par un
homme dégoûtant ; d'être volée par l'un de ce qu'on a
gagné avec l'autre ; d'être rançonnée par les officiers de
justice, et de n'avoir en perspective qu'une vieillesse
affreuse, un hôpital, et un fumier[3], vous concluriez que je
suis une des plus malheureuses créatures du monde. »

Paquette ouvrait ainsi son cœur au bon Candide, dans
un cabinet, en présence de Martin, qui disait à Candide :
« Vous voyez que j'ai déjà gagné la moitié de la
gageure. »

Frère Giroflée était resté dans la salle à manger, et
buvait un coup en attendant le dîner. « Mais, dit Candide
à Paquette, vous aviez l'air si gai, si content, quand je
vous ai rencontrée ; vous chantiez, vous caressiez le
théatin avec une complaisance naturelle ; vous m'avez
paru aussi heureuse que vous prétendez être infortunée.
— Ah ! monsieur, répondit Paquette, c'est encore là une
des misères du métier. J'ai été hier volée et battue par
un officier, et il faut aujourd'hui que je paraisse de
bonne humeur pour plaire à un moine. »

Candide n'en voulut pas davantage ; il avoua que
Martin avait raison. On se mit à table avec Paquette et
le théatin ; le repas fut assez amusant, et sur la fin on se

1. À Venise, les courtisanes étaient très nombreuses et contribuaient
à donner à la ville une réputation de libertinage connue dans l'Europe
tout entière. Au XVIᵉ siècle déjà Montaigne s'étonnait « d'en voir un
tel nombre, comme cent cinquante environ, faisant une dépense en
meubles et vestemens de princesses » *(Journal de voyage en Italie)*.
Montesquieu, quant à lui, écrivait : « Vous remarquerez que les p...
sont très utiles à Venise : car il n'y a qu'elles seules qui puissent faire
dépenser les jeunes gens du pays, et il faut avouer que les marchands
ne reçoivent de l'argent que d'elles » *(Voyage de Gratz à La Haye)*.
2. une avanie : un traitement humiliant.
3. un fumier : l'Église interdisait aux prostituées d'être enterrées en
terre chrétienne et leur corps était donc jeté à la voirie.

parla avec quelque confiance. « Mon père, dit Candide au moine, vous me paraissez jouir d'une destinée que tout le monde doit envier ; la fleur de la santé brille sur votre visage, votre physionomie annonce le bonheur ; vous avez une très jolie fille pour votre récréation[1], et vous paraissez très content de votre état de théatin.

— Ma foi, monsieur, dit frère Giroflée, je voudrais que tous les théatins fussent au fond de la mer. J'ai été tenté cent fois de mettre le feu au couvent, et d'aller me faire turc[2]. Mes parents me forcèrent, à l'âge de quinze ans, d'endosser cette détestable robe pour laisser plus de fortune à un maudit frère aîné[3] que Dieu confonde ! La jalousie, la discorde, la rage, habitent dans le couvent. Il est vrai que j'ai prêché quelques mauvais sermons qui m'ont valu un peu d'argent dont le prieur[4] me vole la moitié : le reste me sert à entretenir des filles ; mais quand je rentre le soir dans le monastère, je suis prêt de[5] me casser la tête contre les murs du dortoir ; et tous mes confrères sont dans le même cas. »

Martin se tournant vers Candide avec son sang-froid ordinaire : « Eh bien ! lui dit-il, n'ai-je pas gagné la gageure tout entière ? » Candide donna deux mille piastres à Paquette et mille piastres à frère Giroflée. « Je vous réponds, dit-il, qu'avec cela ils seront heureux. — Je n'en crois rien du tout, dit Martin ; vous les rendrez peut-être avec ces piastres beaucoup plus malheureux encore. — Il en sera ce qui pourra, dit Candide ; mais une chose me console, je vois qu'on retrouve souvent les gens qu'on ne croyait jamais retrouver : il se pourra bien faire qu'ayant rencontré mon mouton rouge et Paquette, je rencontre aussi Cunégonde. — Je souhaite, dit Martin, qu'elle fasse un jour votre bonheur ; mais c'est de quoi je doute fort. — Vous êtes bien dur, dit Candide. — C'est que j'ai vécu, dit Martin.

— Mais regardez ces gondoliers, dit Candide ; ne

1. récréation : divertissement.
2. turc : c'est-à-dire musulman.
3. Cet usage était courant sous l'Ancien Régime car il permettait d'éviter la dispersion du patrimoine familial.
4. prieur : supérieur du couvent.
5. prêt de : disposé à.

chantent-ils pas sans cesse ? — Vous ne les voyez pas dans leur ménage, avec leurs femmes et leurs marmots d'enfants, dit Martin. Le doge[1] a ses chagrins, les gondoliers ont les leurs. Il est vrai qu'à tout prendre le sort d'un gondolier est préférable à celui d'un doge ; mais je crois la différence si médiocre que cela ne vaut pas la peine d'être examiné.

— On parle, dit Candide, du sénateur Pococuranté, qui demeure dans ce beau palais sur la Brenta[2], et qui reçoit assez bien les étrangers. On prétend que c'est un homme qui n'a jamais eu de chagrin. — Je voudrais voir une espèce si rare », dit Martin. Candide aussitôt fit demander au seigneur Pococuranté la permission de venir le voir le lendemain.

CHAPITRE VINGT-CINQUIÈME.

VISITE CHEZ LE SEIGNEUR POCOCURANTÉ[3], NOBLE VÉNITIEN.

Candide et Martin allèrent en gondole sur la Brenta, et arrivèrent au palais du noble Pococuranté. Les jardins étaient bien entendus[4], et ornés de belles statues de marbre ; le palais, d'une belle architecture. Le maître du logis, homme de soixante ans, fort riche, reçut très poliment les deux curieux, mais avec très peu d'empresse-

1. doge : premier magistrat de l'ancienne république de Venise dont le pouvoir était limité par le Grand Conseil et le Conseil des Dix.

2. Brenta : rivière qui se jette dans l'Adriatique, près de Venise, et le long de laquelle étaient souvent construites les résidences de campagne de la noblesse vénitienne.

3. Pococuranté : jeu de mots fait à partir des termes italiens *poco* [peu] et *curante* [participe présent de *curare* : prendre soin, s'occuper, veiller à]. Forgée par Voltaire qui connaissait un peu l'italien, cette expression signifie donc à la lettre « qui se soucie peu ». L'insouciance de Pococuranté semble impliquer à la fois un détachement à l'égard de la réalité (« il est au-dessus de tout ce qu'il possède ») et une distance par rapport à l'opinion générale (« Je dis ce que je pense, et je me soucie fort peu que les autres pensent comme moi »).

4. bien entendus : ici, disposés avec intelligence, avec art (Littré).

ment, ce qui déconcerta Candide et ne déplut point à Martin.

D'abord deux filles jolies et proprement mises[1] servirent du chocolat[2], qu'elles firent très bien mousser. Candide ne put s'empêcher de les louer sur leur beauté, sur leur bonne grâce et sur leur adresse. « Ce sont d'assez bonnes créatures[3], dit le sénateur Pococuranté ; je les fais quelquefois coucher dans mon lit : car je suis bien las des dames de la ville, de leurs coquetteries, de leurs jalousies, de leurs querelles, de leurs humeurs, de leurs petitesses, de leur orgueil, de leurs sottises, et des sonnets qu'il faut faire ou commander pour elles ; mais, après tout, ces deux filles commencent fort à m'ennuyer. »

Candide, après le déjeuner, se promenant dans une longue galerie, fut surpris de la beauté des tableaux. Il demanda de quel maître étaient les deux premiers. « Ils sont de Raphaël[4], dit le sénateur ; je les achetai fort cher par vanité, il y a quelques années ; on dit que c'est ce qu'il y a de plus beau en Italie, mais ils ne me plaisent point du tout : la couleur en est très rembrunie, les figures ne sont pas assez arrondies[5], et ne sortent[6] point assez ; les draperies ne ressemblent en rien à une étoffe : en un mot, quoi qu'on en dise, je ne trouve point là une imitation vraie de la nature. Je n'aimerai un tableau que quand je croirai voir la nature elle-même : il n'y en a point de cette espèce. J'ai beaucoup de tableaux, mais je ne les regarde plus. »

1. proprement mises : habillées d'une manière bienséante, convenable.

2. chocolat : voir p. 77, note 1.

3. créatures : dans la langue classique, *créature* pouvait être synonyme de *femme*.

4. Raphaël (Raffaello Sanzio) : peintre et architecte italien (1483-1520). Son œuvre picturale constitue une synthèse de la Renaissance classique et l'une des plus hautes expressions de l'humanisme dans l'art. Voltaire, comme bien de ses contemporains, avait une grande admiration pour ce peintre qui était considéré sous l'Ancien Régime comme l'un des plus géniaux de l'histoire de l'art.

5. arrondir : en peinture, faire ressortir les contours et les saillies des figures.

6. sortir : en peinture, avoir du relief.

Pococuranté, en attendant le dîner, se fit donner un concerto[1]. Candide trouva la musique délicieuse. « Ce bruit, dit Pococuranté, peut amuser une demi-heure ; mais s'il dure plus longtemps, il fatigue tout le monde, quoique personne n'ose l'avouer. La musique aujourd'hui n'est plus que l'art d'exécuter des choses difficiles, et ce qui n'est que difficile ne plaît point à la longue[2].

« J'aimerais peut-être mieux l'opéra, si on n'avait pas trouvé le secret d'en faire un monstre qui me révolte. Ira voir qui voudra de mauvaises tragédies en musique, où les scènes ne sont faites que pour amener très mal à propos deux ou trois chansons ridicules qui font valoir le gosier d'une actrice ; se pâmera de plaisir qui voudra ou qui pourra en voyant un châtré fredonner le rôle de César et de Caton[3], et se promener d'un air gauche sur des planches ; pour moi, il y a longtemps que j'ai renoncé à ces pauvretés, qui font aujourd'hui la gloire de l'Italie, et que des souverains payent si chèrement. » Candide disputa un peu, mais avec discrétion. Martin fut entièrement de l'avis du sénateur.

On se mit à table ; et, après un excellent dîner, on entra dans la bibliothèque. Candide, en voyant un Homère magnifiquement relié, loua l'illustrissime sur son bon goût. « Voilà, dit-il, un livre qui faisait les délices du grand Pangloss, le meilleur philosophe de l'Allemagne. — Il ne fait pas les miennes, dit froidement Pococuranté ; on me fit accroire[4] autrefois que j'avais du plaisir en le lisant ; mais cette répétition continuelle de combats qui se ressemblent tous, ces dieux qui agissent toujours pour ne rien faire de décisif, cette Hélène

1. concerto : au XVIIIe siècle, ce terme désigne « plus particulièrement [...] une pièce faite pour quelque instrument particulier qui joue seul de temps en temps avec un simple accompagnement » (J.J. Rousseau, article *Concerto, Encyclopédie*.

2. C'est le reproche souvent adressé à la musique française par Grimm, Rousseau et les partisans de la musique italienne.

3. Caton : Caton surnommé d'Utique. Défenseur de la république, stoïcien farouche et adversaire de César. Il y eut effectivement plusieurs opéras sur César et Caton au XVIIIe siècle en Italie : *Catone in Utica* de Métastase, *Giulio Cesare* de Conti, *Cesare in Egitto* de Giacomelli, etc.

4. accroire : croire ou faire croire une chose fausse.

qui est le sujet de la guerre, et qui à peine est une actrice de la pièce ; cette Troie qu'on assiège, et qu'on ne prend point : tout cela me causait le plus mortel ennui[1]. J'ai demandé quelquefois à des savants s'ils s'ennuyaient autant que moi à cette lecture : tous les gens sincères m'ont avoué que le livre leur tombait des mains, mais qu'il fallait toujours l'avoir dans sa bibliothèque, comme un monument de l'antiquité, et comme ces médailles rouillées qui ne peuvent être de commerce.

— Votre Excellence ne pense pas ainsi de Virgile ? dit Candide. — Je conviens, dit Pococuranté, que le second, le quatrième et le sixième livre de son *Énéide*[2], sont excellents ; mais pour son pieux Énée, et le fort Cloanthe[3], et l'ami Achates, et le petit Ascanius, et l'imbécile roi Latinus, et la bourgeoise Amata, et l'insipide Lavinia, je ne crois pas qu'il y ait rien de si froid et de plus désagréable. J'aime mieux le Tasse[4] et les contes à dormir debout de l'Arioste[5].

— Oserais-je vous demander, monsieur, dit Candide, si vous n'avez pas un grand plaisir à lire Horace ? [6] —

1. Les réflexions de Pococuranté sur Homère, Virgile et l'Arioste reprennent des jugements déjà énoncés par Voltaire dans l'*Essai sur la poésie épique* (1733).

2. *Énéide* : poème épique du poète latin Virgile (70-19 av. J.-C.). Récit des pérégrinations d'Énée (en exil après la chute de Troie) et de son établissement en Italie où il fonde la nation romaine.

3. Cloanthe est un compagnon d'Énée (*fort* et *pieux* sont les adjectifs généralement utilisés par Virgile lorsqu'il désigne ces deux personnages). Achates est le fidèle ami du héros troyen. Ascanius, fils d'Énée, est emmené par son père en Italie et considéré comme l'ancêtre de la famille romaine *Julia*. Latinus est le roi des Aborigènes (premiers habitants du Latium) dont la légende est célébrée dans l'*Énéide*. Selon Virgile, Énée est accueilli en Italie par Latinus qui lui donne en mariage sa fille Lavinia. Cette union symbolisait ainsi l'union entre les éléments italiques et les éléments orientaux dans la formation du peuple latin. Amata est l'épouse du roi Latinus.

4. Le Tasse (Torquato Tasso), 1544-1595 : poète italien de la Renaissance, auteur en particulier de *La Jérusalem délivrée*, poème épique situé à l'époque de la première croisade.

5. L'Arioste (Ludovico Ariosto), 1474-1533 : poète italien dont l'œuvre la plus connue est le *Roland furieux*, long poème héroïque, synthèse du récit chevaleresque et du roman d'aventures, qui fut l'une des œuvres les plus célèbres de la Renaissance.

6. Horace (65-8 av. J.-C.) est avec Virgile le plus grand nom de la poésie latine. Ses *Satires* et ses *Épîtres* contiennent de nombreuses

Il y a des maximes, dit Pococuranté, dont un homme du monde peut faire son profit, et qui, étant resserrées dans des vers énergiques, se gravent plus aisément dans la mémoire ; mais je me soucie fort peu de son voyage à Brindes[1], et de sa description d'un mauvais dîner[2], et de la querelle de crocheteurs[3] entre je ne sais quel Pupilus[4] dont les paroles, dit-il, *étaient pleines de pus*, et un autre dont les paroles *étaient du vinaigre*. Je n'ai lu qu'avec un extrême dégoût ses vers grossiers contre des vieilles et contre des sorcières ; et je ne vois pas quel mérite il peut y avoir à dire à son ami Mecenas[5] que, s'il est mis par lui au rang des poètes lyriques, il frappera les astres de son front sublime. Les sots admirent tout dans un auteur estimé. Je ne lis que pour moi ; je n'aime que ce qui est à mon usage. » Candide, qui avait été élevé à ne jamais juger de rien par lui-même, était fort étonné de ce qu'il entendait ; et Martin trouvait la façon de penser de Pococuranté assez raisonnable.

« Oh ! voici un Cicéron[6], dit Candide ; pour ce grand

réflexions sur les mœurs du temps, sur les problèmes de la vie morale, sur la nature de la poésie. Sur le modèle des œuvres lyriques grecques (de Pindare en particulier), il écrivit des *Odes* dans lesquelles il entremêla avec une grande perfection formelle, des thèmes mythologiques, nationaux et personnels.

1. Brindes : aujourd'hui Brindisi, ville du sud de l'Italie sur la mer Adriatique, très florissante dans l'Antiquité. La voie Appienne aboutissait à Brindes où s'embarquaient les Romains qui voulaient aller en Grèce. C'est pourquoi cette ville a joué un rôle dans l'histoire politique : c'est ici que Mécène, accompagné d'Horace, vint réconcilier Octave et Antoine. Horace raconte dans sa cinquième satire le voyage incommode qu'il fit à cette occasion *(Satires,* I, 5).

2. Voir *Satires* II, 8.

3. un crocheteur : un porteur, un homme qui portait des fardeaux à l'aide d'un crochet.

4. Dans les *Satires* (I, 7), Horace parle d'un personnage appelé Rupilius et non Pupilius.

5. Mécène : ministre d'Auguste, il encouragea les lettres et les arts, ouvrant sa maison à des poètes comme Virgile et Horace. Ce dernier reçut même de son protecteur une villa dans laquelle il passa une grande partie de sa vie.

6. Cicéron (106-43 av. J.-C.) : homme politique, philosophe et orateur latin qui essaya de jouer un rôle politique de premier plan mais mourut assassiné sur l'ordre d'Antoine. Écrivain de premier ordre, il porta l'art oratoire latin à son apogée et élabora une théorie romaine de l'éloquence.

homme-là, je pense que vous ne vous lassez point de le lire ? — Je ne le lis jamais, répondit le Vénitien. Que m'importe qu'il ait plaidé pour Rabirius ou pour Cluentius ? J'ai bien assez des procès que je juge ; je me serais mieux accommodé de ses œuvres philosophiques ; mais quand j'ai vu qu'il doutait de tout [1], j'ai conclu que j'en savais autant que lui, et que je n'avais besoin de personne pour être ignorant.

— Ah ! voilà quatre-vingts volumes de recueils d'une académie des sciences, s'écria Martin ; il se peut qu'il y ait là du bon. — Il y en aurait, dit Pococuranté, si un seul des auteurs de ces fatras avait inventé seulement l'art de faire des épingles ; mais il n'y a dans tous ces livres que de vains systèmes, et pas une seule chose utile.

— Que de pièces de théâtre je vois là, dit Candide, en italien, en espagnol, en français ! — Oui, dit le sénateur, il y en a trois mille, et pas trois douzaines de bonnes. Pour ces recueils de sermons, qui tous ensemble ne valent pas une page de Sénèque [2], et tous ces gros volumes de théologie, vous pensez bien que je ne les ouvre jamais, ni moi, ni personne. »

Martin aperçut des rayons chargés de livres anglais. « Je crois, dit-il, qu'un républicain [3] doit se plaire à la plupart de ces ouvrages écrits si librement. — Oui, répondit Pococuranté ; il est beau d'écrire ce qu'on pense : c'est le privilège de l'homme. Dans toute notre Italie, on n'écrit que ce qu'on ne pense pas ; ceux qui habitent la patrie des Césars et des Antonins [4] n'osent

1. il doutait de tout : allusion tout à fait schématique à un problème philosophique traité par Cicéron dont la doctrine essaya d'accorder le doute avec la recherche du vrai. Contrairement à d'autres philosophes de l'Antiquité, Cicéron pensait qu'il y avait une vérité dans le monde des idées, mais qu'elle était toutefois perçue sans critère sous forme d'opinion et non de certitude (voir à ce sujet les *Académiques*).

2. Sénèque (4 av. J.-C.-65 ap. J.-C.) : homme politique, écrivain et philosophe romain connu pour ses positions stoïciennes. Sa philosophie est exclusivement morale ; il apparaît dans ses traités comme un directeur de conscience qui appelle à la maîtrise de soi.

3. un républicain : Venise était une république.

4. Antonins : nom donné aux empereurs romains qui succédèrent aux Flaviens de 96 à 192.

avoir une idée sans la permission d'un jacobin[1]. Je serais content de la liberté qui inspire les génies anglais si la passion et l'esprit de parti ne corrompaient pas tout ce que cette précieuse liberté a d'estimable. »

Candide, apercevant un Milton[2], lui demanda s'il ne regardait pas cet auteur comme un grand homme. « Qui ? dit Pococuranté, ce barbare qui fait un long commentaire du premier chapitre de la *Genèse* en dix livres de vers durs ? ce grossier imitateur des Grecs, qui défigure la création, et qui, tandis que Moïse représente l'Être éternel produisant le monde par la parole, fait prendre un grand compas par le Messiah dans une armoire du ciel pour tracer son ouvrage ? Moi, j'estimerais celui qui a gâté l'enfer et le diable du Tasse ; qui déguise Lucifer tantôt en crapaud, tantôt en pygmée ; qui lui fait rebattre cent fois les mêmes discours ; qui le fait disputer sur la théologie ; qui, en imitant sérieusement l'invention comique des armes à feu de l'Arioste, fait tirer le canon dans le ciel par les diables ? Ni moi, ni personne en Italie n'a pu se plaire à toutes ces tristes extravagances. Le mariage du péché et de la mort, et les couleuvres dont le péché accouche, font vomir tout homme qui a le goût un peu délicat ; et sa longue description d'un hôpital n'est bonne que pour un fossoyeur. Ce poème obscur, bizarre et dégoûtant, fut méprisé à sa naissance ; je le traite aujourd'hui comme il fut traité dans sa patrie par les contemporains. Au reste, je dis ce que je pense, et je me soucie fort peu que les autres pensent comme moi. » Candide était affligé de ces discours ; il respectait Homère, il aimait un peu Milton. « Hélas ! dit-il tout bas à Martin, j'ai bien peur que cet homme-ci n'ait un souverain mépris pour nos poètes allemands. — Il n'y aurait pas grand mal à cela, dit Martin. — Oh ! quel homme supérieur ! disait encore Candide entre ses dents, quel grand génie que ce Pococuranté ! rien ne peut lui plaire. »

1. un jacobin : religieux de l'ordre des dominicains qui jouèrent un rôle important dans l'Inquisition (le premier couvent de cet ordre en France fut fondé rue Saint-Jacques).
2. Milton (1608-1674) : poète anglais, auteur en 1667 du *Paradis perdu*, épopée biblique critiquée par Voltaire.

Après avoir fait ainsi la revue de tous les livres, ils descendirent dans le jardin. Candide en loua toutes les beautés. « Je ne sais rien de si mauvais goût, dit le maître : nous n'avons ici que des colifichets, mais je vais dès demain en faire planter un d'un dessin plus noble. »

Quand les deux curieux eurent pris congé de Son Excellence : « Or ça, dit Candide à Martin, vous conviendrez que voilà le plus heureux de tous les hommes, car il est au-dessus de tout ce qu'il possède. — Ne voyez-vous pas, dit Martin, qu'il est dégoûté de tout ce qu'il possède ? Platon[1] a dit, il y a longtemps, que les meilleurs estomacs ne sont pas ceux qui rebutent[2] tous les aliments. — Mais, dit Candide, n'y a-t-il pas du plaisir à tout critiquer, à sentir des défauts où les autres hommes croient voir des beautés ? — C'est-à-dire, reprit Martin, qu'il y a du plaisir à n'avoir pas de plaisir ? — Oh bien ! dit Candide, il n'y a donc d'heureux que moi, quand je reverrai mademoiselle Cunégonde. — C'est toujours bien fait d'espérer », dit Martin.

Cependant les jours, les semaines s'écoulaient ; Cacambo ne revenait point, et Candide était si abîmé dans sa douleur qu'il ne fit pas même réflexion que Paquette et frère Giroflée n'étaient pas venus seulement le remercier.

CHAPITRE VINGT-SIXIÈME.

D'UN SOUPER QUE CANDIDE ET MARTIN FIRENT AVEC SIX ÉTRANGERS, ET QUI ILS ÉTAIENT.

Un soir que Candide, suivi de Martin, allait se mettre à table avec les étrangers qui logeaient dans la même hôtellerie, un homme à visage couleur de suie l'aborda par derrière, et, le prenant par le bras, lui dit : « Soyez prêt à partir avec nous, n'y manquez pas. » Il se

1. Voir *République*, 475 c.
2. rebuter : rejeter, refuser.

retourne, et voit Cacambo. Il n'y avait que la vue de Cunégonde qui pût l'étonner et lui plaire davantage. Il fut sur le point de devenir fou de joie. Il embrasse son cher ami. « Cunégonde est ici, sans doute ? Où est-elle ? Mène-moi vers elle, que je meure de joie avec elle. — Cunégonde n'est point ici, dit Cacambo, elle est à Constantinople. — Ah ciel ! à Constantinople ! mais fût-elle à la Chine [1], j'y vole, partons. — Nous partirons après souper, reprit Cacambo ; je ne peux vous en dire davantage ; je suis esclave, mon maître m'attend ; il faut que j'aille le servir à table : ne dites mot ; soupez, et tenez-vous prêt. »

Candide, partagé entre la joie et la douleur, charmé d'avoir revu son agent fidèle, étonné de le voir esclave, plein de l'idée de retrouver sa maîtresse, le cœur agité, l'esprit bouleversé, se mit à table avec Martin, qui voyait de sang-froid toutes ces aventures, et avec six étrangers qui étaient venus passer le carnaval à Venise.

Cacambo, qui versait à boire à l'un de ces étrangers, s'approcha de l'oreille de son maître, sur la fin du repas, et lui dit : « Sire, Votre Majesté partira quand elle voudra, le vaisseau est prêt. » Ayant dit ces mots, il sortit. Les convives, étonnés, se regardaient sans proférer une seule parole, lorsqu'un autre domestique, s'approchant de son maître, lui dit : « Sire, la chaise de Votre Majesté est à Padoue [2], et la barque est prête. » Le maître fit un signe, et le domestique partit. Tous les convives se regardèrent encore, et la surprise commune redoubla. Un troisième valet, s'approchant aussi d'un troisième étranger, lui dit : « Sire, croyez-moi, Votre Majesté ne doit pas rester ici plus longtemps : je vais tout préparer » ; et aussitôt il disparut.

Candide et Martin ne doutèrent pas alors que ce ne

1. à la Chine : usage courant de la préposition *à* sous l'Ancien Régime (voir p. 101, note 3. Toutefois au XVIII[e] siècle, on commence également à utiliser *en* devant le nom de ce pays. Le *Dictionnaire de Trévoux* note précisément à ce sujet que « les missionnaires et les Français qui sont *à la Chine* disent aller *en Chine*, demeurer *en Chine* ».

2. Padoue : ville proche de Venise.

fût une mascarade[1] du carnaval. Un quatrième domestique dit au quatrième maître : « Votre Majesté partira quand elle voudra », et sortit comme les autres. Le cinquième valet en dit autant au cinquième maître. Mais le sixième valet parla différemment au sixième étranger, qui était auprès de Candide ; il lui dit : « Ma foi, sire, on ne veut plus faire crédit à Votre Majesté ni à moi non plus, et nous pourrions bien être coffrés cette nuit, vous et moi ; je vais pourvoir à mes affaires, adieu. »

Tous les domestiques ayant disparu, les six étrangers, Candide, et Martin, demeurèrent dans un profond silence. Enfin Candide le rompit : « Messieurs, dit-il, voilà une singulière plaisanterie. Pourquoi êtes-vous tous rois ? Pour moi, je vous avoue que ni moi ni Martin nous ne le sommes. »

Le maître de Cacambo prit alors gravement la parole, et dit en italien : « Je ne suis point plaisant, je m'appelle Achmet III[2] ; j'ai été grand sultan plusieurs années ; je détrônai mon frère ; mon neveu m'a détrôné ; on a coupé le cou à mes vizirs ; j'achève ma vie dans le vieux sérail ; mon neveu le grand sultan Mahmoud me permet de voyager quelquefois pour ma santé ; et je suis venu passer le carnaval à Venise. »

Un jeune homme qui était auprès d'Achmet parla après lui, et dit : « Je m'appelle Ivan[3] ; j'ai été empereur de toutes les Russies ; j'ai été détrôné au berceau ; mon père et ma mère ont été enfermés ; on m'a élevé en prison ; j'ai quelquefois la permission de voyager, accompagné de ceux qui me gardent ; et je suis venu passer le carnaval à Venise. »

Le troisième dit : « Je suis Charles-Édouard[4], roi d'Angleterre ; mon père m'a cédé ses droits au

1. mascarade : groupe de personnes déguisées et masquées.
2. Achmet III : sultan de Turquie de 1703 à 1730, détrôné par les janissaires. Il mourut en 1736.
3. Ivan : Ivan VI, empereur russe, né en 1740, détrôné en 1741. Il sera assassiné en 1764 sur l'ordre de Catherine II.
4. Charles-Édouard (1720-1788) : fils de Jacques III Stuart et petit-fils de Jacques II, il essaya sans succès de reprendre le trône d'Angleterre en 1745. Son père, Jacques III, qui fut également détrôné, mourut à Rome en 1766.

royaume ; j'ai combattu pour les soutenir ; on a arraché le cœur à huit cents de mes partisans, et on leur en a battu les joues ; j'ai été mis en prison ; je vais à Rome faire une visite au roi mon père, détrôné ainsi que moi et mon grand-père ; et je suis venu passer le carnaval à Venise. »

Le quatrième prit alors la parole et dit : « Je suis roi des Polaques [1] ; le sort de la guerre m'a privé de mes États héréditaires ; mon père [2] a éprouvé les mêmes revers ; je me résigne à la Providence comme le sultan Achmet, l'empereur Ivan, et le roi Charles-Édouard, à qui Dieu donne une longue vie ; et je suis venu passer le carnaval à Venise. »

Le cinquième dit : « Je suis aussi roi des Polaques [3] ; j'ai perdu mon royaume deux fois ; mais la Providence m'a donné un autre État dans lequel j'ai fait plus de bien que tous les rois des Sarmates [4] ensemble n'en ont jamais pu faire sur les bords de la Vistule [5]. Je me résigne aussi à la Providence ; et je suis venu passer le carnaval à Venise. »

Il restait au sixième monarque à parler. « Messieurs, dit-il, je ne suis pas si grand seigneur que vous ; mais enfin j'ai été roi tout comme un autre ; je suis Théodore [6] ; on m'a élu roi en Corse ; on m'a appelé *Votre Majesté*, et à présent à peine m'appelle-t-on *Monsieur* ; j'ai fait frapper de la monnaie, et je ne possède pas un

1. Auguste III (1696-1763) : électeur de Saxe, il fut élu roi de Pologne en 1733 et privé de ses États héréditaires en 1756 par Frédéric II.

2. Frédéric-Auguste de Saxe (1670-1733) : roi de Pologne sous le nom d'Auguste II, il fut détrôné en 1703 par Charles XII de Suède et reprit la couronne en 1709.

3. Stanislas Leczinski : sa fille épousa Louis XV en 1726. Ce souverain perdit son trône en 1709 mais obtint par la paix de Vienne en 1738 le duché de Lorraine. Il reçut Voltaire en 1749 à sa cour de Lunéville.

4. Les Sarmates : peuple nomade venu d'Asie centrale qui envahit au IIIe siècle une région qui correspond approximativement à la Pologne actuelle.

5. La Vistule : fleuve polonais.

6. baron Théodore (1694-1756) : aventurier proclamé roi de Corse en 1736 après avoir aidé les Corses révoltés contre Gênes. Destitué, il s'enfuit en Angleterre où il fut emprisonné pour dettes.

denier ; j'ai eu deux secrétaires d'État, et j'ai à peine un valet ; je me suis vu sur un trône, et j'ai longtemps été à Londres en prison sur la paille ; j'ai bien peur d'être traité de même ici, quoique je sois venu, comme Vos Majestés, passer le carnaval à Venise. »

Les cinq autres rois écoutèrent ce discours avec une noble compassion. Chacun d'eux donna vingt sequins au roi Théodore pour avoir des habits et des chemises ; Candide lui fit présent d'un diamant de deux mille sequins[1]. « Quel est donc, disaient les cinq rois, ce simple particulier qui est en état de donner cent fois autant que chacun de nous, et qui le donne ? »

Dans l'instant qu'on sortait de table, il arriva dans la même hôtellerie quatre altesses sérénissimes qui avaient aussi perdu leurs États par le sort de la guerre, et qui venaient passer le reste du carnaval à Venise. Mais Candide ne prit pas seulement garde à ces nouveaux venus. Il n'était occupé que d'aller trouver sa chère Cunégonde à Constantinople.

CHAPITRE VINGT-SEPTIÈME.

VOYAGE DE CANDIDE A CONSTANTINOPLE.

Le fidèle Cacambo avait déjà obtenu du patron[2] turc qui allait reconduire le sultan Achmet à Constantinople qu'il recevrait Candide et Martin sur[3] son bord. L'un et l'autre s'y rendirent après s'être prosternés devant Sa misérable Hautesse. Candide, chemin faisant, disait à Martin : « Voilà pourtant six rois détrônés avec qui nous avons soupé ! et encore dans ces six rois il y en a un à qui j'ai fait l'aumône. Peut-être y a-t-il beaucoup d'autres princes plus infortunés. Pour moi, je n'ai perdu que cent moutons, et je vole dans les bras de Cunégonde.

1. un sequin : ancienne monnaie d'or de Venise.
2. patron : voir chap. XIX, note 14.
3. *sur* son bord : le français classique admettait deux constructions : *à* son bord, *sur* son bord.

Mon cher Martin, encore une fois, Pangloss avait raison, tout est bien. — Je le souhaite, dit Martin. — Mais, dit Candide, voilà une aventure bien peu vraisemblable que nous avons eue à Venise. On n'avait jamais vu ni ouï conter que six rois détrônés soupassent ensemble au cabaret. — Cela n'est pas plus extraordinaire, dit Martin, que la plupart des choses qui nous sont arrivées. Il est très commun que des rois soient détrônés ; et à l'égard de l'honneur que nous avons eu de souper avec eux, c'est une bagatelle qui ne mérite pas notre attention.

A peine Candide fut-il dans le vaisseau qu'il sauta au cou de son ancien valet, de son ami Cacambo. « Eh bien ! lui dit-il, que fait Cunégonde ? Est-elle toujours un prodige de beauté ? M'aime-t-elle toujours ? Comment se porte-t-elle ? Tu lui as sans doute acheté un palais à Constantinople ?

— Mon cher maître, répondit Cacambo, Cunégonde lave les écuelles sur le bord de la Propontide [1], chez un prince qui a très peu d'écuelles ; elle est esclave dans la maison d'un ancien souverain, nommé Ragotski [2], à qui le Grand Turc donne trois écus par jour dans son asile ; mais, ce qui est bien plus triste, c'est qu'elle a perdu sa beauté, et qu'elle est devenue horriblement laide. — Ah ! belle ou laide, dit Candide, je suis honnête homme, et mon devoir est de l'aimer toujours. Mais comment peut-elle être réduite à un état si abject avec les cinq ou six millions que tu avais apportés ? — Bon, dit Cacambo, ne m'en a-t-il pas fallu donner deux millions au señor don Fernando d'Ibaraa, y Figueora, y Mascarenes, y Lampourdos, y Souza, gouverneur de Buenos-Ayres, pour avoir la permission de reprendre mademoiselle Cunégonde ? Et un pirate ne nous a-t-il pas bravement dépouillés de tout le reste ? Ce pirate ne nous a-t-il pas menés au cap de Matapan, à Milo, à Nicarie, à

1. la Propontide : ancien nom de la mer de Marmara qui fait communiquer la mer Noire avec la mer Méditerranée. Elle avait été ainsi nommée à cause de sa position en avant du Pont-Euxin, nom donné dans l'Antiquité à l'actuelle mer Noire.

2. François Ragotski ou Rakoczy (1676-1735) : prince hongrois qui souleva son peuple contre l'empereur d'Autriche. Après sa défaite, il se retira sur les bords de la mer de Marmara.

Sanos, à Petra, aux Dardanelles, à Marmora[1], à Scutari[2] ? Cunégonde et la vieille servent chez ce prince dont je vous ai parlé, et moi, je suis esclave du sultan détrôné. — Que d'épouvantables calamités enchaînées les unes aux autres ! dit Candide. Mais, après tout, j'ai encore quelques diamants ; je délivrerai aisément Cunégonde. C'est bien dommage qu'elle soit devenue si laide. »

Ensuite, se tournant vers Martin : « Que pensez-vous dit-il, qui soit le plus à plaindre, de l'empereur Achmet, de l'empereur Ivan, du roi Charles-Édouard, ou de moi ? — Je n'en sais rien, dit Martin ; il faudrait que je fusse dans vos cœurs pour le savoir. — Ah ! dit Candide, si Pangloss était ici, il le saurait, et nous l'apprendrait. — Je ne sais, dit Martin, avec quelles balances votre Pangloss aurait pu peser les infortunes des hommes, et apprécier leurs douleurs. Tout ce que je présume c'est qu'il y a des millions d'hommes sur la terre cent fois plus à plaindre que le roi Charles-Édouard, l'empereur Ivan, et le sultan Achmet. — Cela pourrait bien être, dit Candide. »

On arriva en peu de jours sur le canal de la mer Noire. Candide commença par racheter Cacambo fort cher ; et, sans perdre de temps, il se jeta dans une galère, avec ses compagnons, pour aller sur le rivage de la Propontide chercher Cunégonde, quelque laide qu'elle pût être.

Il y avait dans la chiourme[3] deux forçats qui ramaient fort mal, et à qui le levanti[4] patron appliquait de temps en temps quelques coups de nerf de bœuf sur leurs épaules nues ; Candide, par un mouvement naturel, les regarda plus attentivement que les autres galériens, et s'approcha d'eux avec pitié. Quelques traits de leurs visages défigurés lui parurent avoir un peu de ressemblance avec Pangloss et avec ce malheureux jésuite, ce baron, ce frère de mademoiselle Cunégonde. Cette idée

1. Lieux situés dans la partie orientale de la Méditerranée.
2. Scutari ou Üsküdar : faubourg asiatique d'Istanbul, sur la rive est du Bosphore.
3. la chiourme : dans une galère, l'ensemble des rameurs.
4. Levanti : Levantin, originaire des pays de la Méditerranée orientale.

l'émut et l'attrista. Il les considéra encore plus attentivement. « En vérité, dit-il à Cacambo, si je n'avais pas vu pendre maître Pangloss, et si je n'avais pas eu le malheur de tuer le baron, je croirais que ce sont eux qui rament dans cette galère. »

Au nom du baron et de Pangloss les deux forçats poussèrent un grand cri, s'arrêtèrent sur leur banc, et laissèrent tomber leurs rames. Le levanti patron accourait sur eux, et les coups de nerf de bœuf redoublaient. « Arrêtez ! arrêtez ! seigneur, s'écria Candide ; je vous donnerai tant d'argent que vous voudrez. — Quoi ! c'est Candide ! disait l'un des forçats. — Quoi ! c'est Candide ! disait l'autre. — Est-ce un songe ? dit Candide ; veillé-je ? suis-je dans cette galère ? Est-ce là monsieur le baron, que j'ai tué ? Est-ce là maître Pangloss, que j'ai vu pendre ? — C'est nous-mêmes, c'est nous-mêmes, répondaient-ils. — Quoi ! c'est là ce grand philosophe ? disait Martin. — Eh ! monsieur le levanti patron, dit Candide, combien voulez-vous d'argent pour la rançon de monsieur de Thunder-ten-tronck, un des premiers barons de l'empire, et de monsieur Pangloss, le plus profond métaphysicien d'Allemagne ? — Chien de chrétien, répondit le levanti patron, puisque ces deux chiens de forçats chrétiens sont des barons et des métaphysiciens, ce qui est sans doute une grande dignité dans leur pays, tu m'en donneras cinquante mille sequins. — Vous les aurez, monsieur ; remenez-moi comme un éclair à Constantinople, et vous serez payé sur-le-champ. Mais non, menez-moi chez mademoiselle Cunégonde. » Le levanti patron, sur la première offre de Candide, avait déjà tourné la proue vers la ville, et il faisait ramer plus vite qu'un oiseau ne fend les airs.

Candide embrassa cent fois le baron et Pangloss. « Et comment ne vous ai-je pas tué, mon cher baron ? et mon cher Pangloss, comment êtes-vous en vie après avoir été pendu ? et pourquoi êtes-vous tous deux aux galères en Turquie ? — Est-il bien vrai que ma chère sœur soit dans ce pays ? disait le baron. — Oui, répondait Cacambo. — Je revois donc mon cher Candide », s'écriait Pangloss. Candide leur présentait Martin et Cacambo. Ils

s'embrassaient tous ; ils parlaient tous à la fois. La galère volait, ils étaient déjà dans le port. On fit venir un juif, à qui Candide vendit pour cinquante mille sequins un diamant de la valeur de cent mille, et qui lui jura par Abraham qu'il n'en pouvait donner davantage. Il paya incontinent la rançon du baron et de Pangloss. Celui-ci se jeta aux pieds de son libérateur, et les baigna de larmes ; l'autre le remercia par un signe de tête, et lui promit de lui rendre cet argent à la première occasion. « Mais est-il bien possible que ma sœur soit en Turquie ? disait-il. — Rien n'est si possible, reprit Cacambo, puisqu'elle écure [1] la vaisselle chez un prince de Transylvanie. » On fit aussitôt venir deux juifs : Candide vendit encore des diamants ; et ils repartirent tous dans une autre galère pour aller délivrer Cunégonde.

CHAPITRE VINGT-HUITIÈME.

CE QUI ARRIVA A CANDIDE, A CUNÉGONDE, A PANGLOSS, A MARTIN, ETC.

« Pardon, encore une fois, dit Candide au baron ; pardon, mon révérend père, de vous avoir donné un grand coup d'épée au travers du corps. — N'en parlons plus, dit le baron ; je fus un peu trop vif, je l'avoue ; mais puisque vous voulez savoir par quel hasard vous m'avez vu aux galères, je vous dirai qu'après avoir été guéri de ma blessure par le frère apothicaire du collège, je fus attaqué et enlevé par un parti [2] espagnol ; on me mit en prison à Buenos-Ayres dans le temps que ma sœur venait d'en partir. Je demandai à retourner à Rome auprès du père général. Je fus nommé pour aller servir d'aumônier à Constantinople auprès de monsieur l'ambassadeur de France. Il n'y avait pas huit jours que j'étais entré en fonction, quand je trouvai sur le soir un

1. écurer : nettoyer.
2. un parti : troupe de gens de guerre qu'on détachait pour battre la campagne (Littré).

jeune icoglan[1] très bien fait. Il faisait fort chaud : le jeune homme voulut se baigner[2], je pris cette occasion de me baigner aussi. Je ne savais pas que ce fût un crime capital pour un chrétien d'être trouvé tout nu avec un jeune musulman. Un cadi[3] me fit donner cent coups de bâton sous la plante des pieds, et me condamna aux galères. Je ne crois pas qu'on ait fait une plus horrible injustice. Mais je voudrais bien savoir pourquoi ma sœur est dans la cuisine d'un souverain de Transylvanie réfugié chez les Turcs.

— Mais vous, mon cher Pangloss, dit Candide, comment se peut-il que je vous revoie ? — Il est vrai, dit Pangloss, que vous m'avez vu pendre ; je devais naturellement être brûlé : mais vous vous souvenez qu'il plut à verse lorsqu'on allait me cuire : l'orage fut si violent qu'on désespéra d'allumer le feu ; je fus pendu, parce qu'on ne put mieux faire : un chirurgien acheta mon corps, m'emporta chez lui, et me disséqua. Il me fit d'abord une incision cruciale[4] depuis le nombril jusqu'à la clavicule. On ne pouvait pas avoir été plus mal pendu que je l'avais été. L'exécuteur des hautes œuvres[5] de la sainte Inquisition, lequel était sous-diacre, brûlait à la vérité les gens à merveille, mais il n'était pas accoutumé à pendre : la corde était mouillée et glissa mal, elle fut nouée ; enfin je respirais encore : l'incision cruciale me fit jeter un si grand cri que mon chirurgien tomba à la renverse ; et, croyant qu'il disséquait le diable, il s'enfuit en mourant de peur, et tomba encore sur l'escalier en fuyant. Sa femme accourut au bruit, d'un cabinet voisin : elle me vit sur la table étendu avec mon incision cruciale ; elle eut encore plus de peur que son mari, s'enfuit, et tomba sur lui. Quand ils furent un peu revenus à eux, j'entendis la chirurgienne qui disait au

1. un icoglan : un officier du palais du sultan, dans l'Empire ottoman.

2. se baigner : aller au bain turc, sorte d'étuve.

3. un cadi : un magistrat musulman qui a à la fois des fonctions civiles, judiciaires et religieuses.

4. cruciale : en forme de croix.

5. l'exécuteur des hautes œuvres : expression utilisée sous l'Ancien Régime pour désigner le bourreau.

chirurgien : « Mon bon, de quoi vous avisez-vous de dis-
séquer un hérétique ? Ne savez-vous pas que le diable
est toujours dans le corps de ces gens-là ? Je vais vite
chercher un prêtre pour l'exorciser. » Je frémis à ce
propos, et je ramassai le peu de forces qui me restaient
pour crier : « Ayez pitié de moi ! » Enfin le barbier[1] por-
tugais s'enhardit : il recousit ma peau ; sa femme même
eut soin de moi ; je fus sur pied au bout de quinze jours.
Le barbier me trouva une condition, et me fit laquais
d'un chevalier de Malte qui allait à Venise ; mais mon
maître n'ayant pas de quoi me payer, je me mis au ser-
vice d'un marchand vénitien, et je le suivis à Constan-
tinople.

« Un jour il me prit fantaisie d'entrer dans une mos-
quée ; il n'y avait qu'un vieux iman[2] et une jeune dévote
très jolie qui disait ses patenôtres[3] ; sa gorge était toute
découverte : elle avait entre ses deux tétons un beau bou-
quet de tulipes, de roses, d'anémones, de renoncules,
d'hyacinthes, et d'oreilles d'ours[4] ; elle laissa tomber
son bouquet ; je le ramassai, et je le lui remis avec un
empressement très respectueux. Je fus si longtemps à le
lui remettre que l'iman se mit en colère, et, voyant que
j'étais chrétien, il cria à l'aide[5]. On me mena chez le
cadi, qui me fit donner cent coups de latte sur la plante
des pieds, et m'envoya aux galères. Je fus enchaîné pré-
cisément dans la même galère et au même banc que
monsieur le baron. Il y avait dans cette galère quatre
jeunes gens de Marseille, cinq prêtres napolitains, et
deux moines de Corfou, qui nous dirent que de pareilles
aventures arrivaient tous les jours. Monsieur le baron
prétendait qu'il avait essuyé une plus grande injustice
que moi ; je prétendais, moi, qu'il était beaucoup plus
permis de remettre un bouquet sur la gorge d'une femme

1. le barbier : autrefois, les barbiers pratiquaient aussi certains petits
actes de chirurgie.

2. iman : voir p. 83, note 5.

3. un patrenôtre ou patenôtre : une prière, terme provenant du latin
pater noster.

4. une oreille d'ours : sorte de primevère.

5. Les chrétiens, en effet, ne devaient pas pénétrer dans les
mosquées.

que d'être tout nu avec un icoglan. Nous disputions sans cesse, et nous recevions vingt coups de nerf de bœuf par jour, lorsque l'enchaînement des événements de cet univers vous a conduit dans notre galère, et que vous nous avez rachetés.

— Eh bien ! mon cher Pangloss, lui dit Candide, quand vous avez été pendu, disséqué, roué de coups, et que vous avez ramé aux galères, avez-vous toujours pensé que tout allait le mieux du monde ? — Je suis toujours de mon premier sentiment, répondit Pangloss ; car enfin je suis philosophe : il ne me convient pas de me dédire, Leibnitz ne pouvant pas avoir tort, et l'harmonie préétablie [1] étant d'ailleurs la plus belle chose du monde, aussi bien que le plein et la matière subtile [2].

CHAPITRE VINGT-NEUVIÈME.

COMMENT CANDIDE RETROUVA CUNÉGONDE ET LA VIEILLE.

Pendant que Candide, le baron, Pangloss, Martin, et Cacambo, contaient leurs aventures, qu'ils raisonnaient sur les événements contingents ou non contingents [3] de

1. l'harmonie préétablie : doctrine selon laquelle à partir d'une action divine originelle, il y a accord des substances entre elles : « artifice divin prévenant, lequel dès le commencement a formé chacune [des] substances d'une manière si parfaite, et réglée avec tant d'exactitude, qu'en ne suivant que ses propres lois, qu'elle a reçues avec son être, elle s'accorde pourtant avec l'autre ; tout comme s'il y avait une influence mutuelle, ou comme si Dieu y mettait toujours la main au-delà de son concours général », *Système nouveau de la nature et de la communication des substances*, in *La Monadologie*, éd. Delagrave, p. 202.
2. le plein et la matière subtile : termes qui appartiennent à la philosophie de Descartes. Dans les *Éléments de la philosophie de Newton* (1737). Voltaire avait déjà raillé certaines conceptions de la métaphysique cartésienne.
3. Les événements contingents ou non contingents : accidentels ou nécessaires, c'est-à-dire pouvant survenir ou devant nécessairement se produire. Ces termes renvoient à la philosophie de Leibniz pour lequel il existe des vérités nécessaires et des vérités contingentes : « Nécessaires sont les vérités arithmétiques, géométriques, logiques ; elles ont leur fondement dans l'intellect divin et sont indépendantes de la

cet univers, qu'ils disputaient sur les effets et les causes, sur le mal moral et sur le mal physique[1], sur la liberté et la nécessité, sur les consolations que l'on peut éprouver lorsqu'on est aux galères en Turquie, ils abordèrent sur le rivage de la Propontide, à la maison du prince de Transylvanie. Les premiers objets[2] qui se présentèrent furent Cunégonde et la vieille, qui étendaient des serviettes sur des ficelles pour les faire sécher.

Le baron pâlit à cette vue. Le tendre amant[3] Candide, en voyant sa belle Cunégonde rembrunie[4], les yeux éraillés, la gorge[5] sèche, les joues ridées, les bras rouges et écaillés, recula trois pas, saisi d'horreur, et avança ensuite par bon procédé[6]. Elle embrassa Candide et son frère ; on embrassa la vieille : Candide les racheta toutes deux.

Il y avait une petite métairie[7] dans le voisinage ; la vieille proposa à Candide de s'en accommoder, en attendant que toute la troupe eût une meilleure destinée. Cunégonde ne savait pas qu'elle était enlaidie, personne ne l'en avait avertie : elle fit souvenir Candide de ses promesses avec un ton si absolu que le bon Candide n'osa pas la refuser. Il signifia donc au baron qu'il allait se marier avec sa sœur. « Je ne souffrirai jamais, dit le baron, une telle bassesse de sa part, et une telle insolence de la vôtre ; cette infamie ne me sera jamais reprochée : les enfants de ma sœur ne pourraient entrer dans les chapitres[8] d'Allemagne. Non, jamais ma sœur n'épousera

volonté de Dieu : telle est la nécessité des trois dimensions [...]. Mais les vérités contingentes naissent de la volonté de Dieu, non pure et simple, mais par la considération du meilleur, ou du plus convenable et sous la direction de l'entendement » *(à Bourguet).*

1. le mal moral et le mal physique : voir p. 86, note 2.
2. un objet : ici, ce qui est placé devant les yeux.
3. amant : au sens classique, personne qui aime.
4. rembrunie : ce détail était considéré comme un défaut à une époque où c'était la blancheur du teint qui constituait un critère de beauté.
5. la gorge : voir p. 76, note 1.
6. par bon procédé : par politesse.
7. une métairie : ici, une petite propriété agricole.
8. les chapitres : assemblées de dignitaires appartenant aux ordres royaux, militaires et religieux.

qu'un baron de l'Empire. » Cunégonde se jeta à ses
pieds, et les baigna de larmes ; il fut inflexible. « Maître
fou, lui dit Candide, je t'ai réchappé[1] des galères, j'ai
payé ta rançon, j'ai payé celle de ta sœur ; elle lavait ici
des écuelles, elle est laide, j'ai la bonté d'en faire ma
femme ; et tu prétends encore t'y opposer ! Je te retue-
rais si j'en croyais ma colère. — Tu peux me tuer
encore, dit le baron, mais tu n'épouseras pas ma sœur
de mon vivant. »

CHAPITRE TRENTIÈME.

CONCLUSION.

Candide, dans le fond de son cœur, n'avait aucune
envie d'épouser Cunégonde ; mais l'impertinence
extrême du baron le déterminait à conclure le mariage,
et Cunégonde le pressait si vivement qu'il ne pouvait
s'en dédire. Il consulta Pangloss, Martin, et le fidèle
Cacambo. Pangloss fit un beau mémoire[2] par lequel il
prouvait que le baron n'avait nul droit sur sa sœur, et
qu'elle pouvait, selon toutes les lois de l'Empire,
épouser Candide de la main gauche[3]. Martin conclut à[4]
jeter le baron dans la mer ; Cacambo décida qu'il fallait
le rendre au levanti patron, et le remettre aux galères,
après quoi on l'enverrait à Rome au père général par le
premier vaisseau. L'avis fut trouvé fort bon ; la vieille
l'approuva ; on n'en dit rien à sa sœur ; la chose fut
exécutée pour quelque argent, et on eut le plaisir

1. à l'époque classique, *réchapper* pouvait être employé transitive-
ment et signifiait tirer quelqu'un d'un danger.
2. un mémoire : une relation écrite.
3. Usage allemand appliqué en cas de mésalliance : le prince qui,
lors de la cérémonie de mariage, donnait à son épouse la main gauche
ne lui transmettait ni ses titres ni ses biens.
4. conclut à : au XVIII[e] siècle, *conclure* suivi d'un verbe à l'infinitif
pouvait être utilisé avec la préposition *à*.

d'attraper [1] un jésuite, et de punir l'orgueil d'un baron allemand.

Il était tout naturel d'imaginer qu'après tant de désastres Candide, marié avec sa maîtresse [2] et vivant avec le philosophe Pangloss, le philosophe Martin, le prudent Cacambo, et la vieille, ayant d'ailleurs rapporté tant de diamants de la patrie des anciens Incas, mènerait la vie du monde la plus agréable ; mais il fut tant friponné [3] par les juifs qu'il ne lui resta plus rien que sa petite métairie ; sa femme, devenant tous les jours plus laide, devint acariâtre et insupportable ; la vieille était infirme, et fut encore de plus mauvaise humeur que Cunégonde. Cacambo, qui travaillait au jardin, et qui allait vendre des légumes à Constantinople, était excédé de travail, et maudissait sa destinée. Pangloss était au désespoir de ne pas briller dans quelque université d'Allemagne. Pour Martin, il était fermement persuadé qu'on est également mal partout ; il prenait les choses en patience. Candide, Martin, et Pangloss, disputaient quelquefois de métaphysique et de morale. On voyait souvent passer sous les fenêtres de la métairie des bateaux chargés d'effendis [4], de bachas [5], de cadis, qu'on envoyait en exil à Lemnos, à Mytilène [6], à Erzeroum [7] ; on voyait venir d'autres cadis, d'autres bachas, d'autres effendis, qui prenaient la place des expulsés, et qui étaient expulsés à leur tour. On voyait des têtes proprement empaillées [8] qu'on allait présenter à la Sublime-Porte [9]. Ces spectacles faisaient redoubler les dissertations ; et quand on ne disputait pas, l'ennui était si excessif que la vieille osa un jour leur dire : « Je voudrais savoir lequel est le pire, ou d'être

1. attraper : tromper.
2. maîtresse : voir p. 137, note 4.
3. friponné : trompé, roulé.
4. effendi : titre honorifique donné à certains hauts fonctionnaires turcs.
5. bachas (ou pachas), cadis : gouverneurs des provinces de l'Empire ottoman.
6. Lemnos, Mitylène : îles qui sont grecques aujourd'hui.
7. Erzeroum : ville de la Turquie orientale.
8. empaillées : ce détail est en effet rapporté par certaines sources de Voltaire, en particulier J. A. Guer, *Mœurs des Turcs* (1746).
9. la Sublime Porte : le gouvernement ottoman.

violée cent fois par des pirates nègres, d'avoir une fesse
coupée, de passer par les baguettes chez les Bulgares,
d'être fouetté et pendu dans un auto-da-fé, d'être dis-
séqué, de ramer en galère, d'éprouver enfin toutes les
misères par lesquelles nous avons tous passé, ou bien de
rester ici à ne rien faire ? — C'est une grande question »,
dit Candide.

Ce discours fit naître de nouvelles réflexions, et
Martin surtout conclut que l'homme était né pour vivre
dans les convulsions de l'inquiétude, ou dans la léthargie
de l'ennui. Candide n'en convenait pas, mais il n'assu-
rait rien. Pangloss avouait qu'il avait toujours horrible-
ment souffert ; mais ayant soutenu une fois que tout
allait à merveille, il le soutenait toujours, et n'en
croyait rien.

Une chose acheva de confirmer Martin dans ses détes-
tables principes, de faire hésiter plus que jamais Can-
dide, et d'embarrasser Pangloss. C'est qu'ils virent un
jour aborder dans leur métairie Paquette et le frère Giro-
flée, qui étaient dans la plus extrême misère ; ils avaient
bien vite mangé leurs trois mille piastres, s'étaient
quittés, s'étaient raccommodés, s'étaient brouillés,
avaient été mis en prison ; s'étaient enfuis, et enfin frère
Giroflée s'était fait turc. Paquette continuait son métier
partout, et n'y gagnait plus rien. « Je l'avais bien prévu,
dit Martin à Candide, que vos présents seraient bientôt
dissipés et ne les rendraient que plus misérables. Vous
avez regorgé de millions de piastres, vous et Cacambo,
et vous n'êtes pas plus heureux que frère Giroflée et
Paquette. — Ah ! ah ! dit Pangloss à Paquette, le Ciel
vous ramène donc ici parmi nous, ma pauvre enfant !
savez-vous bien que vous m'avez coûté le bout du nez,
un œil, et une oreille ? Comme vous voilà faite ! eh !
qu'est-ce que ce monde ! » Cette nouvelle aventure les
engagea à philosopher plus que jamais.

Il y avait dans le voisinage un derviche[1] très fameux
qui passait pour le meilleur philosophe de la Turquie ;
ils allèrent le consulter ; Pangloss porta la parole, et lui
dit : « Maître, nous venons vous prier de nous dire pour-

1. un derviche : religieux musulman.

quoi un aussi étrange animal que l'homme a été formé.
— De quoi te mêles-tu ? lui dit le derviche ; est-ce là
ton affaire ? — Mais, mon révérend père, dit Candide,
il y a horriblement de mal sur la terre. — Qu'importe,
dit le derviche, qu'il y ait du mal ou du bien ? Quand
Sa Hautesse envoie un vaisseau en Égypte, s'embar-
rasse-t-elle si les souris qui sont dans le vaisseau sont à
leur aise ou non ? — Que faut-il donc faire ? dit Pan-
gloss. — Te taire, dit le derviche. — Je me flattais, dit
Pangloss, de raisonner un peu avec vous des effets et
des causes, du meilleur des mondes possibles, de l'ori-
gine du mal, de la nature de l'âme, et de l'harmonie
préétablie. » Le derviche, à ces mots, leur ferma la porte
au nez.

Pendant cette conversation, la nouvelle s'était
répandue qu'on venait d'étrangler à Constantinople deux
vizirs du banc [1] et le muphti [2], et qu'on avait empalé plu-
sieurs de leurs amis. Cette catastrophe faisait partout un
grand bruit pendant quelques heures. Pangloss, Candide,
et Martin, en retournant à la petite métairie, rencontrè-
rent un bon vieillard qui prenait le frais à sa porte sous
un berceau d'orangers. Pangloss qui était aussi curieux
que raisonneur, lui demanda comment se nommait le
muphti qu'on venait d'étrangler. « Je n'en sais rien,
répondit le bonhomme ; et je n'ai jamais su le nom
d'aucun muphti ni d'aucun vizir. J'ignore absolument
l'aventure dont vous me parlez ; je présume qu'en
général ceux qui se mêlent des affaires publiques péris-
sent quelquefois misérablement, et qu'ils le méritent ;
mais je ne m'informe jamais de ce qu'on fait à Constan-
tinople ; je me contente d'y envoyer vendre les fruits du
jardin que je cultive. » Ayant dit ces mots, il fit entrer
les étrangers dans sa maison ; ses deux filles et ses deux
fils leur présentèrent plusieurs sortes de sorbets qu'ils
faisaient eux-mêmes, du kaïmak [3] piqué d'écorces de
cédrat confit, des oranges, des citrons, des limons [4], des

1. un vizir du banc : ministre admis au conseil du Grand Seigneur.
2. un muphti : membre du clergé musulman.
3. kaïmak : sorte de sorbet à base de fruits et de liqueurs.
4. limon : fruit du limonier qui ressemble au citron à la différence
près qu'il est plus acide et que son écorce est moins épaisse.

ananas, des pistaches, du café de Moka[1] qui n'était point mêlé avec le mauvais café de Batavia et des îles[2]. Après quoi les deux filles de ce bon musulman parfumèrent les barbes de Candide, de Pangloss, et de Martin.

« Vous devez avoir, dit Candide au Turc, une vaste et magnifique terre ? — Je n'ai que vingt arpents[3], répondit le Turc ; je les cultive avec mes enfants ; le travail éloigne de nous trois grands maux, l'ennui, le vice, et le besoin. »

Candide, en retournant dans sa métairie, fit de profondes réflexions sur le discours du Turc. Il dit à Pangloss et à Martin : « Ce bon vieillard me paraît s'être fait un sort bien préférable à celui des six rois avec qui nous avons eu l'honneur de souper. — Les grandeurs, dit Pangloss, sont fort dangereuses, selon le rapport de tous les philosophes : car enfin Églon, roi des Moabites, fut assassiné par Aod ; Absalon fut pendu par les cheveux et percé de trois dards ; le roi Nadab, fils de Jéroboam, fut tué par Baasa ; le roi Éla, par Zambri ; Ochosias, par Jéhu ; Athalia, par Joïada ; les rois Joachim, Jéchonias, Sédécias[4], furent esclaves. Vous savez comment périrent Crésus, Astyage, Darius, Denys de Syracuse, Pyrrhus, Persée, Annibal, Jugurtha, Arioviste, César, Pompée, Néron, Othon, Vitellius, Domitien[5], Richard II d'Angleterre, Édouard II, Henri VI, Richard III, Marie Stuart, Charles I[er][6], les trois Henri de France, l'empereur Henri IV[7]. Vous savez... — Je sais aussi, dit Candide, qu'il faut cultiver notre jardin. — Vous avez raison, dit Pangloss ; car quand l'homme fut mis dans le jardin d'Éden, il y fut mis *ut operatur eum*,

1. Moka : café de qualité supérieure récolté autrefois exclusivement dans la région de Moka (port qui se trouve aujourd'hui au Yémen, à l'entrée de la mer Rouge).
2. des îles : des Antilles.
3. arpents : voir p. 135, note 1.
4. Exemples empruntés à l'Ancien Testament.
5. Noms de l'Antiquité classique.
6. Souverains d'Angleterre.
7. Empereur germanique (1056-1106) qui se révolta contre la papauté et parvint même à prendre Rome en 1084. Mais en 1088 le pape Urbain II fit triompher la cause pontificale et Henri IV fut peu à peu abandonné par tous.

pour qu'il travaillât [1] : ce qui prouve que l'homme n'est pas né pour le repos. — Travaillons sans raisonner, dit Martin ; c'est le seul moyen de rendre la vie supportable. »

Toute la petite société entra dans ce louable dessein ; chacun se mit à exercer ses talents. La petite terre rapporta beaucoup. Cunégonde était, à la vérité, bien laide ; mais elle devint une excellente pâtissière ; Paquette broda ; la vieille eut soin du linge. Il n'y eut pas jusqu'à frère Giroflée qui ne rendît service ; il fut un très bon menuisier, et même devint honnête homme [2] ; et Pangloss disait quelquefois à Candide : « Tous les événements sont enchaînés dans le meilleur des mondes possibles : car enfin si vous n'aviez pas été chassé d'un beau château à grands coups de pied dans le derrière pour l'amour de mademoiselle Cunégonde, si vous n'aviez pas été mis à l'Inquisition, si vous n'aviez pas couru l'Amérique à pied, si vous n'aviez pas donné un bon coup d'épée au baron, si vous n'aviez pas perdu tous vos moutons du bon pays d'Eldorado, vous ne mangeriez pas ici des cédrats confits et des pistaches. — Cela est bien dit, répondit Candide, mais il faut cultiver notre jardin. »

1. pour qu'il travaillât : citation adaptée de la *Genèse* II, 15 : « posuit eum in paradiso voluptatis ut operareteur et custodiret illum » (il le [l'homme] mit dans le paradis du plaisir pour qu'il le cultivât).

2. honnête homme : idéal humain de la société des XVIIᵉ et XVIIIᵉ siècles : homme agréable et distingué par les manières comme par l'esprit.

HISTOIRE DES VOYAGES DE SCARMENTADO ÉCRITE PAR LUI-MÊME

« Ce monde-ci est un vaste naufrage. Sauve qui peut » (à Cideville, 28 janvier 1754). Voltaire a appris la veille que Louis XV lui interdisait d'approcher de Paris et de Versailles. Le voici « demeuré entre deux rois le cul en terre ». Avec sa nièce une brouille passagère survient. En France l'Abrégé de l'Histoire universelle *déclenche la tempête. Noir, tout est noir : à l'atroce hiver de 1753-1754 remonte la composition de l'*Histoire des voyages de Scarmentado, *le plus sombre de la série des contes, « confidence à peine transposée » et livrée à la première personne (éd. de La Pléiade, p. 808), ce qui donne à la formule* écrite par lui-même *sa pleine pertinence. Le récit de voyages est un poncif des grands romans d'aventure. Voltaire le rapetisse et mène à toute allure le tour d'Europe, d'Asie et d'Afrique accompli par Scarmentado dont le nom signifie en espagnol « instruit à ses dépens par l'expérience ». Il s'inspire de ses travaux historiques pour mêler à la fiction des faits authentiques et soigneusement triés qui se situent tous vers 1615-1620 et illustrent, par le procédé de la répétition systématique, le thème de la cruauté universelle. L'accumulation des catastrophes ne laisse ni au héros ni au lecteur le temps de crier grâce. Le recours à l'antiphrase donne au style une verve impayable. Défilé d'images obsédantes sans approfondissement moral, ce périple accéléré, qui exorcise le démon du désespoir, fait à bien des égards figure de prélude à* Candide.

Je naquis dans la ville de Candie en 1600. Mon père en était gouverneur ; et je me souviens qu'un poète médiocre, qui n'était pas médiocrement dur, nommé *Iro*, fit de mauvais vers à ma louange, dans lesquels il me faisait descendre de Minos en droite ligne ; mais mon père ayant été disgracié, il fit d'autres vers où je ne descendais plus que de Pasiphaé et de son amant. C'était un bien méchant homme que cet Iro, et le plus ennuyant coquin qui fût dans l'île [1].

Mon père m'envoya, à l'âge de quinze ans, étudier à Rome. J'arrivai dans l'espérance d'apprendre toutes les vérités ; car jusque-là on m'avait enseigné tout le contraire, selon l'usage de ce bas monde depuis la Chine jusqu'aux Alpes. Monsignor Profondo, à qui j'étais recommandé, était un homme singulier, et un des plus terribles savants qu'il y eût au monde. Il voulut m'apprendre les catégories d'Aristote, et fut sur le point de me mettre dans la catégorie de ses mignons : je l'échappai belle. Je vis des processions, des exorcismes, et quelques rapines. On disait, mais très faussement, que la signora Olimpia, personne d'une grande prudence, vendait beaucoup de choses qu'on ne doit point vendre. J'étais dans un âge où tout cela me paraissait fort plaisant. Une jeune dame de mœurs très douces, nommée la signora Fatelo, s'avisa de m'aimer. Elle était courtisée par le révérend père Poignardini, et par le révérend père Aconiti, jeunes profès d'un ordre qui ne subsiste plus : elle les mit d'accord en me donnant ses bonnes grâces ; mais en même temps je courus risque d'être

1. Candie : ville principale de la Crète. Iro : anagramme de Roy, poète ennemi de Voltaire (voir *Zadig*). Les noms de personnes suivants (Profondo, Poignardini, Aconiti, Fatelo...) se laissent aisément déchiffrer.

excommunié et empoisonné. Je partis, très content de l'architecture de Saint-Pierre.

Je voyageai en France ; c'était le temps du règne de Louis le Juste. La première chose qu'on me demanda, ce fut si je voulais à mon déjeuner un petit morceau du maréchal d'Ancre, dont le peuple avait fait rôtir la chair, et qu'on distribuait à fort bon compte à ceux qui en voulaient.

Cet État était continuellement en proie aux guerres civiles, quelquefois pour une place au conseil, quelquefois pour deux pages de controverse. Il y avait plus de soixante ans que ce feu, tantôt couvert et tantôt soufflé avec violence, désolait ces beaux climats. C'étaient là les libertés de l'Église gallicane. « Hélas ! dis-je, ce peuple est pourtant né doux : qui peut l'avoir tiré ainsi de son caractère ? Il plaisante, et il fait des Saint-Barthélemy. Heureux le temps où il ne fera que plaisanter ! »

Je passai en Angleterre : les mêmes querelles y excitaient les mêmes fureurs. De saints catholiques avaient résolu, pour le bien de l'Église, de faire sauter en l'air, avec de la poudre, le roi, la famille royale et tout le parlement, et de délivrer l'Angleterre de ces hérétiques. On me montra la place où la bienheureuse reine Marie, fille de Henri VIII, avait fait brûler plus de cinq cents de ses sujets. Un prêtre hibernois m'assura que c'était une très bonne action : premièrement, parce que ceux qu'on avait brûlés étaient Anglais ; en second lieu, parce qu'ils ne prenaient jamais d'eau bénite, et qu'ils ne croyaient pas au trou de saint Patrice. Il s'étonnait surtout que la reine Marie ne fût pas encore canonisée ; mais il espérait qu'elle le serait bientôt, quand le cardinal-neveu aurait un peu de loisir [1].

J'allai en Hollande, où j'espérais trouver plus de tranquillité chez des peuples plus flegmatiques. On coupait la tête à un vieillard vénérable lorsque j'arrivai à La Haye. C'était la tête chauve du premier ministre Barneveldt, l'homme qui avait le mieux mérité de la répu-

1. « Le trou Saint-Patrice est très fameux en Irlande : c'est par là que ces messieurs disent qu'on descend en enfer » (*Questions sur les miracles*, VII[e] lettre, 1765). La phrase finale vise le népotisme papal.

blique. Touché de pitié, je demandai quel était son crime, et s'il avait trahi l'État. « Il a fait bien pis, me répondit un prédicant à manteau noir ; c'est un homme qui croit que l'on peut se sauver par les bonnes œuvres aussi bien que par la foi. Vous sentez bien que, si de telles opinions s'établissaient, une république ne pourrait subsister, et qu'il faut des lois sévères pour réprimer de si scandaleuses horreurs. » Un profond politique du pays me dit en soupirant : « Hélas ! monsieur, le bon temps ne durera pas toujours ; ce n'est que par hasard que ce peuple est si zélé ; le fond de son caractère est porté au dogme abominable de la tolérance ; un jour il y viendra : cela fait frémir. » Pour moi, en attendant que ce temps funeste de la modération et de l'indulgence fût arrivé, je quittai bien vite un pays où la sévérité n'était adoucie par aucun agrément, et je m'embarquai pour l'Espagne.

La cour était à Séville, les galions étaient arrivés, tout respirait l'abondance et la joie dans la plus belle saison de l'année. Je vis au bout d'une allée d'orangers et de citronniers une espèce de lice immense entourée de gradins couverts d'étoffes précieuses. Le roi, la reine, les infants, les infantes, étaient sous un dais superbe. Vis-à-vis de cette auguste famille était un autre trône, mais plus élevé. Je dis à un de mes compagnons de voyage : « A moins que ce trône ne soit réservé pour Dieu, je ne vois pas à quoi il peut servir. » Ces indiscrètes paroles furent entendues d'un grave Espagnol, et me coûtèrent cher. Cependant je m'imaginais que nous allions voir quelque carrousel ou quelque fête de taureaux, lorsque le grand inquisiteur parut sur ce trône d'où il bénit le roi et le peuple.

Ensuite vint une armée de moines défilant deux à deux, blancs, noirs, gris, chaussés, déchaussés, avec barbe, sans barbe, avec capuchon pointu, et sans capuchon ; puis marchait le bourreau ; puis on voyait au milieu des alguazils et des grands environ quarante personnes couvertes de sacs sur lesquels on avait peint des diables et des flammes. C'étaient des juifs qui n'avaient pas voulu renoncer absolument à Moïse, c'étaient des chrétiens qui avaient épousé leurs commères, ou qui

n'avaient pas adoré Notre-Dame d'Atocha, ou qui n'avaient pas voulu se défaire de leur argent comptant en faveur des frères hiéronymites. On chanta dévotement de très belles prières, après quoi on brûla à petit feu tous les coupables ; de quoi toute la famille royale parut extrêmement édifiée[1].

Le soir, dans le temps que j'allais me mettre au lit, arrivèrent chez moi deux familiers de l'Inquisition avec la sainte Hermandad : ils m'embrassèrent tendrement, et me menèrent, sans me dire un seul mot, dans un cachot très frais, meublé d'un lit de natte et d'un beau crucifix. Je restai là six semaines, au bout desquelles le révérend père inquisiteur m'envoya prier de venir lui parler : il me serra quelque temps entre ses bras, avec une affection toute paternelle ; il me dit qu'il était sincèrement affligé d'avoir appris que je fusse si mal logé ; mais que tous les appartements de la maison étaient remplis, et qu'une autre fois il espérait que je serais plus à mon aise. Ensuite il me demanda cordialement si je ne savais pas pourquoi j'étais là. Je dis au révérend père que c'était apparemment pour mes péchés. « Eh bien, mon cher enfant, pour quel péché ? parlez-moi avec confiance. » J'eus beau imaginer, je ne devinai point ; il me mit charitablement sur les voies.

Enfin je me souvins de mes indiscrètes paroles. J'en fus quitte pour la discipline et une amende de trente mille réales. On me mena faire la révérence au grand inquisiteur : c'était un homme poli, qui me demanda comment j'avais trouvé sa petite fête. Je lui dis que cela était délicieux, et j'allai presser mes compagnons de voyage de quitter ce pays, tout beau qu'il est. Ils avaient eu le temps de s'instruire de toutes les grandes choses que les Espagnols avaient faites pour la religion. Ils avaient lu les mémoires du fameux évêque de Chiapa, par lesquels il paraît qu'on avait égorgé, ou brûlé, ou noyé dix millions d'infidèles en Amérique pour les convertir. Je crus que cet évêque exagérait ; mais quand

1. La description de l'autodafé (acte de foi) se retrouvera dans *Candide*, VI. Son pittoresque hallucinant avait fortement impressionné Voltaire.

on réduirait ces sacrifices à cinq millions de victimes, cela serait encore admirable[1].

Le désir de voyager me pressait toujours. J'avais compté finir mon tour de l'Europe par la Turquie ; nous en prîmes la route. Je me proposai bien de ne plus dire mon avis sur les fêtes que je verrais. « Ces Turcs, dis-je à mes compagnons, sont des mécréants qui n'ont point été baptisés, et qui par conséquent seront bien plus cruels que les révérends pères inquisiteurs. Gardons le silence quand nous serons chez les mahométans. »

J'allai donc chez eux. Je fus étrangement surpris de voir en Turquie beaucoup plus d'églises chrétiennes qu'il n'y en avait dans Candie. J'y vis jusqu'à des troupes nombreuses de moines qu'on laissait prier la vierge Marie librement, et maudire Mahomet, ceux-ci en grec, ceux-là en latin, quelques autres en arménien. « Les bonnes gens que les Turcs ! » m'écriai-je. Les chrétiens grecs et les chrétiens latins étaient ennemis mortels dans Constantinople ; ces esclaves se persécutaient les uns les autres, comme des chiens qui se mordent dans la rue, et à qui leurs maîtres donnent des coups de bâtons pour les séparer. Le grand vizir protégeait alors les Grecs. Le patriarche grec m'accusa d'avoir soupé chez le patriarche latin, et je fus condamné en plein divan à cent coups de latte sur la plante des pieds, rachetables de cinq cents sequins. Le lendemain le grand vizir fut étranglé ; le surlendemain son successeur, qui était pour le parti des Latins, et qui ne fut étranglé qu'un mois après, me condamna à la même amende pour avoir soupé chez le patriarche grec. Je fus dans la triste nécessité de ne plus fréquenter ni l'église grecque ni la latine. Pour m'en consoler, je pris à loyer une fort belle Circassienne[2], qui était la personne la plus tendre dans le tête-

1. Allusion au célèbre Barthélemy de Las Casas et à sa *Brevísima relación de la destrucción de las Indias* (1552), ouvrage traduit en français dès 1582. Même effet de style dans l'*Essai sur les mœurs*, CXLV, l'antiphrase en moins.

2. Les Circassiens ou Tcherkesses sont un peuple du Caucase septentrional. — L'*Essai sur les mœurs* traite longuement de la Turquie (chap. CLXI, « De l'empire ottoman au XVIIᵉ siècle [...] ») dont l'histoire est suivie de celle « De la Perse » (chap. CXCIII).

à-tête, et la plus dévote à la mosquée. Une nuit, dans les
doux transports de son amour, elle s'écria en m'embrassant : *Alla, Illa, Alla* ; ce sont les paroles sacramentales
des Turcs ; je crus que c'étaient celles de l'amour ; je
m'écriai aussi fort tendrement : *Alla, Illa, Alla*. « Ah !
me dit-elle, le Dieu miséricordieux soit loué ! vous êtes
Turc. » Je lui dis que je le bénissais de m'en avoir donné
la force, et je me crus trop heureux. Le matin l'iman vint
pour me circoncire ; et, comme je fis quelque difficulté,
le cadi du quartier, homme loyal, me proposa de
m'empaler : je sauvai mon prépuce et mon derrière avec
mille sequins, et je m'enfuis vite en Perse, résolu de ne
plus entendre ni messe grecque ni latine en Turquie, et
de ne plus crier : *Alla, Illa, Alla* dans un rendez-vous.

En arrivant à Ispahan, on me demanda si j'étais pour
le mouton noir ou pour le mouton blanc. Je répondis que
cela m'était fort indifférent, pourvu qu'il fût tendre. Il
faut savoir que les factions du *Mouton blanc* et du
Mouton noir partageaient encore les Persans. On crut
que je me moquais des deux partis ; de sorte que je me
trouvai déjà une violente affaire sur les bras aux portes
de la ville : il m'en coûta encore grand nombre de
sequins pour me débarrasser des moutons.

Je poussai jusqu'à la Chine avec un interprète, qui
m'assura que c'était là le pays où l'on vivait librement
et gaiement. Les Tartares s'en étaient rendus maîtres,
après avoir tout mis à feu et à sang ; et les révérends
pères jésuites d'un côté, comme les révérends pères
dominicains de l'autre, disaient qu'ils y gagnaient des
âmes à Dieu, sans que personne en sût rien. On n'a
jamais vu de convertisseurs si zélés : car ils se persécutaient les uns les autres tour à tour ; ils écrivaient à Rome
des volumes de calomnies ; ils se traitaient d'infidèles et
de prévaricateurs pour une âme. Il y avait surtout une
horrible querelle entre eux sur la manière de faire la
révérence. Les jésuites voulaient que les Chinois saluassent leurs pères et leurs mères à la mode de la Chine, et
les dominicains voulaient qu'on les saluât à la mode de

Rome[1]. Il m'arriva d'être pris par les jésuites pour un dominicain. On me fit passer chez Sa Majesté tartare pour un espion du pape. Le conseil suprême chargea un premier mandarin, qui ordonna à un sergent, qui commanda à quatre sbires du pays de m'arrêter et de me lier en cérémonie. Je fus conduit après cent quarante génuflexions devant Sa Majesté. Elle me fit demander si j'étais l'espion du pape, et s'il était vrai que ce prince dût venir en personne le détrôner. Je lui répondis que le pape était un prêtre de soixante et dix ans ; qu'il demeurait à quatre mille lieues de Sa Sacrée Majesté tartarochinoise ; qu'il avait environ deux mille soldats qui montaient la garde avec un parasol ; qu'il ne détrônait personne, et que Sa Majesté pouvait dormir en sûreté. Ce fut l'aventure la moins funeste de ma vie. On m'envoya à Macao, d'où je m'embarquai pour l'Europe.

Mon vaisseau eut besoin d'être radoubé vers les côtes de Golconde. Je pris ce temps pour aller voir la cour du grand Aureng-Zeb, dont on disait des merveilles dans le monde : il était alors dans Delhi. J'eus la consolation de l'envisager le jour de la pompeuse cérémonie dans laquelle il reçut le présent céleste que lui envoyait le shérif de La Mecque. C'était le balai avec lequel on avait balayé la maison sainte, le Caaba, le Beth Alla. Ce balai est le symbole qui balaye toutes les ordures de l'âme. Aureng-Zeb ne paraissait pas en avoir besoin ; c'était l'homme le plus pieux de tout l'Indoustan. Il est vrai qu'il avait égorgé un de ses frères et empoisonné son père. Vingt rayas et autant d'omras étaient morts dans les supplices ; mais cela n'était rien, et on ne parlait que de sa dévotion. On ne lui comparait que la sacrée majesté du sérénissime empereur de Maroc, Muley-Ismaël, qui coupait des têtes tous les vendredis après la prière.

Je ne disais mot ; les voyages m'avaient formé, et je

1. L'invasion de la Chine par les Tartares date effectivement du début du XVIIᵉ siècle (*Essai sur les mœurs*, chap. CXCV). — La querelle des rites devait durer plus d'un siècle, opposant à la souplesse des missionnaires jésuites l'attitude plus rigide des autres congrégations. Voltaire ironisait volontiers à ce propos.

sentais qu'il ne m'appartenait pas de décider entre ces deux augustes souverains. Un jeune Français avec qui je logeais manqua, je l'avoue, de respect à l'empereur des Indes et à celui de Maroc. Il s'avisa de dire très indiscrètement qu'il y avait en Europe de très pieux souverains qui gouvernaient bien leurs États et qui fréquentaient même les églises, sans pourtant tuer leurs pères et leurs frères, et sans couper les têtes de leurs sujets. Notre interprète transmit en indou le discours impie de mon jeune homme. Instruit par le passé, je fis vite seller mes chameaux : nous partîmes, le Français et moi. J'ai su depuis que la nuit même, les officiers du grand Aureng-Zeb étant venus pour nous prendre, ils ne trouvèrent que l'interprète. Il fut exécuté en place publique, et tous les courtisans avouèrent sans flatterie que sa mort était très juste.

Il me restait de voir l'Afrique, pour jouir de toutes les douceurs de notre continent. Je la vis en effet. Mon vaisseau fut pris par des corsaires nègres. Notre patron fit de grandes plaintes ; il leur demanda pourquoi ils violaient ainsi les lois des nations. Le capitaine nègre lui répondit : « Vous avez le nez long, et nous l'avons plat ; vos cheveux sont tout droits, et notre laine est frisée ; vous avez la peau de couleur de cendre, et nous de couleur d'ébène ; par conséquent nous devons, par les lois sacrées de la nature, être toujours ennemis. Vous nous achetez aux foires de la côte de Guinée, comme des bêtes de somme, pour nous faire travailler à je ne sais quel emploi aussi pénible que ridicule. Vous nous faites fouiller à coups de nerfs de bœuf dans des montagnes pour en tirer une espèce de terre jaune qui par elle-même n'est bonne à rien, et qui ne vaut pas, à beaucoup près, un bon oignon d'Égypte ; aussi quand nous vous rencontrons, et que nous sommes les plus forts, nous vous faisons esclaves, nous vous faisons labourer nos champs, ou nous vous coupons le nez et les oreilles. »

On n'avait rien à répliquer à un discours si sage. J'allai labourer le champ d'une vieille négresse, pour conserver mes oreilles et mon nez. On me racheta au

bout d'un an. J'avais vu tout ce qu'il y a de beau, de bon et d'admirable sur la terre : je résolus de ne plus voir que mes pénates. Je me mariai chez moi : je fus cocu, et je vis que c'était l'état le plus doux de la vie.

POÈME[1]
SUR
LE DÉSASTRE DE LISBONNE,
OU EXAMEN DE CET AXIOME :
TOUT EST BIEN.
[1756]

1. Le texte est celui de l'édition Beuchot des *Œuvres* de Voltaire, t. XII, Paris, Lefèvre et Firmin Didot, 1833.

1 O malheureux mortels ! ô terre déplorable[1] !
 O de tous les mortels assemblage effroyable !
 D'inutiles douleurs éternel entretien !
 Philosophes trompés qui criez, « Tout est bien ; »
5 Accourez, contemplez ces ruines affreuses,
 Ces débris, ces lambeaux, ces cendres malheureuses,
 Ces femmes, ces enfants l'un sur l'autre entassés,
 Sous ces marbres rompus ces membres dispersés ;
 Cent mille infortunés que la terre dévore,
10 Qui, sanglants, déchirés, et palpitants encore,
 Enterrés sous leurs toits, terminent sans secours
 Dans l'horreur des tourments leurs lamentables
 [jours !
 Aux cris demi-formés de leurs voix expirantes,
 Au spectacle effrayant de leurs cendres fumantes,
15 Direz-vous, « C'est l'effet des éternelles lois
 Qui d'un Dieu libre et bon nécessitent le choix ? »
 Direz-vous, en voyant cet amas de victimes :

1. malheureux : tout comme infortunés au vers 9, ce mot a le sens
de malmenés par le destin ; déplorable : qui prête à pleurer.

« Dieu s'est vengé, leur mort est le prix de leurs
[crimes ? »
Quel crime, quelle faute ont commis ces enfants
20 Sur le sein maternel écrasés et sanglants ?
Lisbonne, qui n'est plus, eut-elle plus de vices
Que Londres, que Paris, plongés dans les délices ?
Lisbonne est abîmée[1], et l'on danse à Paris.
Tranquilles spectateurs, intrépides esprits,
25 De vos frères mourants contemplant les naufrages,
Vous recherchez en paix les causes des orages :
Mais du sort ennemi quand vous sentez les coups,
Devenus plus humains, vous pleurez comme nous.
Croyez-moi, quand la terre entr'ouvre ses abîmes,
30 Ma plainte est innocente et mes cris légitimes.
Partout environnés des cruautés du sort,
Des fureurs des méchants, des piéges de la mort,
De tous les éléments éprouvant les atteintes,
Compagnons de nos maux, permettez-nous les
[plaintes.
35 C'est l'orgueil, dites-vous, l'orgueil séditieux[2],
Qui prétend qu'étant mal, nous pouvions être mieux.
Allez interroger les rivages du Tage[3] ;
Fouillez dans les débris de ce sanglant ravage ;
Demandez aux mourants, dans ce séjour d'effroi,
40 Si c'est l'orgueil qui crie : « O ciel, secourez-moi !
O ciel, ayez pitié de l'humaine misère ! »
« Tout est bien, dites-vous, et tout est nécessaire. »
Quoi ! l'univers entier, sans ce gouffre infernal,
Sans engloutir Lisbonne, eût-il été plus mal ?
45 Êtes-vous assurés que la cause éternelle
Qui fait tout, qui sait tout, qui créa tout pour elle,
Ne pouvait nous jeter dans ces tristes climats
Sans former des volcans allumés sous nos pas ?
Borneriez-vous ainsi la suprême puissance ?
50 Lui défendriez-vous d'exercer sa clémence ?
L'éternel artisan n'a-t-il pas dans ses mains

1. abîmée : plongée dans l'abîme, dans la faille ouverte par le trem-
blement de terre.
2. séditieux : qui participe à un trouble concerté contre l'ordre.
3. Le Tage : fleuve arrosant Lisbonne.

Des moyens infinis tout prêts pour ses desseins ?
Je désire humblement, sans offenser mon maître,
Que ce gouffre enflammé de soufre et de salpêtre [1]
55 Eût allumé ses feux dans le fond des déserts.
Je respecte mon Dieu, mais j'aime l'univers.
Quand l'homme ose gémir d'un fléau si terrible,
Il n'est point orgueilleux, hélas ! il est sensible.
 Les tristes habitants de ces bords désolés
60 Dans l'horreur des tourments seraient-ils consolés
Si quelqu'un leur disait : « Tombez, mourez
 [tranquilles ;
Pour le bonheur du monde on détruit vos asiles ;
D'autres mains vont bâtir vos palais embrasés,
D'autres peuples naîtront dans vos murs écrasés ;
65 Le Nord va s'enrichir de vos pertes fatales ;
Tous vos maux sont un bien dans les lois générales ;
Dieu vous voit du même œil que les vils vermisseaux
Dont vous serez la proie au fond de vos tombeaux. »
A des infortunés quel horrible langage !
70 Cruels, à mes douleurs n'ajoutez point l'outrage.
 Non, ne présentez plus à mon cœur agité [2]
Ces immuables lois de la nécessité,
Cette chaîne des corps, des esprits, et des mondes.
O rêves de savants ! ô chimères profondes !
75 Dieu tient en main la chaîne, et n'est point enchaîné ;
Par son choix bienfesant [3] tout est déterminé :
Il est libre, il est juste, il n'est point implacable.
Pourquoi donc souffrons-nous sous un maître
 [équitable ?
Voilà le nœud fatal qu'il fallait délier.
80 Guérirez-vous nos maux en osant les nier ?
Tous les peuples, tremblant sous une main divine,
Du mal que vous niez ont cherché l'origine.
Si l'éternelle loi qui meut les éléments
Fait tomber les rochers sous les efforts des vents,
85 Si les chênes touffus par la foudre s'embrasent,
Ils ne ressentent point les coups qui les écrasent :

1. Le salpêtre est la poudre à canon.
2. agité : en proie aux passions.
3. bienfesant : bienfaisant.

Mais je vis, mais je sens, mais mon cœur opprimé
Demande des secours au Dieu qui l'a formé.
 Enfants du Tout-Puissant, mais nés dans la misère,
90 Nous étendons les mains vers notre commun père.
Le vase, on le sait bien, ne dit point au potier :
« Pourquoi suis-je si vil, si faible, et si grossier ? »
Il n'a point la parole, il n'a point la pensée ;
Cette urne en se formant qui tombe fracassée,
95 De la main du potier ne reçut point un cœur
Qui désirât les biens et sentît son malheur.
« Ce malheur, dites-vous, est le bien d'un autre être. »
De mon corps tout sanglant mille insectes vont
 [naître ;
Quand la mort met le comble aux maux que j'ai
 [soufferts,
100 Le beau soulagement d'être mangé des vers !
Tristes calculateurs des misères humaines,
Ne me consolez point, vous aigrissez mes peines ;
Et je ne vois en vous que l'effort impuissant
D'un fier infortuné qui feint d'être content.
105 Je ne suis du grand *tout* qu'une faible partie :
Oui ; mais les animaux condamnés à la vie,
Tous les êtres sentants, nés sous la même loi,
Vivent dans la douleur, et meurent comme moi.
 Le vautour acharné sur sa timide proie
110 De ses membres sanglants se repaît avec joie ;
Tout semble bien pour lui : mais bientôt à son tour
Une aigle au bec tranchant dévore le vautour ;
L'homme d'un plomb mortel atteint cette aigle
 [altière [1].
Et l'homme aux champs de Mars [2] couché sur la
 [poussière,
115 Sanglant, percé de coups, sur un tas de mourants,
Sert d'aliment affreux aux oiseaux dévorants.
 Ainsi du monde entier tous les membres gémissent ;
Nés tous pour les tourments, l'un par l'autre ils
 [périssent :

1. « Aigle est féminin toutes les fois qu'il s'agit précisément de la femelle » (Littré, qui cite ensuite cet exemple de Voltaire).
2. champs de Mars : champs de bataille.

Et vous composerez dans ce chaos fatal
120 Des malheurs de chaque être un bonheur général !
Quel bonheur ! ô mortel et faible et misérable,
Vous criez « Tout est bien » d'une voix lamentable,
L'univers vous dément, et votre propre cœur
Cent fois de votre esprit a réfuté l'erreur.
125 Éléments, animaux, humains, tout est en guerre.
Il le faut avouer, le *mal* est sur la terre :
Son principe secret ne nous est point connu.
De l'auteur de tout bien le mal est-il venu ?
Est-ce le noir Typhon, le barbare Arimane[1],
130 Dont la loi tyrannique à souffrir nous condamne ?
Mon esprit n'admet point ces monstres odieux
Dont le monde en tremblant fit autrefois des dieux.
 Mais comment concevoir un Dieu, la bonté même,
Qui prodigua ses biens à ses enfants qu'il aime,
135 Et qui versa sur eux les maux à pleines mains ?
Quel œil peut pénétrer dans ses profonds desseins ?
De l'Être tout parfait le mal ne pouvait naître ;
Il ne vient point d'autrui[2], puisque Dieu seul est
 [maître :
Il existe pourtant. O tristes vérités !
140 O mélange étonnant de contrariétés !
Un Dieu vint consoler notre race affligée ;
Il visita la terre, et ne l'a point changée !
Un sophiste[3] arrogant nous dit qu'il ne l'a pu ;
« Il le pouvait, dit l'autre, et ne l'a point voulu :
145 Il le voudra, sans doute ; » et, tandis qu'on raisonne,
Des foudres souterrains engloutissent Lisbonne,
Et de trente cités dispersent les débris,
Des bords sanglants du Tage à la mer de Cadix.
 Ou l'homme est né coupable, et Dieu punit sa race,
150 Ou ce maître absolu de l'être et de l'espace,
Sans courroux, sans pitié, tranquille, indifférent,
De ses premiers décrets suit l'éternel torrent ;
Ou la matière informe, à son maître rebelle,

1. Typhon : « Principe du mal chez les Egyptiens » (note de Voltaire). Arimane : « Principe du mal chez les Perses » (*ibid.*)
 2. D'un autre principe.
 3. sophiste : a ici le sens d'auteur de raisonnements spécieux.

Porte en soi des défauts *nécessaires* comme elle ;
155 Ou bien Dieu nous éprouve, et ce séjour mortel
N'est qu'un passage étroit vers un monde éternel.
Nous essuyons ici des douleurs passagères :
Le trépas[1] est un bien qui finit nos misères.
Mais quand nous sortirons de ce passage affreux,
160 Qui de nous prétendra mériter d'être heureux ?
 Quelque parti qu'on prenne, on doit frémir, sans
 [doute.
Il n'est rien qu'on connaisse, et rien qu'on ne redoute.
La nature est muette, on l'interroge en vain ;
On a besoin d'un Dieu qui parle au genre humain.
165 Il n'appartient qu'à lui d'expliquer son ouvrage,
De consoler le faible, et d'éclairer le sage.
L'homme, au doute, à l'erreur, abandonné sans lui,
Cherche en vain des roseaux qui lui servent d'appui.
Leibnitz[2] ne m'apprend point par quels nœuds
 [invisibles,
170 Dans le mieux ordonné des univers possibles,
Un désordre éternel, un chaos de malheurs,
Mêle à nos vains plaisirs de réelles douleurs,
Ni pourquoi l'innocent, ainsi que le coupable,
Subit également ce mal inévitable.
175 Je ne conçois pas plus comment tout serait bien :
Je suis comme un docteur[3] ; hélas ! je ne sais rien.
 Platon dit qu'autrefois l'homme avait eu des ailes,
Un corps impénétrable aux atteintes mortelles ;
La douleur, le trépas, n'approchaient point de lui.
180 De cet état brillant qu'il diffère aujourd'hui !
Il rampe, il souffre, il meurt ; tout ce qui naît expire ;
De la destruction la nature est l'empire.
Un faible composé de nerfs et d'ossements
Ne peut être insensible au choc des éléments ;
185 Ce mélange de sang, de liqueurs[4], et de poudre,
Puisqu'il fut assemblé, fut fait pour se dissoudre ;
Et le sentiment prompt de ces nerfs délicats

1. trépas : la mort.
2. Pour Leibniz et tout ce développement, voir l'*Introduction*.
3. docteur : homme docte, savant.
4. liqueurs : liquides.

Fut soumis aux douleurs, ministres du trépas :
C'est là ce que m'apprend la voix de la nature.
190 J'abandonne Platon, je rejette Épicure.
Bayle en sait plus qu'eux tous ; je vais le consulter ;
La balance[1] à la main, Bayle enseigne à douter,
Assez sage, assez grand pour être sans système,
Il les a tous détruits, et se combat lui-même :
195 Semblable à cet aveugle en butte aux Philistins,
Qui tomba sous les murs abattus par ses mains.
 Que peut donc de l'esprit la plus vaste étendue ?
Rien : le livre du sort se ferme à notre vue.
L'homme, étranger à soi, de l'homme est ignoré.
200 Que suis-je, où suis-je, où vais-je, et d'où suis-je
 [tiré ?
Atomes[2] tourmentés sur cet amas de boue,
Que la mort engloutit, et dont le sort se joue,
Mais atomes pensants, atomes dont les yeux,
Guidés par la pensée, ont mesuré les cieux ;
205 Au sein de l'infini nous élançons notre être,
Sans pouvoir un moment nous voir et nous connaître.
Ce monde, ce théâtre et d'orgueil et d'erreur,
Est plein d'infortunés qui parlent de bonheur.
Tout se plaint, tout gémit en cherchant le bien-être :
210 Nul ne voudrait mourir, nul ne voudrait renaître.
Quelquefois, dans nos jours consacrés aux douleurs,
Par la main du plaisir nous essuyons nos pleurs ;
Mais le plaisir s'envole, et passe comme une ombre ;
Nos chagrins, nos regrets, nos pertes, sont sans
 [nombre.
215 Le passé n'est pour nous qu'un triste souvenir ;
Le présent est affreux, s'il n'est point d'avenir,
Si la nuit du tombeau détruit l'être qui pense.
Un jour tout sera bien, voilà notre espérance ;
Tout est bien aujourd'hui, voilà l'illusion.
220 Les sages me trompaient, et Dieu seul a raison.

1. La balance des sceptiques, de ceux qui doutent de tout. Elle figure, assortie de la devise « Que sais-je ? » au frontispice de l'édition de 1635 des *Essais* de Montaigne.
2. Les atomes sont les plus petites particules connues alors, au propre insécables.

Humble dans mes soupirs, soumis dans ma
 [souffrance,
Je ne m'élève point contre la Providence.
Sur un ton moins lugubre on me vit autrefois
Chanter des doux plaisirs les séduisantes[1] lois :
225 D'autres temps, d'autres mœurs : instruit par la
 [vieillesse,
Des humains égarés partageant la faiblesse,
Dans une épaisse nuit cherchant à m'éclairer,
Je ne sais que souffrir, et non pas murmurer.
 Un calife[2] autrefois, à son heure dernière,
230 Au Dieu qu'il adorait dit pour toute prière :
« Je t'apporte, ô seul roi, seul être illimité,
Tout ce que tu n'as pas dans ton immensité,
Les défauts, les regrets, les maux, et l'ignorance. »
Mais il pouvait encore ajouter *l'espérance*.

1. séduisantes : qui écartent du droit chemin.
2. calife : « titre des souverains qui exercèrent après Mahomet le pouvoir temporel et spirituel » (Littré).

DOCUMENTS

1. LEIBNIZ ET L'OPTIMISME

Dieu ne fait rien hors d'ordre

VI. — Dieu ne fait rien hors de l'ordre et il n'est pas possible de feindre des événements qui ne soient point réguliers.

Les volontés ou actions de Dieu sont communément divisées en ordinaires ou extraordinaires. Mais il est bon de considérer que Dieu ne fait rien hors d'ordre. Ainsi ce qui passe pour extraordinaire ne l'est qu'à l'égard de quelque ordre particulier établi parmi les créatures. Car, quant à l'ordre universel, tout y est conforme. Ce qui est si vrai, que non seulement rien n'arrive dans le monde, qui soit absolument irrégulier, mais on ne saurait même rien feindre de tel. Car supposons, par exemple, que quelqu'un fasse quantité de points sur le papier à tout hasard, comme font ceux qui exercent l'art ridicule de la géomance[1]. Je dis qu'il est possible de trouver une ligne géométrique dont la notion[2] soit constante et uniforme suivant une certaine règle, en sorte que cette ligne passe par tous ces points, et dans le même ordre que la main les avait marqués.

Et si quelqu'un traçait tout d'une suite une ligne qui

1. Art de divination par les figures formées par des points marqués au hasard.

2. Ici, au sens de règle.

serait tantôt droite, tantôt cercle, tantôt d'une autre nature, il est possible de trouver une notion, ou règle, ou équation commune à tous les points de cette ligne, en vertu de laquelle ces mêmes changements doivent arriver. Et il n'y a, par exemple, point de visage dont le contour ne fasse partie d'une ligne géométrique et ne puisse être tracé tout d'un trait par un certain mouvement réglé. Mais quand une règle est fort composée, ce qui lui est conforme passe pour irrégulier.

Ainsi on peut dire que, de quelque manière que Dieu aurait créé le monde, il aurait toujours été régulier et dans un certain ordre général. Mais Dieu a choisi celui qui est le plus parfait, c'est-à-dire celui qui est en même temps le plus simple en hypothèses [1] et le plus riche en phénomènes [2], comme pourrait être une ligne de géométrie dont la construction serait aisée et les propriétés et effets seraient fort admirables et d'une grande étendue. Je me sers de ces comparaisons pour crayonner quelque ressemblance imparfaite de la sagesse divine, et pour dire ce qui puisse au moins élever notre esprit à concevoir en quelque façon ce qu'on ne saurait exprimer assez. Mais je ne prétends point d'expliquer par là ce grand mystère dont dépend tout l'univers.

Discours de métaphysique, art. VI

Il n'est pas possible de faire mieux

Quand on détache les choses liées ensemble, les parties de leur tout, le genre humain de l'univers, les attributs de Dieu les uns des autres, la puissance de la sagesse, il est permis de dire que Dieu peut faire que la vertu soit dans le monde sans aucun mélange de vice, et même qu'il peut le faire aisément. Mais puisqu'il a permis le vice, il faut que l'ordre de l'univers, trouvé préférable à tout autre plan, l'ait demandé. Il faut juger qu'il n'est pas permis de faire autrement, puisqu'il n'est

1. Ici, principes.
2. C'est-à-dire en effets manifestes.

pas possible de faire mieux. C'est une nécessité hypothétique, une nécessité morale, laquelle, bien loin d'être contraire à la liberté, est l'effet de son choix. *Quae rationi contraria sunt, ea nec fieri a sapiente posse credendum est*[1]. L'on objecte ici, que l'affection de Dieu pour la vertu n'est donc pas la plus grande qu'on puisse concevoir, qu'elle n'est pas infinie. On y a déjà répondu sur la seconde maxime, en disant que l'affection de Dieu pour quelque chose créée que ce soit est proportionnée au prix de la chose. La vertu est la plus noble qualité des créatures ; il y en a une infinité d'autres qui attirent l'inclination de Dieu : de toutes ces inclinations résulte le plus de bien qu'il se peut ; et il se trouve que s'il n'y avait que vertu, s'il n'y avait que créatures raisonnables, il y aurait moins de bien. Midas[2] se trouva moins riche, quand il n'eut que de l'or. Outre que la sagesse doit varier. Multiplier uniquement la même chose, quelque noble qu'elle puisse être, ce serait une superfluité, ce serait une pauvreté : avoir mille Virgiles bien reliés dans sa bibliothèque, chanter toujours les airs de l'Opéra de Cadmus et d'Hermione[3], casser toutes les porcelaines pour n'avoir que des tasses d'or, n'avoir que des boutons de diamants, ne manger que des perdrix, ne boire que du vin de Hongrie ou de Shiras, appellerait-on cela raison ? La nature a eu besoin d'animaux, de plantes, de corps inanimés ; il y a dans ces créatures non raisonnables des merveilles qui servent à exercer la raison.

Leibniz, *Essais de théodicée* (1710),
partie III, paragraphe 124.

1. Il ne faut pas croire que ce qui est contraire à la raison puisse être l'effet de la sagesse.
2. Roi légendaire qui avait le pouvoir de changer en or tout ce qu'il touchait, y compris les aliments. C'est pourquoi il mourut de faim et de soif.
3. Premier opéra de Lully (1673).

2. L'ANCIEN RÉGIME ET LA GUERRE

La guerre n'est sûrement pas un phénomène mineur dans la France d'Ancien Régime, à condition qu'on ne la réduise pas au récit de quelques batailles. De 1589 à 1763 (fin de la guerre de Sept Ans), le royaume connut un nombre d'années de guerre sensiblement double de celui des années de paix. Entre 1635 et 1714, comme entre 1726 et 1763, les périodes de paix ne durèrent jamais dix ans, la plus longue (1679-1688) n'étant qu'une trêve coupée d'actes agressifs et de courtes campagnes, avec une armée restée sur le pied de guerre. Enfin, en guerre comme en paix, la chose militaire absorbait couramment la moitié des dépenses de l'État, et souvent bien plus. La guerre constitue l'une des caractéristiques majeures, quoiqu'un peu oubliée, de l'Ancien Régime. Mais quelle guerre ? et quels guerriers ?

Le roi seul déclare la guerre — selon tout un rituel —, la dirige, l'arrête. On se bat et on meurt « pour le roy », pas encore « pour la nation » (il faudra attendre Valmy). Il aime habituellement la déclarer, puisqu'elle constitue son activité la plus « noble », la guerre seule procure la vraie gloire et l'accroissement du royaume, suprêmes aspirations de tous les rois. Il existe toute une mythologie, rimée, gravée, sculptée, peinte et chantée du roi-cavalier, du roi caracolant à la tête de ses troupes, du roi forcément vainqueur et

revêtu des oripeaux plus ou moins romains du triomphe [...]. La guerre de Sept Ans fut peut-être la seule qui ait été imposée à un roi de France, du fait de l'imbroglio diplomatique européen et des brutales agressions anglaises. Les autres furent toujours décidées par lui, souvent dans la joie et l'exaltation, parfois aussi après de longues méditations, aidées de discussions avec les plus proches conseillers [...].

Nous laisserons de côté les grands capitaines, ainsi que les arcanes de la tactique. Epiques, douloureuses, prosaïques, sordides ou grotesques, les armées, ce sont d'abord les soldats. Et ces armées-là ressemblent peu à celles que nous pouvons contempler aujourd'hui, si peu même à celles que prétendent reconstituer les imageries d'Epinal et le commerce du patriotisme militaire !

Armées « nationales » ? Assez peu. Au temps de Louis XV, un huitième de l'effectif du temps de paix est étranger, avec Suisses, Hongrois, Allemands, Irlandais, Ecossais, etc. En temps de guerre, la proportion monte au quart [...].

Volontaires, racolés, tirés au sort, tels étaient, hétéroclites, les soldats d'Ancien Régime. Un solide noyau de volontaires français et étrangers, nobles et surtout roturiers (bien plus nombreux) ; de bons cadres, presque tous nobles pour les sommets de la hiérarchie ; une majorité sans doute de soldats consciencieux et braves, accoutumés au « métier », mais volontiers joueurs, braillards, pillards, méprisant « le bourgeois » et le « paysan » ; mais aussi une assez forte minorité de militaires d'occasion, déchets sociaux de l'apprentissage et de la glèbe, de la rue et des grands chemins, pris et conservés de force, n'aimant ni la garde ni l'exercice, pas beaucoup la discipline et la guerre moins encore, cherchant l'occasion de fuir et la trouvant souvent. Rarement encasernés, sauf pour les troupes d'élite et vers la fin du XVIIIe siècle ; donc vivant souvent chez l'habitant, ou cantonnant dans des gîtes et campements plus ou moins préparés d'avance, avec une solde modeste, toujours en retard, obligés

alors au grappillage et aux menus larcins et violences, même en temps de paix. En temps de guerre, lancés de mars à septembre par les chemins de l'aventure vers des horizons étranges, avec un ravitaillement assez défaillant, des pillages évidents et souvent encouragés, des maladies (typhus, dysenterie) qui les déciment bien plus que l'ennemi, l'infection menaçante à la moindre blessure, des retraites horribles après les fréquentes défaites du XVIII[e] siècle, la tentation de fuir et même de s'établir en terre étrangère. D'octobre à mars, des « quartiers d'hiver » pris dans une population souvent hostile (même si elle est française), et les nouvelles tentations de l'oisiveté, du pillage, de la désertion et du billardage.

P. Goubert, D. Roche,
Les Français et l'Ancien Régime,
t. 1, Paris, Colin, 1991, pp. 291-299.

Un recruteur de l'armée au travail

Monsieur, le 16 septembre le mardi au soir à quatre heures et demie, faisant battre la caisse au faubourg St Etienne, je fis rappeler le tambour vis-à-vis de la porte du sieur Noël, chirurgien, et après que ledit tambour eut fait la criée, je m'approchai, l'argent à la main auprès du garçon du sieur Noël pour lui demander s'il n'avait point envie de prendre partie au service de Sa Majesté dans ledit Régiment. Me fit réponse que non. [...]. Il me dit qu'il n'avait aucune fantaisie de s'engager. Quand je vis que je ne pouvais pas l'avoir, je m'adressai au nommé Jacques Gravier lui demandant s'il n'avait l'idée de service. Il me dit que non, mais ayant de l'argent dans une bourse, je lui offris ladite bourse que j'avais dans les mains, lui demandant si cet argent et la bourse lui faisaient plaisir. Il me fit sur le champ réponse qu'il la prendrait si je la lui donnais. Je n'hésitais pas un seul moment à la lui donner et même il la reçut fort galamment et même l'ayant, fit demi-tour à droite pour s'en aller, et moi sur le champ même, lui ayant vu faire

quelque pas, je fus auprès de lui, lui demandant s'il allait bien loin avec cette bourse, il me fit réponse qu'il s'en allait, alors je le saisis par le bras pour le mener boire [...].

Le sergent La Lancette au subdélégué de Toulouse, 5 octobre 1755.

> Cité par A. Corvisier, *L'Armée française de la fin du XVII^e siècle au ministère de Choiseul. Le Soldat*, Paris, P.U.F., 1964, t. I, pp. 185-186.

Voltaire et la guerre

La religion naturelle a mille fois empêché des citoyens de commettre des crimes. Une âme bien née n'en a pas la volonté ; une âme tendre s'en effraye ; elle se présente un Dieu juste et vengeur. Mais la religion artificielle encourage à toutes les cruautés qu'on exerce de compagnie, conjurations, séditions, brigandages, embuscades, surprises de villes, pillages, meurtres. Chacun marche gaiement au crime sous la bannière de son saint.

On paye partout un certain nombre de harangueurs pour célébrer ces journées meurtrières ; les uns sont vêtus d'un long justaucorps noir, chargé d'un manteau écourté ; les autres ont une chemise par-dessus une robe ; quelques-uns portent deux pendants d'étoffe bigarrée par-dessus leur chemise. Tous parlent longtemps ; ils citent ce qui s'est fait jadis en Palestine, à propos d'un combat en Vétéravie.

Le reste de l'année, ces gens-là déclament contre les vices. Ils prouvent en trois points et par antithèses que les dames qui étendent légèrement un peu de carmin sur leurs joues fraîches seront l'objet éternel des vengeances éternelles de l'Éternel ; que *Polyeucte* et *Athalie* sont les ouvrages du démon ; qu'un homme qui fait servir sur sa table pour deux cents écus de marée un jour de carême fait immanquablement son salut, et qu'un pauvre homme

qui mange pour deux sous et demi de mouton va pour jamais à tous les diables [...].

Misérables médecins des âmes, vous criez pendant cinq quarts d'heure sur quelques piqûres d'épingle, et vous ne dites rien sur la maladie qui nous déchire en mille morceaux ! Philosophes moralistes, brûlez tous vos livres. Tant que le caprice de quelques hommes fera loyalement égorger des milliers de nos frères, la partie du genre humain consacrée à l'héroïsme sera ce qu'il y a de plus affreux dans la nature entière.

Que deviennent et que m'importent l'humanité, la bienfaisance, la modestie, la tempérance, la douceur, la sagesse, la piété, tandis qu'une demi-livre de plomb tirée de six cents pas me fracasse le corps, et que je meurs à vingt ans dans des tourments inexprimables, au milieu de cinq ou six mille mourants, tandis que mes yeux, qui s'ouvrent pour la dernière fois, voient la ville où je suis né détruite par le fer et par la flamme, et que les derniers sons qu'entendent mes oreilles sont les cris des femmes et des enfants expirants sous des ruines, le tout pour des prétendus intérêts d'un homme que nous ne connaissons pas ?

Ce qu'il y a de pis, c'est que la guerre est un fléau inévitable. Si l'on y prend garde, tous les hommes ont adoré le dieu Mars.

Voltaire, art. « Guerre »,
Dictionnaire philosophique, 1764.

3. LES « RÉDUCTIONS » JÉSUITES DU PARAGUAY

Lieu de la protection contre le mal du monde, l'utopie est aussi ce lieu en marge de l'histoire, espace de solitude et de séparation qu'il faut quitter pour rejoindre l'humanité réelle et échapper à une régression infantilisante au sein d'une nature trop maternelle [...]. Cette ambivalence de signification, on la trouvera également dans l'exemple infiniment plus connu des « réductions » jésuites d'Amérique du Sud. Il y en eut cinq en réalité, dispersées entre les territoires actuels du Pérou, de la Colombie, du Brésil et du Paraguay ; mais la plus célèbre, improprement nommée « Empire jésuite du Paraguay », est installée sur la zone des tribus des Tupi-Guaranis entre le Parana et le Paraguay. Il s'agit d'une extraordinaire expérience d'utopie pratiquée, à peu près unique dans l'histoire, du moins antérieurement à notre époque. Unique, d'abord, par l'échelle sur laquelle elle a été réalisée : la population indienne, au moment de l'expulsion des jésuites, atteint environ cent cinquante mille personnes. Unique, également, par la longueur et la continuité de l'expérience : plus d'un siècle et demi (de 1609 à 1768 pour les réductions du Paraguay). Unique, enfin, par le caractère radical de la mutation sociale à laquelle a été soumise la population guaranie : à l'arrivée des jésuites, les Indiens en sont à un stade de civilisation néolithique et vivent en semi-nomadisme, pratiquant une culture sur brûlis très primitive.

Les jésuites procéderont méthodiquement en quatre étapes logiquement et chronologiquement ordonnées : déculturation des Guaranis soustraits à l'organisation tribale traditionnelle ; acculturation par la sédentarisation et le regroupement des tribus en villages ; civilisation par l'initiation à l'agriculture et à l'artisanat ; christianisation, enfin, par l'évangélisation systématique [...].

Point remarquable : cet extraordinaire bouleversement social s'accomplit sans violence — sans violence physique s'entend, car l'entreprise s'apparente bien à un ethnocide culturel — par le seul recours à la force de persuasion de la parole et de l'exemple : plus heureux que la majorité des héros fondateurs et législateurs des utopies, les jésuites du Paraguay créeront une société neuve sur les ruines du monde ancien sans recours à la conquête ni à la guerre.

Le détail de l'organisation s'inscrit dans la continuité thématique de l'utopie littéraire et, à maints égards, semble s'inspirer jusque dans le détail de *L'Utopie* de More. Les villages, tous identiques et bâtis selon le traditionnel plan hippodamique en damier, comportent une église, une école et un hôpital. L'économie est communautaire et entièrement autarcique : des ateliers permettent de fabriquer sur place outils et vêtements, eux aussi uniformes. La production est planifiée, et l'on procède à une distribution égalitaire des biens de consommation et des vivres. L'organisation politique — fort proche encore de celle que l'on trouvera dans l'épisode des Abaquis de *Cleveland* — a pour cellule de base la famille monogame. Les villages sont divisés en quartiers, chacun placé sous l'autorité d'un cacique ; ceux-ci, réunis en conseil, administrent le village sous la supervision de deux jésuites responsables. Le régime, foncièrement collectiviste (travaux et divertissements sont obligatoires et communs), tolère cependant une faible marge d'initiative individuelle : à côté du secteur agricole collectif, il existe également des lopins individuels alloués à chaque famille. Selon une tradition à peu près constante dans les utopies depuis More, le commu-

nisme à usage interne n'exclut pas le mercantilisme externe : l'argent est inconnu dans les réductions, mais celles-ci ont des relations commerciales avec les colonies espagnoles ou portugaises voisines.

J.M. Racault, *L'Utopie narrative en France et en Angleterre, 1675-1761*, The Voltaire Foundation, 1991, pp. 74-75.

Quelques réflexions de Voltaire

Les conquêtes du Mexique et du Pérou sont des prodiges d'audace ; les cruautés qu'on y a exercées, l'extermination entière des habitants de Saint-Domingue et de quelques autres îles sont des excès d'horreur : mais l'établissement dans le Paraguay par les seuls jésuites espagnols paraît à quelques égards le triomphe de l'humanité ; il semble expier les cruautés des premiers conquérants. Les quakers dans l'Amérique septentrionale, et les jésuites dans la méridionale, ont donné un nouveau spectacle au monde. Les primitifs ou quakers ont adouci les mœurs des sauvages voisins de la Pensylvanie ; ils les ont instruits seulement par l'exemple, sans attenter à leur liberté, et ils leur ont procuré de nouvelles douceurs de la vie par le commerce. Les jésuites se sont à la vérité servis de la religion pour ôter la liberté aux peuplades du Paraguay : mais ils les ont policées ; ils les ont rendues industrieuses, et sont venus à bout de gouverner un vaste pays, comme en Europe on gouverne un couvent. Il paraît que les primitifs ont été plus justes, et les jésuites plus politiques. Les premiers ont regardé comme un attentat l'idée de soumettre leurs voisins ; les autres se sont fait une vertu de soumettre des sauvages par l'instruction et par la persuasion [...].

Si quelque chose peut donner l'idée de cette colonie, c'est l'ancien gouvernement de Lacédémone. Tout est en commun dans la contrée des missions. Ces voisins du Pérou ne connaissent point l'or et l'argent. L'essence d'un Spartiate était l'obéissance aux lois de Lycurgue, et

l'essence d'un Paraguéen a été jusqu'ici l'obéissance aux lois des jésuites : tout se ressemble, à cela près que les Paraguéens n'ont point d'esclaves pour ensemencer leurs terres et pour couper leurs bois, comme les Spartiates ; ils sont les esclaves des jésuites.

Voltaire, *Essai sur les mœurs*, chap. CLIV (1756).

4. L'ESCLAVAGE AU XVIIIᵉ SIÈCLE

Extraits du *Code noir ou Recueil de règlements rendus jusqu'à présent, concernant le Gouvernement, l'administration de la justice, la police, la discipline et le commerce des nègres dans les colonies françaises*

Article I

[Louis, par la grâce de Dieu, Roi de France et de Navarre] Voulons et entendons que l'Édit du feu Roi [Louis XIII] de glorieuse mémoire notre très honoré Seigneur et Père, du 23 Avril 1615, soit exécuté dans nos îles, ce faisant, enjoignons à tous nos officiers de chasser hors de nos îles tous les Juifs qui y ont établi leur résidence, auxquels, comme aux ennemis déclarés du nom Chrétien, Nous commandons d'en sortir dans trois mois, à compter du jour de la publication des présentes, à peine de confiscation de corps et de biens.

Article II

Tous les esclaves qui seront dans nos îles seront baptisés et instruits dans la Religion Catholique, Apostolique et Romaine. Enjoignons aux habitans qui achèteront des Nègres nouvellement arrivés d'en avertir les Gouverneur et Intendant des dites îles dans huitaine au plus tard, à peine d'amende arbitraire, lesquels donneront les ordres nécessaires pour les faire instruire et baptiser dans le temps convenable.

Article III

Interdisons tout exercice public d'autre Religion que de la Catholique, Apostolique et Romaine ; voulons que les contrevenants soient punis comme rebelles et désobéissants à nos commandements.

Article XXII

Seront tenus les Maîtres de fournir, par chacune semaine, à leurs esclaves âgés de dix ans et aù-dessus pour leur nourriture, deux pots et demi, mesure du pays [...] ou choses équivalentes, avec deux livres de bœuf salé ou trois livres de poisson ou autres choses à proportion et aux enfants depuis qu'ils sont sevrés jusqu'à l'âge de dix ans la moitié des vivres ci-dessus.

Article XXIII

Leur défendons de donner aux esclaves de l'eau de vie de canne pour tenir lieu de la substance mentionnée au précédent article.

Article XXIV

Leur défendons pareillement de se décharger de la nourriture et subsistance de leurs esclaves, en leur permettant de travailler certain jour de la semaine pour leur compte particulier.

Article XXV

Seront tenus les Maîtres de fournir à chacun esclave par chacun an deux habits de toile ou quatre aulnes de toile, au gré des dits Maîtres.

Article XXXVIII

L'esclave fugitif qui aura été en fuite pendant un mois à compter du jour que son Maître l'aura dénoncé en Justice, aura les oreilles coupées et sera marqué d'une fleur de lys sur une épaule et s'il récidive un autre mois à compter pareillement du jour de la dénonciation, aura le jarret coupé, et sera marqué d'une fleur de lys sur l'autre épaule, et la troisième fois il sera puni de mort.

Article XLII

Pourront pareillement les Maîtres, lorsqu'ils croiront que leurs esclaves l'auront mérité, les faire enchaîner et les faire battre de verges ou de cordes, leur défendant de leur donner la torture, ni de leur faire aucune mutilation

de membre, à peine de confiscation des esclaves et d'être procédé contre les Maîtres extraordinairement.

Article XLIV

Déclarons les esclaves être [biens] meubles, et comme tels entrer en la communauté [...].

Article LIV

Enjoignons aux Gardiens nobles et bourgeois [...] et autres jouissants des fonds auxquels sont attachés des esclaves qui travaillent, de gouverner les dits esclaves comme bons pères de familles, sans qu'ils soient tenus après leur administration de rendre le prix de ceux qui seront décédés ou diminués par maladies, vieillesse ou autrement sans leur faute, et sans qu'ils puissent aussi retenir comme les fruits de leurs profits, les enfants nés des dits esclaves durant leur administration, lesquels nous voulons être conservés et rendus à ceux qui en seront les Maîtres et propriétaires.

Edit du Roi touchant la police
des Iles de l'Amérique française (mars 1685).

Châtiment d'une révolte à bord de *L'Affriquin* [navire engagé dans le commerce triangulaire]

Du samedi 29 décembre 1738

Hier à huit heures nous amarrâmes les Nègres les plus fautifs, autrement les Nègres de la révolte, aux quatre membres et couchés sur le ventre dessus le pont, et nous les fîmes fouetter. En outre nous leur fîmes des scarifications sur les fesses, pour mieux leur faire ressentir leurs fautes. Après leur avoir mis les fesses en sang par les coups de fouet et les scarifications, nous leur mîmes de la poudre à tirer, du jus de citron, de la saumure, du piment, tout pilé et brassé ensemble avec d'une autre drogue que le chirurgien mit, et nous leur en frottâmes les fesses, pour empêcher que la gangrène s'y soit mise et de plus pour que cela leur eut cuit sur leurs fesses. Nous avons mis l'Anglais aux fers, qui était le chef,

cramponné sur le gaillard d'avant et aussi emmenoté, à
cette fin de le faire mourir en languissant.

Cité par G. Martin, *L'Ère des négriers 1714-1774*
Karthala, 1993, p. 118.

Voltaire et l'esclavage

*Dans le chapitre CXLV de l'*Essai sur les mœurs *intitulé « De Colombo et de l'Amérique », Voltaire fait un bref historique de la découverte de l'Amérique et souligne l'importance de cet événement qui, dit-il, a appris à l'homme classique « le peu qu'est notre Europe et quelle variété règne sur la terre ». Après avoir énuméré les différentes races humaines (jaunes de l'Indoustan, noirs africains, « naturels du Brésil », chinois, etc.), Voltaire ajoute* :

Ce qui est plus à remarquer, c'est que, dans quelques régions que les races soient transplantées, elles ne changent point quand elles ne se mêlent pas aux naturels du pays. La membrane muqueuse des nègres, reconnue noire, et qui est la cause de leur couleur, est une preuve manifeste qu'il y a dans chaque espèce d'hommes, comme dans les plantes, un principe qui les différencie.

La nature a subordonné à ce principe ces différents degrés de génie et ces caractères des nations qu'on voit si rarement changer. C'est par là que les nègres sont les esclaves des autres hommes. On les achète sur les côtes d'Afrique comme des bêtes, et les multitudes de ces noirs, transplantés dans nos colonies d'Amérique, servent un très petit nombre d'Européens. L'expérience a encore appris quelle supériorité ces Européens ont sur les Américains, qui, aisément vaincus partout, n'ont jamais osé tenter une révolution, quoiqu'ils fussent plus de mille contre un.

Voltaire, *Essai sur les mœurs*, chap. CXLV.

Nous n'achetons des esclaves domestiques que chez les nègres. On nous reproche ce commerce : un peuple qui trafique de ses enfants est encore plus condamnable que l'acheteur ; ce négoce démontre notre supériorité ; celui qui se donne un maître était né pour en avoir.

Ibid., chap. CXCVII.

5. L'EUROPE À LA MI-XVIIIe SIÈCLE

Le désastre de Lisbonne

Le 11 novembre 1755, le correspondant à Lisbonne du « Journal Étranger » fait parvenir à son journal un bref récit du désastre qui sera publié dans le numéro du mois de décembre.

Le premier de Novembre, le mercure étant à 27 pouces lignes, et le thermomètre de M. de Réaumur à peu près au 14° degré au-dessus de la glace, le temps calme et le ciel très serein, vers les 9 heures 45 minutes du matin, la terre trembla, mais si faiblement que tout le monde s'imagina que c'était quelque carrosse qui roulait avec vitesse. Ce premier tremblement dura deux minutes. Après un intervalle de deux autres minutes, la terre trembla de nouveau, mais avec tant de violence que la plupart des maisons se fendirent et commencèrent à s'écrouler. Ce second tremblement dura à peu près dix minutes. La poussière était alors si grande que le soleil en était obscurci. Il y eut encore un intervalle de deux ou trois minutes. La poussière qui était extrêmement épaisse tomba, et rendit au jour assez de clarté pour que l'on pût s'envisager et se reconnaître. Après cela, il vint une secousse si horrible que les maisons qui avaient résisté jusqu'alors tombèrent avec fracas. Le ciel s'obscurcit de nouveau et la terre semblait vouloir ren-

trer dans le chaos. Les pleurs et les cris des vivants, les gémissements et les plaintes des mourants, les secousses de la terre et l'obscurité, augmentaient l'horreur et l'épouvante. Mais enfin, après vingt minutes, tout se calma. On ne pensa alors qu'à fuir, qu'à chercher un asile dans la campagne. Mais notre malheur n'était pas encore à son comble. A peine commençait-on à respirer que le feu parut dans différents quartiers de la ville. Le vent qui était violent l'excitait et ne permettait aucune espérance. Personne ne pensait à arrêter les progrès de la flamme. On ne songeait qu'à sauver sa vie car les tremblements de terre se succédaient toujours, faibles à la vérité, mais trop forts pour des gens environnés du trépas qui se présentait à leurs yeux sous mille formes différentes.

On aurait peut-être pu apporter quelque remède au feu si la mer n'eût menacé de submerger la ville. Du moins le peuple effrayé se le persuada aisément, en voyant les flots entrer avec fureur dans des lieux fort éloignés de la mer où il semblait impossible qu'elle pût jamais parvenir.

[...] Voilà, Monsieur, le danger dont j'ai sauvé ma personne, car pour mes biens, soit en meubles, en bijoux, en argenterie etc. tout est resté sous les pierres et les cendres de ma maison que le feu a totalement consumée. J'ai perdu ma bibliothèque qui était composée de trois mille volumes bien choisis et tous mes ouvrages qui étaient en assez grand nombre pour me faire une réputation dans la République des Lettres [...], ce sont pourtant de faibles pertes en comparaison de cent mille écus que me coûte ce tragique événement.

Journal Etranger, déc. 1755 (2ᵉ vol.)

Lettre de J.-J. Rousseau à M. de Voltaire
(18 août 1756)

Cette lettre a été écrite à la suite de la publication du Poème sur le désastre de Lisbonne.

Je ne vois pas qu'on puisse chercher la source du mal moral ailleurs que dans l'homme libre, perfectionné, partant corrompu ; et, quant aux maux physiques [...] ils sont inévitables dans tout système dont l'homme fait partie ; [...] la plupart de nos maux physiques sont encore notre ouvrage. Sans quitter votre sujet de Lisbonne, convenez, par exemple, que la nature n'avait point rassemblé là vingt mille maisons de six à sept étages, et que si les habitants de cette grande ville eussent été dispersés plus également, et plus légèrement logés, le dégât eût été beaucoup moindre, et peut-être nul [...]. Combien de malheureux ont péri dans ce désastre, pour vouloir prendre l'un ses habits, l'autre ses papiers, l'autre son argent ? [...].

Pour revenir, Monsieur, au système que vous attaquez, je crois qu'on ne peut l'examiner convenablement, sans distinguer avec soin le mal particulier, dont aucun philosophe n'a jamais nié l'existence, du mal général que nie l'optimisme. Il n'est pas question de savoir, si chacun de nous souffre, ou non ; mais s'il était bon que l'univers fût, et si nos maux étaient inévitables dans la constitution de l'univers [...] et au lieu de *Tout est bien*, il vaudrait peut-être mieux dire : *Le tout est bien*, ou *Tout est bien pour le tout*. Alors il est très évident qu'aucun homme ne saurait donner des preuves directes ni pour ni contre [...]. Si je ramène ces questions diverses à leur principe commun, il me semble qu'elles se rapportent toutes à celle de l'existence de Dieu. Si Dieu existe, il est parfait ; s'il est parfait, il est sage, puissant et juste ; s'il est juste et puissant, mon âme est immortelle ; si mon âme est immortelle, trente ans de vie ne sont rien pour moi, et sont peut-être nécessaires au maintien de l'univers. Si l'on m'accorde la première proposition, jamais on

n'ébranlera les suivantes ; si on la nie, il ne faut point disputer sur ses conséquences [...]. Toutes les subtilités de la métaphysique ne me feront pas douter un moment de l'immortalité de l'âme, et d'une Providence bienfaisante.

J.-J. Rousseau, *Correspondance complète*,
éd. R.A. Leigh, Institut et Musée Voltaire, 1965-1987.

Venise

La place [Saint-Marc] est pavée de pierre de taille. On ne peut s'y tourner, à ce qu'on dit, pendant le carnaval, à cause de la quantité de masques et de théâtres. Pour moi, qui ne m'y trouve pas en ce temps, je l'en trouve actuellement toujours pleine. Les robes longues des nobles, les manteaux, les robes de chambre, les Turcs, les Grecs, les Dalmates, les Levantins de toute espèce, hommes et femmes, les tréteaux des vendeurs d'orviétan, des bateleurs, des moines qui prêchent et des marionnettes ; tout cela, dis-je, qui y est tout ensemble, à toute heure, la rendent la plus belle et la plus curieuse place du monde, surtout par le retour d'équerre qu'elle fait auprès de Saint-Marc, ce que l'on nomme *Broglio*. C'est une autre place plus petite que la première, formée par le palais Saint-Marc et le retour du bâtiment des Procuraties Neuves. La mer large en cet endroit, la termine. C'est de là qu'on voit le mélange de terre, de mer, de gondoles, de boutiques, de vaisseaux et d'églises, de gens qui partent et qui arrivent à chaque instant. J'y vais au moins quatre fois le jour pour m'égayer la vue. Les nobles ont leur côté où ils se promènent, et qu'on leur laisse toujours libre ; c'est là qu'ils trament toutes leurs intrigues ou brigues, d'où est venu le nom de *Broglio* [...].

Je ne vous parlerai pas trop du gouvernement ni des mœurs [...]. Faites réflexion qu'un étranger qui passe un mois dans une ville, n'est pas fait pour les connaître, et en parlerait presque tout de travers.

Cependant, si vous voulez quelque chose là-dessus, je vous dirai qu'il n'y a pas de lieu au monde où la liberté et la licence règnent plus souverainement qu'ici. Ne vous mêlez pas du gouvernement, et faites d'ailleurs tout ce que vous voudrez. Je ne parle pas de la chose dont nos plaisirs et nous tirons notre origine, de la chose proprement dite et par excellence. On ne s'en choque pas plus ici que de toute autre opération naturelle. C'est une bonne police qui devrait être reçue partout. Mais pour tout ce qui, en saine morale, doit s'appeler mauvaise action, l'impunité y est entière. Cependant, le sang est si doux, ici, que malgré la facilité que donnent les masques, les allures de nuit, les rues étroites, et surtout les ponts sans garde-fous, d'où l'on peut pousser un homme dans la mer sans qu'il s'en aperçoive, il n'arrive pas quatre accidents en un an ; encore n'est-ce qu'entre étrangers. Vous pouvez juger, par là, combien les idées que l'on a sur les stilets vénitiens sont mal fondées aujourd'hui.

Ch. de Brosses, *Lettres familières sur l'Italie*, lettre XIV.

Voyager au XVIIIᵉ siècle

[Sous l'Ancien Régime] les moyens de transport étaient lents, incommodes et coûteux [...]. La constatation qui frappe, quand on vit dans le dernier quart du XXᵉ siècle, c'est la lenteur. Jusque vers 1760 (ils s'accélèrent ensuite), les déplacements, quels qu'ils soient, dépassent rarement la moyenne horaire d'une lieue, quatre ou cinq kilomètres. Les plus rapides, qui sont le fait des chevaux « courant la poste » (le galop, réservé théoriquement aux services royaux), peuvent atteindre la vertigineuse allure de vingt kilomètres à l'heure ; encore faut-il trouver des chevaux frais à chaque étape... En tout état de cause, les entreprises les plus rapides couvrent rarement plus de dix lieues par jour. La combinaison diligence-coche d'eau met Lyon à dix jours de Paris, au

temps de Louis XIV ; mais Bordeaux est à quinze jours, et Rouen à trois ! Les marchandises vont encore plus lentement : le vin d'Orléans met quatre jours pour « monter » à Paris ; les toiles de Laval, en plein XVIII[e] siècle, cahotent deux semaines avant de toucher Rouen, et les « rouenneries », un mois pour atteindre Lyon. La France d'Ancien Régime n'a pas vécu à un rythme sensiblement plus rapide que celle du Moyen Age ; elle a vécu au rythme du piéton, de la mule, du cheval au trot rare.

[...] Le « pavé du Roy » et quelques pavages municipaux mis à part (route d'Orléans, avenues de châteaux, sorties de villes), les routes se réduisent à des chemins de terre un peu larges, avec leurs obstacles bien connus : poussière ou boue selon la saison, ponts de bois souvent effondrés et même simples gués, innombrables péages (en forte diminution cependant au XVIII[e] siècle), insécurité assez fréquente, qui caractérisait aussi bien la forêt de Fontainebleau que les lointaines montagnes, querelles et incapacité habituelle des trop nombreux organismes qui devaient assurer l'entretien, etc. La rupture d'un essieu, la perte de chevaux et de bagages ne sont pas des exceptions.

P. Goubert, D. Roche, *Les Français et l'Ancien Régime*, Paris, t. 1, Colin, 1991, pp. 55-56.

Table

CANDIDE OU L'OPTIMISME

Table 217

DOCUMENTS

Photocomposition Nord Compo - Villeneuve d'Ascq 59970

Imprimé en France sur Presse Offset par

BRODARD & TAUPIN

GROUPE CPI

La Flèche (Sarthe).
N° d'imprimeur : 10716 – Dépôt légal Édit. 18629-01/2002
LIBRAIRIE GÉNÉRALE FRANÇAISE - 43, quai de Grenelle - 75015 Paris.

ISBN : 2 - 253 - 09808 - 6 30/3111/9